Wagenstein · Pentateuch

Angel Wagenstein

Pentateuch

oder

Die fünf Bücher Isaaks

über das Leben des Isaak Jakob Blumenfeld
in zwei Weltkriegen, drei Konzentrations-
lagern und fünf Heimaten

Aus dem Bulgarischen
von Barbara Müller

Verlag Das Neue Berlin

Mit sechs Zeichnungen von Anri Koulev

Die Übersetzung entstand mit freundlicher Unterstützung durch die Commision of the European Communities.

Der Autor dankt herzlich allen bekannten und unbekannten Verfassern, Sammlern und Herausgebern von jüdischen Witzen und Schnurren, durch die mein Volk das Lachen in den tragischen Augenblicken seines Daseins zu einem schützenden Harnisch, einer Quelle der Courage und des Selbstwertgefühls gemacht hat!

ISBN 3-360-00893-6

Rosa-Luxemburg-Str. 39, 10178 Berlin
Umschlagentwurf: Jens Prockat
Druck und Bindung: Offizin Andersen Nexö Leipzig

»Wenn Gott Fenster hätte,
hätte man ihm schon längst
die Scheiben eingeschlagen!«

Anstelle eines Vorworts

Außer dem Titel dieses, mit Verlaub gesagt, Werkes – denn es ist ja nicht mehr als die gewissenhafte Niederschrift fremder Erinnerungen und Reflexionen – stammt nichts weiter von mir. Jede meiner Interventionen in den Bericht wäre wie ein Liter Essig in einem Faß guten Weins und jedes schmückende Element wie ein Krümel Hefe oder eine Prise Salz, die die Heiligkeit des Passahbrotes entweihen. Alles, was du, mein treuer und unbekannter Leser, von hier ab lesen wirst, auch die unwahrscheinlichsten Wendungen im Schicksal des Isaak Jakob Blumenfeld, hat er mir selbst erzählt, anfangs im Russischen Klub, einem einst bekannten und respektablen Lokal in Sofia, und später in seinem Wiener Heim, in der Margarethenstraße 15.

Herr Blumenfeld lieferte einem bulgarischen Betrieb Nähmaschinen und andere Technik für die Konfektion und wollte mich sprechen, weil er irgendwo im Westen einen Fernsehfilm über das Schicksal der Juden gesehen hatte, dessen Drehbuch von mir stammte. Ich kann dem Zufall für diese Begegnung nur dankbar sein. Sie hat mich um eine Freundschaft reicher gemacht. Und welchen Reichtum kann der Mensch wohl anhäufen, wenn nicht Freundschaft, Liebe oder Weisheit?

Ich bin Isaak Jakob Blumenfeld, der nicht aufhörte, sich über mein Interesse für sein Leben zu wundern, auch dafür dankbar, daß er mir Briefe und die spärlichen Überreste einer Art Tagebuch, Dokumente und Fotos überlassen hat, die von der Niederträchtigkeit einer Epoche zeugen, aber auch davon, daß diesem Planeten nie die guten, frohmütigen Menschen mit klugen traurigen Augen ausgegangen sind. So sieht zum Beispiel Sarah Blumenfeld auf einem winzigen alten Foto aus, die mit ihren Kindern in ein Kurbad fuhr, jedoch nie dort ankam, sondern in den Gaskammern von Auschwitz. So schaut mich von einem Bild, das irgendwann einmal in einem Ausweis geklebt hat, der gute Rabbiner Schmuel Bendavid an. So blickten vermutlich auch andere Bewohner des Schtetls Kolodez bei Drogobytsch – Juden, Polen und Ukrainer, die in den Schloten der Krematorien zu Rauch wurden und jetzt die Herden weißer Wölkchen auf den endlosen blauen Weiden Gottes hüten.

Hier habe ich ein Dokument in englischer Sprache mit dem Stempel der 8. Luftlandebrigade der 9. US-Army. Darin wird Isaak Jakob Blumenfeld bescheinigt, daß man ihn aus dem Lager Flossenbürg in der Oberpfalz, Deutschland, befreit hat und ihm genehmigt, mit dem amerikanischen Armeetransport nach Wien zu fahren. Ich habe einen Zettel, der wie eine Gepäckquittung aussieht. Er ist mit lila Tinte ausgefüllt und trägt den Stempel der Bezirksstaatsanwaltschaft in Jakutsk. Darin wird versichert, daß der Bürger Sowieso am 7. Oktober 1953 aus dem Lager in Nishne Kolymsk in Nordostsibirien entlassen worden ist und mangels eines Tatbestandes als vollauf rehabilitiert zu gelten hat. Dann habe ich noch fünf Dokumente, die Isaak Jakob Blumenfeld nacheinander als österreichisch-ungarischen Untertan, als Bürger der Rzeczpospolita, das heißt der Republik Polen, als sowjetischen Staatsbürger, als Person jüdischer Abstammung, die in den Ostgebieten des Reiches lebt und keinerlei Staatsbürgerschaft und Bürgerrechte besitzt, und schließlich als Staatsangehörigen der Bundesrepublik Österreich ausweisen.

Mit Liebe und Wehmut blicke ich auf das kleine Foto dieses fülligen, sommersprossigen Mannes, dem ich versprechen mußte, keine einzige Seite seiner Biographie zu veröffentlichen, solange er am Leben ist.

Nun liegt vor mir ein schwarz umrandetes Telegramm aus Wien. Die Buchstaben verschwimmen, weil meine Augen voller Tränen sind, und ich schwöre mir in diesem Augenblick, nichts zu verschweigen und nichts hinzuzufügen zu diesem neuen Tanach oder, um es für euch verständlicher auszudrücken, zu diesem Pentateuch des Isaak Jakob Blumenfeld.

Isaaks Vorwort

Brief an den Rabbiner Schmuel Bendavid

Grüß Gott! Czesc, panie i panowie! Sdrawstwujte, Towarischtschi und Schalom Alejchem! Mit anderen Worten, Friede euch und euren Heimen. Wenn Du mich fragst, wie ich mich fühle, will ich es Dir ehrlich sagen: Gott sei Dank ausgezeichnet, denn es könnte mir auch schlechter gehen. Und wenn Du mich nicht fragen solltest, würde ich es Dir trotzdem sagen. Hast Du schon einmal einen Juden getroffen, der das verschweigt, was zu sagen er sich nun einmal in den Kopf gesetzt hat?

Ich bin nicht mehr der Jüngste, sitze auf meiner Terrasse in Wien – Wien, das war mein ewiger schöner Traum –, trinke Kaffee mit Sahne und lasse mir die Dinge des Lebens durch den Kopf gehen. Rund um meine Glatze glänzt im Licht der untergehenden Sonne ein goldener Kranz von Haaren, die einst, falls Du Dich noch erinnerst, die Farbe phönizischen Kupfers hatten. Ein Schreiber mit mehr Sinn für das Poetische würde ihn mit einem Heiligenschein vergleichen. Aber da ich mich für einen Sünder halte, der den Untergang von Sodom und Gomorrha nur durch Zufall überlebt hat, erinnert er mich eher an den Ring des Saturn. Was aber ist dieser Ring anderes als die Überreste alter Welten, geborstener Planeten, Asteroiden, zu Staub und Asche gewordener »ewiger« Wahrheiten und Erkenntnisse, die sich vergänglicher und giftiger als eine verdorbene Fischkonserve erwiesen haben, von Reichen, die tausend Jahre bestehen sollten und es nicht einmal auf zwölf brachten, von zerstückelten Imperien, die zu Zwergstaaten wurden, und von grauenvoll maniakischen Zwergen, die sich selbst zu unsterblichen Kaisern, Diktatoren, Vätern der Völker, großen Heerführern und Propheten erklärten und in die Hosen scheißen würden, wenn sie lesen könnten, was im Geschichtsbuch der Grundstufe nach ihrem Tode über sie geschrieben steht? All diese Überreste der Vergangenheit kreisen nicht nur um den Saturn, sondern auch um meinen Kopf, damit ich endlich begreife, daß sich seit den Zeiten des Unterjochers der Juden, Nebukadnezar, bis in unsere Tage nichts Wesentliches verändert hat. Oder, wie es jener geniale Bastard formulierte, der mit dem geheimnisvollen Pseudonym »Prediger« unterschrieb: Es ist alles eitel; was geschehen ist, eben das wird hernach sein; was man getan hat, eben das tut man hernach wieder; ich sah alles Tun, das unter der Sonne geschieht, und siehe, es war alles eitel und Haschen nach dem Wind. So oder ähnlich hat er es gesagt.

Eines Tages will ich versuchen, Dir zu erzählen, wie sich meine fünf innigsten Wünsche, von denen wir oftmals sprachen, erfüllt haben. Jetzt, da ich meinen Sonnenuntergang erlebe, weiß ich, daß es für ein Menschenleben nicht wenig ist, wenn einem die Erfüllung von fünf Wünschen zuteil wird, wofür ich Gott und dem Schicksal danken müßte, wenn nicht alles ein wenig anders läge: Ich geniere mich, es Dir zu bekennen, aber ich habe mir diese Dinge niemals gewünscht. Alles war die Frucht der politischen Situation. Dabei habe ich mich nie für Politik interessiert. Im Gegenteil, die Politik interessierte sich für mich und machte sich die Erfüllung meiner heiligen oder – wie vermutlich zu Recht behauptet wird – historischen Wünsche zu ihrem Hauptziel, »zum Ziel aller Ziele und zur Hauptpriorität«, wie Staatsmänner es gewöhnlich ausdrücken. Es sind fünf an der Zahl, wie ich bereits sagte, diese meine erfüllten Träume. Fünf an der Zahl sind auch die Bücher Mose, was eindrucksvoll belegt, daß mein Stamm von Gott erwählt und folglich dazu vorbestimmt ist, daß seine Wünsche erfüllt werden. Woraus sich schlußfolgern läßt, daß ich, ein winziges Staubkorn dieses Stammes oder, wenn Du so willst, eine Ameise aus unserem in die ganze Welt vertriebenen Ameisenvolk, das Recht auf einen eigenen Anteil habe, sozusagen auf einen Prozentsatz oder auf Tantiemen, oder auf so etwas wie Aktien von dieser Gesellschaft der Gotterwählten. Wenn ich jedoch bedenke, was mit den Juden im endlosen Lauf der Zeit geschehen ist, und meine bescheidene Rechnung einschließlich Mehrwertsteuer hinzufüge, könnte ich wie jener Barde, der sich in unseren Landen unter dem rührenden Namen Friede-sei-mit-Euch* herumgetrieben hat, ausrufen: »Ich danke dir, Gott, für die hohe Ehre, aber konntest du dir nicht ein anderes Volk auserwählen?«

Ich bitte Dich, frage nicht nach der Logik in meinem Schicksal. Nicht ich habe die Ereignisse vorangetrieben, sondern sie mich. Ich war weder der Mühlstein noch das Wasser, das ihn bewegt, ich war nur das Mahlgut. Und die Pläne des Müllers, gelobt sei sein Name in alle Ewigkeit und auch noch nach dem letzten Säkulum, waren für mich unergründlich.

Suche die Logik auch nicht in den geschichtlichen Ereignissen, die mein Schicksal bedingten – sie haben keine Logik, aber vielleicht einen verborgenen Sinn. Ist es dem Menschen denn gegeben, den verborgenen Sinn von Ebbe und Flut, von Sonnenprotuberanzen und dem Muhen einer Kuh, von der frühzeitigen Blüte des Schneeglöckchens und der Liebe zu erfassen?

Bruder, erspare es mir, meine Erläuterung der politischen Situation mit jenem mir sattsam bekannten Schuß in Sarajevo zu beginnen, wo ein völlig unbedeutender Gymnasiast mit dem seltsamen Familiennamen Prinzip unseren teuren, geliebten, unvergeßlichen und so weiter Erzherzog Franz Ferdinand tötete. Der Erste Weltkrieg war wie eine reife Eiterblase im Schoße Europas, die auch ohne Prinzipien, also ohne den dummen Schuß jenes Prinzip, geplatzt wäre. Das heißt, auch dann, wenn beispielsweise ein deutscher Diplomat in Stockholm auf einer Bananenschale ausgerutscht wäre, die der französische Vertreter der Firma »Michelin« achtlos weggeworfen hatte. Bitte suche auch darin keine Logik, daß meine teure Heimat Österreich-Ungarn und ihre unbesiegbare Armee unter der weisen Führung des Generals Konrad von Götzendorf gerade zu jenem Zeitpunkt ihre Nase noch tiefer in den Konflikt steckte, als es schon dem letzten Idioten däm-

* Scholem Alejchem

merte, daß der Krieg für uns bereits verloren war. Gibt es eine Logik in der Tatsache, daß alle treuen Untertanen Österreich-Ungarns auf das leidenschaftlichste den Zerfall des Habsburgerreiches in Kleinstaaten, zweifelhafte Völkerbündnisse und tektonische Föderationen wünschten, Nationalflaggen durch die Luft schwenkten, in Tränen ausbrachen und aus dem Schneuzen nicht mehr herauskamen, wenn das Liedchen »He, ihr Slawen« gespielt wurde? Jetzt aber, angesichts der weggeschwommenen Felle, feuchte Augen bekommen und an Österreich-Ungarn als an die »gute alte Zeit« denken?

Sag mir, mein Bruder, hat das alles eine Logik? Oder dieser entsetzliche Witz, daß Griechenland und Serbien sich wie Brüder an die Hand nahmen und an der Seite der Entente in den blutigen Abgrund sprangen? Die Türken hingegen, diese ewigen englischen Agenten, England aus unerfindlichen Gründen die Feindschaft erklärten? Daß Bulgarien sich mit seinen fünfhundertjährigen türkischen Unterdrückern verbündete und in den Krieg gegen seinen Befreier Rußland stürzte, das seinerseits ... und so weiter und so fort.

Der Erste Weltkrieg ist der eine Wal, wie man in der Antike sagte, auf den sich meine Schilderung stützen wird. Der zweite Wal ist selbstverständlich der Zweite Weltkrieg. Und wenn ich mich jetzt, da ich den anderen Fuß auf ihn gesetzt habe, eingehend mit dem Sinn und Unsinn dieses furchtbarsten aller Kriege befassen würde, bestünde die Gefahr, daß ich schon am Anfang auseinandergerissen werde, weil die geschichtlichen Wale nur in ganz seltenen Fällen parallel schwimmen. Es genügt, wenn ich Dich in diesem Zusammenhang an die ewigen und heiligen nationalen Ideale erinnere, aufgrund derer Deutschland im Ersten Weltkrieg ein Todfeind Italiens und Japans war, sie im Zweiten Weltkrieg jedoch zu seinen heißgeliebten Brüdern erklärte und mit ihnen ein ebenso ewiges wie heiliges Bündnis einging.

Eines Tages werden wir das Leid dieses allerfurchtbarsten aller Kriege vergessen. Es wird sich in einen dumpfen Schmerz wie von einem jahrelangen Rheuma verwandeln. Das Schlimme zu vergessen ist den Menschen eigen. Denn wenn sie nur an den Tod und die verlorenen Angehörigen denken, werden die Pflüger das Feld nicht mehr bestellen, die jungen Leute sich nicht mehr lieben und die Kinder aufhören, die Wörter – diese goldenen Körner vom Rosenkranz des Wissens – zu buchstabieren. Wir werden den Schmerz vergessen, und dann wird sich der Sinn der Kriege auf jene uralte Schnurre reduzieren, die Du sicher hundert Mal in hundert Variationen gehört hast, die ich Dir aber trotzdem erzählen will, denn wenn ein Jude fest entschlossen ist, eine Schnurre zu erzählen, kannst Du ihn vielleicht daran hindern?

Ein Pole und ein Jude zogen also irgendwo durch Galizien von einem Schtetl zum anderen. Der Jude, der sich ja immer für klüger als alle anderen hält und sich also das Recht anmaßt, die anderen zu belehren und zu verspotten, zeigte auf einen dampfenden Pferdeapfel am Wegesrand und sagte: »Ich gebe dir zehn Zloty, wenn du den Pferdeapfel aufißt.« Der Pole war wie jeder Bauer auf Gewinn bedacht und hatte nichts dagegen, die zehn Zloty einzustecken. »Warum nicht«, sagte er, schüttelte sich, schnaufte und aß schließlich den Pferdeapfel auf. Der Jude gab ihm die zehn Zloty, verspürte nun aber einen starken Druck in der Magengegend, weil er sein Geld für so etwas Dummes ausgegeben hatte. Bei dem nächsten dampfenden Pferdeapfel schluckte er ein, zwei Mal und schlug dem Polen vor: »Wenn ich jetzt den Pferdeapfel aufesse, gibst du mir dann meine zehn Zloty wieder?« – »Warum nicht«, sagte der Pole. Der Jude schüttelte sich, schnaufte, aß ihn auf und bekam sein Geld zurück. Sie zogen weiter, doch plötzlich blieb der Pole stehen, kratzte sich am Hinterkopf und fragte: »Sag mal, wenn ihr Juden so klug seid, kannst du mir dann erklären, warum wir die Scheiße gefressen haben?« Diesmal blieb der Jude die Antwort schuldig, was äußerst selten vorkommt.

Wenn Du mich also nach dem Sinn all dessen fragst, was während der beiden Weltkriege und zwischen ihnen geschehen ist, so kann ich Dir nur mit einer Frage antworten, auf die es keine Antwort gibt: Warum haben wir eigentlich die Scheiße gefressen?

Mein Bruder, ich weiß nicht, ob Du diese meine Zeilen erhalten wirst, denn auch Du bist wie ein Blatt im Wirbelwind des Schicksals oder des Zufalls, die in euren marxistischen Augen ganz gewöhnliche Gesetzmäßigkeiten sind, die ihr Marxisten so großartig voraussagt, um dann noch großartiger die Gründe dafür anzuführen, warum eure Voraussagen nicht eingetreten sind. Doch wer außer Jehova oder Jahve, dem Du den Rücken gekehrt hast (ich mache Dir keinen Vorwurf, jeder weiß selbst am besten, was er tut), wer also konnte voraussehen, daß Du, der gute Rabbiner aus unserem Schtetl bei Drogobytsch, später ein Aktivist der Gewerkschaften und Vorsitzender des Atheistenklubs werden würdest? Konnte wohl jemand ahnen, daß sich unsere Wege erneut am Stacheldraht des Lagers Flossenbürg kreuzen? Und daß diese Lagerzäune, wie ein Symbol und Wegweiser der Epoche, uns an diesem Kreuzweg wieder trennen, Dich in diese Richtung und mich in jene weisen würden? Hat wohl jemand auf der Erde, in der Hölle oder im Himmel gewußt, daß es das Schicksal so gut mit uns meinte und wir uns nicht erst in den Gaskammern oder im jüdischen Paradies erneut begegnen würden? Weißt Du noch, wie wir uns gefreut haben im GULag, irgendwo am Arsch der Welt, in Kasachstan? Doch Du, der Häftling SEK 1040-260 P, mußtest als Politischer nach links, um den Weißmeer-Ostsee-Kanal »Stalin« zu graben. Ich aber, der Häftling SEK 003-476 K, kam als Kriegsverbrecher und Vaterlandsverräter vom Inneren des Archipels unterhalb des Polarkreises, kam zu Baronen, Feldmarschällen und anderen diversen Trägern des Eisernen Kreuzes mit Eichenlaub, die es, gebildet wie sie waren und mit gemeinsamen Anstrengungen, Gott sei Dank, geschafft hatten, auch diesen Krieg zu verlieren. Für mich, den unscheinbaren Juden, gemeinen Soldaten der österreichisch-ungarischen Armee und später anständigen sowjetischen Werktätigen vom Schneiderartel Nr. 6 (das war das Atelier meines Vaters, »Mode parisienne«, weißt Du noch?), also für mich war es eine hohe Ehre, Ritter des Eisernen Kreuzes mit Eichenlaub zu bedienen. Sie hatten in Erfahrung gebracht, daß ich nur ein gemeiner Soldat war, und hielten mich dazu an, ihnen die Stiefel zu putzen und Kochgeschirre mit öligem Tee zu bringen. Doch sie haben nie erfahren, daß ich mich hinter die Baracken verzog und in ihren Tee pißte. Einmal sagte sogar Baron von Rodenburg – der, den die Russen, wenn Du Dich noch erinnerst, im Abort des Leipziger Bahnhofs gefaßt hatten, als er sich als Dienstmädchen verkleidete, um sich so zu den Amerikanern durchzuschlagen –, dieser Baron sagte also einmal, daß der Geschmack des Tees heute eigenartig sei. Ich murmelte vor mich hin, daß es gestern abend Rübensuppe gegeben hätte. Er fragte mich hochmütig, was die Rübensuppe denn mit dem Tee zu tun habe. Da erlaubte ich mir, zu bemerken, daß zwischen allen Erscheinungen unseres Seins ein geheimnisvoller metaphysischer Zusammenhang bestünde. Der Baron blickte mich durch sein Monokel an und sagte: »Du bist ein jüdischer Spinner.« Und er hatte Recht, der Herr Baron!

Ich weiß nicht, wo Du jetzt bist, mein Bruder, aber sicher lebst Du wieder in unserem Schtetl – erneut als Rabbiner oder Sekretär des Volksrates oder als Aktivist der Miliz, als was auch immer, das ist unwichtig. Sicher hast Du viele Kinder und Enkel. Mögen sie alle gesund und munter sein! Ich wünsche ihnen eine lichte Zukunft! Denn dieser unseren Herzen teure Winkel Europas ist der Kreuzpunkt der slawischen, deutschen und jüdischen Leidenschaften. Und aus dem Inzest der Chassidim wird immer wieder mal ein Chagall oder ein Scholem Nachimowitsch Rabinowitsch, also unser Scholem Alejchem, geboren wie bei den Nachbarn wiederum ein großer Antisemit, der unserer Heimatgegend auf seine Weise ebenfalls Ruhm einbringt. Hoffentlich ist der Sauerteig, aus dem die Geschichte heutzutage die Kinder macht, besser, und es kommen Tage der Weisheit, des erbaulichen Friedens und der Brüderlichkeit, damit in den kommenden Jahren und Jahrhunderten bis zum Jüngsten Tag niemand niemandem mehr in den Tee pißt. Amen.

Es küßt Dich Dein alter Freund und Schwager
Isaak Blumenfeld

בְּרֵאשִׁית
PARISIENNE
MODE

DAS ERSTE BUCH ISAAKS

Wie ich in den Krieg zog, um den Sieg heimzutragen

I

Unser Schneideratelier »Mode parisienne« lag an der Hauptstraße von Kolodez, die auch so ziemlich die einzige Straße war. Kolodez war ein kleines Städtchen, auf polnisch »Miasteczko«, von uns »Schtetl« genannt. Wir hatten kein Schaufenster, aber tiefgezogene Scheiben mit aufgeklebten Ausschnitten aus Pariser und Wiener Modezeitschriften, auf denen elegante Herren im Frack und bezaubernde Wiener Damen in Rosa zu sehen waren. Doch soweit ich mich erinnern kann, wurde bei uns kein einziger Frack und kein einziges rosafarbenes Kleid angefertigt. Mein Vater wendete die meiste Zeit alte verblichene Kaftane und freute sich wie ein Kind, wenn das zum zweiten Male gewendete Kleidungsstück bei der Probe vor dem Spiegel wie neu aussah – zumindest behauptete er das durch seine zusammengekniffenen Lippen, mit denen er eine Unmenge Stecknadeln festhielt. Er war ein guter Schneider, und hier ist es an der Zeit, daß ich seine Lieblingsgeschichte erwähne – wie er einem Dragoner von der Leibgarde seiner Majestät (ich persönlich habe nie solche Dragoner in Kolodez gesehen) eine rote Uniform genäht hat, wie der Dragoner sehr zufrieden war, aber – als er sich im Spiegel betrachtete – sagte: »Ich verstehe nur nicht, warum du für eine ganz gewöhnliche Uniform einen Monat gebraucht hast, wo doch euer jüdischer Gott die ganze Welt in sechs Tagen erschaffen hat!« Mein Vater will ihm geantwortet haben: »Danach sieht die Welt auch aus. Und schauen Sie sich jetzt mal diese herrliche Uniform an!« Ich glaube nicht, daß sich das wirklich zugetragen hat.

Ich war achtzehn, half meinem Vater im Atelier. An Festtagen und auf Hochzeiten kratzte ich jüdische Liedchen auf der Geige, und jeden Freitag las ich den Kindern in der Synagogenschule oder, wie wir sagen, in den Bejt A'Midrasch ausgewählte Kapitel aus dem Tanach, mit anderen Worten, aus dem Pentateuch vor. Was das Vorlesen betrifft, so gelang mir das einigermaßen. Ich las mit Gefühl und Herz. Aber daß ich auf der Geige ein Kogan gewesen wäre, würde ich nicht behaupten. Das Spielen hatte ich bei dem guten alten Lehrer Eliezer Pinkus, Friede seiner Asche, einem rücksichtsvollen und außerordentlich feinfühligen Menschen, gelernt. Einmal jedoch hielt er es nicht aus und sagte zu meinem Vater: »Bitte, nehmen Sie es mir nicht übel, aber Ihr Itzik hat überhaupt kein Gehör ...« Worauf mein Vater grollend antwortete: »Wozu braucht er ein Gehör? Er soll nicht hören, sondern spielen!« Recht hatte er, mein Vater. Jetzt kann ich einigermaßen spielen oder, wie ich bereits sagte, auf der Geige kratzen, die mir mein lieber Onkel Chaim zum Bar Mitzwa, also zu meinem 13. Geburtstag geschenkt hat, als ich meiner Religion zufolge volljährig wurde.

Ich war ein verträumter Junge. In meinen Träumen reiste ich bis nach Wien, und nicht selten holte mich mein Vater Jakob oder Jascha Blumenfeld mit dem hölzernen Schneidermaß sehr unsanft aus meinen süßen Reisen, woraufhin ich mich augenblicklich in Kolodez bei Drogobytsch wiederfand, auf dem Tisch sitzend, die Nadel in den halbfertigen Ärmel gesteckt. In meinen Träumen hatte ich immer einen jener tollen Pariser Fräcke aus den Zeitschriften an. Ich stieg aus einem Fiaker und reichte einem reizenden Fräulein in rosafarbenem Kleid die Hand, um ihr beim Aussteigen zu helfen. Danach beugte ich mich über ihr zartes und molliges Händchen, um es zu küssen, aber gerade in diesem Augenblick versetzte mir mein Vater ein paar Schläge mit dem Metermaß auf den Kopf, so daß ich niemals die Fortsetzung dieser Geschichte erfahren habe, weder, wer dieses reizende Fräulein war, noch, warum ich ihr beim Aussteigen aus dem Fiaker behilflich war. Vielleicht habe ich diese Szene in irgendeinem Film gesehen.

Weil wir gerade vom Film reden. Manchmal kam Herr

Ljowa Weissmann, Journalist, Herausgeber einer Zeitung und Eigentümer eines Filmvorführgerätes, mit dem Pferdewagen aus dem fernen Lemberg, also aus Lwow, verkaufte sein Blatt »Jiddisches Heimland« und zeigte uns abends im Café von David Lejbowitsch Filme. Das waren stets Filme – oder besser gesagt Teile von Filmen, denn selten hatte er alle Rollen beieinander –, über wunderbare, ferne Welten, in denen Frauen von göttlicher Schönheit lebten, die die Augen schlossen, wenn sie von galanten Kavalieren auf den Mund geküßt wurden. Wir waren ungebildet und viel zu einfältig, um solche hochherrschaftlichen Dinge zu verstehen, um so mehr, als Herr Weissmann wegen des Kriegs seine Filme Gott weiß woher bezog und ihre Zwischentitel (damals war der Film noch stumm und hatte Zwischentitel) auf Dänisch, Flämisch, Schwedisch und einmal sogar auf Japanisch oder einer ähnlichen Sprache abgefaßt waren. Niemand in Kolodez bei Drogobytsch sprach diese Sprachen, ganz besonders kein Japanisch. Nur der Postmann Awramczyk, der als Nachrichtensoldat am Russisch-Türkischen Krieg teilgenommen hatte, behauptete, daß er Türkisch könne. Doch leider war kein einziger türkischer Film darunter.

Einmal, so erinnere ich mich, sahen wir einen ziemlich langen Abschnitt, in dem alles kopfstand. Jemand versuchte zu pfeifen und mit den Füßen zu trampeln, doch Herr Weissmann behauptete erbost, der Film sei absichtlich so gemacht und außerdem habe er es eilig, um noch vor Einbruch der Nacht nach Hause zu kommen. Die reizenden Damen und Kavaliere küßten sich also kopfstehend, was sehr amüsant war.

Manchmal sahen wir Wochenschauen vom Krieg, und in solchen Fällen kommentierte Ljowa Weissmann pathetisch: »Unsere unbesiegbare Armee schreitet unaufhaltsam voran !« Egal, in welche Richtung sich die Soldaten bewegten, von links nach rechts oder von rechts nach links, auf uns zu oder von uns weg, der Kommentar war immer derselbe: »Unsere unbesiegbare Armee schreitet unaufhaltsam voran!«

Geraume Zeit später erkannte ich die Regel, daß Herr

Weissmann dies nur sagte, wenn der Polizeiwachtmeister Pan Woitek seinen Kopf in die Vorstellung steckte.

Zu solchen, sagen wir mal, Festen der Kunst kamen auch die Mädchen aus Kolodez, darunter unsere Jüdinnen, aber ebenso die Polinnen und Ukrainerinnen. Wir lebten im großen und ganzen gut miteinander und unterschieden nicht zwischen den Religionen und Nationalitäten. Und doch machten wir nur den unsrigen den Hof. Sonst bestand die Gefahr, daß entweder ihre Mutter uns schief anschaute oder unser Vater uns unmißverständlich zu verstehen gab, wir sollten uns ja nicht einbilden, er würde es zulassen, daß wir eine Nichtjüdin heirateten. In diesem Zusammenhang erzählten wir uns gern die Geschichte vom getauften Bankier Goldberg, der seine Tochter mit dem Sohn des getauften Fabrikanten Silberstein verheiratet und glücklich erklärt hatte: »Von so einem Schwiegersohn habe ich immer geträumt, ein reicher und sympathischer junger Christ aus guter jüdischer Familie!« Doch das war ein Witz. Die Wirklichkeit sah anders aus. In Kolodez gab es keine Bankiers und Fabrikanten, ganz im Gegenteil.

Aber die Rede war von den Filmen und den Bewohnern jener fernen und märchenhaften Welten, in denen die Menschen scheinbar keine anderen Sorgen hatten, als Champagner zu trinken und sich zu küssen. In einer solchen Filmszene, als die beiden auf der Leinwand (als Leinwand diente eine Tischdecke mit einem Kaffeefleck, der mal auf ihrem Gesicht, mal auf dem Gesicht des Kavaliers auftauchte), als also die Dame ihre Lippen zum Kuß öffnete, streckte ich unwillkürlich meine heiße Hand aus und drückte die Hand Sarahs, der Schwester unseres Rabbiners Schmuel Bendavid. Sarah reagierte nicht, verfolgte den Film mit weitaufgerissenen Augen. Dann schloß sie gleichzeitig mit der Darstellerin ihre Lider. Daraufhin beugte ich mich zu ihr und berührte ihren Mund ganz leicht mit meinen glühenden Lippen. Es dauerte nur einen Augenblick. Sarah merkte plötzlich, daß ich nicht der Mann von der Leinwand war, blickte mich empört an und gab mir eine Ohrfeige. Irgendwer lachte kurz auf, irgendwer stieß einen spöttischen Pfiff aus. In diesem Moment steckte der Wachtmeister Pan Woitek seinen Kopf ins Café. Herr Ljowa Weissmann, der eingeschlummert war, schrak auf und erklärte feierlich: »Unsere unbesiegbare Armee schreitet unaufhaltsam voran!« Kurzum, ich hatte weder mit der Dame in Rosa vom Fiaker noch mit Sarah Glück!

Außer den aufregenden Abenden mit den Filmen des Herrn Ljowa Weissmann liebte ich auch den Schabbes, den allen Juden heiligen Samstagabend, und das nicht nur, weil man am nächsten Tag nicht arbeiten mußte. Ich mochte es, wenn die Familie sich um die Festtafel versammelte, alle frisch gewaschen und gekämmt, in weißen, von Mutter glatt gebügelten Hemden aus hausgewebtem Tuch – mein Vater, ich, meine Schwester Klara und ihr Verlobter Sabetai Kranz, der Apothekergehilfe in Lwow war, worauf wir sehr stolz waren, sowie Onkel Chaim. Wir hörten uns das kurze Gebet meines Vaters an, in dem er Adonai, den einzigen Gott der Juden, rühmte. Es folgte das feierliche Brechen des noch warmen Brotes. In dem kleinen siebenarmigen Leuchter aus Bronze brannten Kerzen, und über ganz Kolodez legte sich der Friede. Sogar die Christen wurden an diesem Abend still. Das ständige Krakeelen der Betrunkenen und die Schlägereien der Polen waren nicht mehr zu hören. Aber wenn du kein Jude bist, denkst du jetzt vielleicht, daß der Samstagabend bei uns am Sonnabend ist? O nein! Gibt es denn etwas, das bei den Juden so ist wie bei den anderen Leuten? Da darfst du dich also nicht wundern, daß unser Samstagabend auf den Freitag fällt, Ehrenwort!

Der ganze folgende Tag ist Schabbes, bis zum Sonnenuntergang. Die Juden verrichten keine Arbeit, und sogar die Ärmsten genießen ihn und atmen den frohen und tiefen Samstagsfrieden in vollen Zügen ein. Die einen besuchen die Synagoge, um zu Gott zu beten, indem sie lange und versunken rhythmisch hin und her schwanken, andere tun das auf die Schnelle und gehen lieber auf der Hauptstraße spazieren, um Leute zu sehen. Wenn sie jemandem begegnen, nicken sie sich erhaben und feierlich zu. Sie ziehen nach Wiener Manier ihre Hüte, als hätten sie sich zwölf Jahre lang nicht gesehen und nicht gestern beinahe geschlagen, weil die Hühner des einen in den Garten des anderen gelaufen waren. Die Frauen grüßen sich herzlich mit »Schabbes Schalom«. Schalom bedeutet Friede, und es ist wirklich alles friedlich und still. An diesem Tag vergißt man, daß wieder einmal Gerüchte über Kosakenpogrome in Rußland umgehen, daß du dem Kaufmann so und soviel schuldest, daß dein Pferd hinkt und daß das alles nichts Gutes verspricht. In diesem ganzen Samstagsfrieden ist es eine Sünde, das weißt du womöglich, irgendeine Arbeit zu verrichten, Feuer anzuzünden und auch nur zu rauchen. In alten Zeiten soll man so etwas mit dem Tode bestraft haben, später aber wurde die Todesstrafe abgeschafft und das Verbrechen zur Sünde mit unvorhersehbaren Folgen im Jenseits erklärt. Wie dem auch sei, ich will uns nicht rühmen, aber der freie Tag ist eine großartige Erfindung der alten Judäer. Denn bis dahin war niemandem aufgefallen, daß es möglich ist, an einem Tag der Woche nicht zu arbeiten. Meine fernen Vorfahren haben so beharrlich auf seiner Neueinführung bestanden, daß sie sogar den lieben Gott zwangen, seine Arbeit in sechs Tagen zu vollenden, damit er sich am siebten Tag wie ein guter Jude ausruhen konnte. Wenn ich jetzt noch hinzufüge, daß es am Schabbes verboten und eine schlimme Sünde ist, Geld in die Hand zu nehmen – als Zeichen für etwas Teuflisches und Unreines, obwohl die Juden an den anderen Tagen keineswegs dieser extremen Meinung sind –, wirst du den ganzen tiefen und weisen Sinn des Siebten Tages begreifen. Es gibt einen Witz zu diesem Thema, sicher kennst du ihn, aber ich kann ihn dir trotzdem noch einmal erzählen.

Zwei Juden aus zwei benachbarten Städtchen stritten einmal darüber, wessen Rabbiner die besseren Beziehungen zu Gott habe und deshalb die größeren Wunder vollbringen könne.

»Natürlich unserer, und das werde ich dir beweisen«, sagte der eine. »Am vorigen Schabbes machte sich unser Rabbi auf den Weg zur Synagoge. Plötzlich begann es wie aus Eimern zu gießen. Nun hatte unser Rabbiner zwar einen Schirm, aber am Schabbes ist doch jegliche Arbeit verboten. Wie soll er ihn da öffnen? Er blickte zum Himmel. Jehova verstand ihn sofort, und es geschah ein Wunder. Du wirst es nicht glauben: links Regen, rechts Regen und in der Mitte ein trockener Korridor bis hin zur Synagoge! Na, was sagst du dazu?«

»Ja, sicher habe ich dazu etwas zu sagen! Unser Rabbiner kehrte am vorigen Schabbes nach Hause zurück, und was sieht er da? Auf der Straße liegt ein 100-Dollar-Schein! Was tun? Wie ihn aufheben, wo es doch eine Sünde ist, Geld anzufassen. Er blickte zum Himmel. Jehova verstand ihn sofort, und es geschah ein Wunder: links Samstag, rechts Samstag und in der Mitte, du wirst es nicht glauben, Donnerstag!«

Apropos Donnerstag. Am ersten Donnerstag des Monats Mai 1918, um 10.30 Uhr vormittags, ereignete sich etwas, was Schriftsteller mit Neigung zum Pathetischen als »Wendepunkt des Lebens« bezeichnen würden. Mein Vater Jakob Blumenfeld nahm gerade Maß für den rechten Ärmel der Uniform des Wachtmeisters Pan Woitek. Sicher war etwas zu ändern. Am Tisch saß rauchend mein Onkel Chaim, bekannt als Chaimle, ein Genießer, Versager und sehr guter Mensch, der einzige aus unserer Familie, der bis nach Wien gekommen war, und das nicht nur einmal. Ich meinerseits träumte, das heißt, ich tat so, als ob ich arbeitete.

Gerade an dieser Stelle meiner Schilderung trat, vielmehr stürzte – unser »Mode parisienne« lag drei Stufen niedriger als der Gehsteig – der Postmann Awramczyk mit einem gelben Zettel in der Hand herein.

»Ich habe eine große Neuigkeit für euch!« sagte Awramczyk.

»Eine gute oder eine schlechte?« fragte mein Vater, die Stecknadeln im Mund.

Awramczyk blickte verwirrt abwechselnd auf uns, den Zettel und den Herrn Wachtmeister und war sich offensichtlich nicht im klaren, ob es nun eine gute Nachricht war oder nicht. Da ergriff Pan Woitek die Initiative, wie es in den Kriegskommuniqués heißen würde, und entriß dem Postboten den Bescheid.

Als er ihn gelesen hatte, meinte er: »Es ist eine gute Nachricht! Der Junge, also Isaak Jakob Blumenfeld, wird zu den Fahnen der österreichisch-ungarischen Armee gerufen und hat sich exakt sieben Tage nach Erhalt des Gestellungsbefehls ... und so weiter und so fort. Ich gratuliere!«

»Aber er ist doch fast noch ein Kind ...«, murmelte mein Vater.

»Seine Majestät weiß sehr wohl, ob er ein Kind ist oder schon ein richtiger Mann! Außerdem küssen Kinder keine Fräuleins während der Filmvorstellung im Dunkeln!«

»Das hast du getan?« fragte mein Vater.

»Aus Versehen ...«, antwortete ich, und das war die reine Wahrheit.

Mein Vater verpaßte mir eine symbolische Ohrfeige, die eindeutig beim Wachtmeister Eindruck schinden sollte.

»Hier, vor Pan Woitek, auf daß es dir eine Lehre ist.«

»Gut«, sagte ich.

»Läßt sich da nichts machen«, sagte mein Vater, »wegen Herzschwäche oder so ...«

»Nein, nein!« schnitt ihm Pan Woitek das Wort ab. »Kommen Sie mir nicht mit solchen jüdischen Tricks! Das Vaterland braucht ihn! Gerade in diesem Augenblick, da der Sieg so nah ist wie nie zuvor!«

»Nahe wem?« Onkel Chaimle stellte seine Frage ausgesprochen neugierig.

Der Wachtmeister öffnete den Mund, um zu antworten, verfiel jedoch ins Nachdenken und sagte eine ganze Weile später: »Diese Frage wird noch geklärt.«

»Steht es gut für die Juden?« fragte besorgt Mutter, die plötzlich auf dem oberen Treppensatz aufgetaucht war, von dem es in unsere Küche ging, aus der es appetitlich nach Borschtsch duftete.

»Wie meinen Sie das, Frau Rebekka?« fragte der Wachtmeister.

»Ich meine die Lage an den Fronten.«

»Für uns steht sie gut.«

»Für uns?« fragte Onkel Chaimle.

»Ich sagte *für uns*, nicht für euch!«

Wir alle wußten, daß Pan Woitek Pole war und daß die Begriffe »für uns«, »euch« und »sie« in Österreich-Ungarn eine sehr diffizile Angelegenheit waren, aus der sich die Juden am besten heraushielten. Deshalb warfen sich Onkel und Vater einen Blick zu, nickten weise mit dem Kopf und sagten fast gleichzeitig: »Ja, so ist es.«

Ich hatte den Eindruck, daß es überhaupt nicht so war.

2

Charibi Schmuel Bendavid, unser Rabbiner, beendete gerade sein Gebet, als ich in die Synagoge eintrat oder, wie wir sagen, in die Bejt Tfila, das Gebetshaus. Denke nun bitte nicht, daß das ein imposanter Gottestempel mit Marmorsäulen oder ähnlichem war. Es war ein gewöhnlicher Raum mit gekalkten Wänden. Ein kleines Holzpodium befand sich vor einem verblichenen Vorhang mit eingewebten sakralen Worten und Zeichen. Von dort wurde am Passahfest der ganze Pentateuch herausgetragen. Unsere Synagoge ließ sich nicht mit der katholischen Kirche vergleichen, mit ihren aus glänzenden bunten Glasstücken zusammengefügten Heiligen in den Fenstern, mit dem Kruzifix und der Marienfigur und all den farbigen Bildern. Sie ähnelte auch nicht der kleinen russisch-orthodoxen Kirche jenseits des Flusses mit ihren grellbunten Ikonen, einer vergoldeten Bilderwand und den vielen Szenen auf den Wandmalereien, die wir uns als Kinder so gerne ansahen. Gewöhnlich erwischte uns der Pope Feodor, zog uns die Ohren lang und jagte uns hinaus, wobei er böse zischte: »Raus mit euch Juden aus dem Tempel Gottes! Ihr, die ihr Christus verkauft habt! Die ihr ihn gekreuzigt habt!« Wir Kinder wollten ihm erklären, daß er einem Irrtum unterlegen war, denn wir hatten ihren Christus weder gekauft noch verkauft. Doch der Pope Feodor warf mit Steinen nach uns, hetzte seine Hunde auf uns, und wir waren jedesmal gezwungen, die Besichtigung dieser aufregenden Bilder auf einen geeigneteren Moment zu verschieben. So also sah die Synagoge nicht aus – in ihr waren Bildnisse, Statuen und andere Dinge dieser Art verboten. Jeder hatte sich Jehova so vorzustellen, wie er ihn im Herzen trug, und durfte sich dabei nicht von der Betrachtung biblischer Szenen ablenken lassen, sondern sollte ein stilles und inniges Zwiegespräch mit Gott führen und ihm sein Leid klagen. (Hast du schon mal einen Juden gesehen, der sich nicht über sein Schicksal beklagt?) Und auch Jahve, also Der Da Ist, kann sich bei dir beklagen, zum Beispiel darüber, daß das Leben teurer geworden ist, daß ein Brot jetzt so viel kostet wie früher ein ganzer Scheffel Korn, daß man das Pferdefutter auch im Himmel nicht umsonst bekommt, daß die Hypotheken für Baukredite bezahlt werden müssen, die er schon während der Erschaffung der Welt aufgenommen hat, und so weiter, wie es jeder rechtschaffene Jude tut, wenn sich ein anderer Jude bei ihm beklagt. Dann überschüttet ihn dieser mit seinen eigenen Sorgen und läßt es nicht zu der unangenehmen Situation kommen, daß man sich bei ihm Geld leihen will. Jahve, also Der Da Ist, ist schließlich nicht von gestern. Er weiß seit mehreren tausend Jahren, wenn nicht noch länger, was er zu tun hat. Wichtig ist, daß man jammert, man kann sogar ein bißchen weinen, das hilft ungemein.

Aber ich bin von meinem Thema abgekommen, wie Solomon und Aaron von ihrem Weg, als sie sich gegenseitig etwas vorjammerten, jeder fürchtend, der andere könne Geld bei ihm borgen wollen, und so nicht bemerkten, daß sie den Weg verfehlten und nicht in Wien anlangten, sondern in Warschau.

Ähnlich erging es übrigens auch unserem großen Propheten Moses, der mit dem Versprechen aus Ägypten auszog, uns in das gottgeweihte Land Kanaan zu führen. Aber er vertiefte sich so sehr in sein Gespräch mit Gott, wie es nur zwei Juden passieren kann. Sie erörterten dies und jenes derart ausführlich, daß der Stamm vierzig Jahre in der Wüste herumirrte, statt nach Kanaan zu gelangen. Ein umfassender Meinungsaustausch, wie man so sagt.

Um so mehr, da Moses, wie du sicher weißt, stotterte, was

das Gespräch keineswegs erleichtert. Es heißt sogar, daß der Pharao ihn einmal, als er noch ein Jüngling war, gefragt habe, ob er immer so stottere. »Nnnicht immer, nnnur wenn ich spreche.«

Ich weiß nicht genau, worüber sie gesprochen haben, aber zweifellos haben sie sich gegenseitig ihre Klagen vorgetragen. Man erzählt auch, daß ein kleiner Wüstenvogel vorbeigeflogen ist und, stell dir vor, dem Propheten Moses auf den Kopf gekackt hat. Er soll sich an den Kopf gefaßt, seine beschmierten Finger angesehen und voller Bitternis zu Jehova gesagt haben: »Und für die Arabbber zwitschern sie ...«

Aber eigentlich ging es um den Gottesdienst in der Synagoge.

Nach dem Gottesdienst kam Rabbi Schmuel Bendavid zu mir, ich hatte die riesigen eingebundenen Bände der Thora und des Talmuds unter dem Arm und sagte, daß ich sie ihm zurückgeben wollte, weil man mich einberufen habe. Zugegeben, ich sagte das nicht ohne Stolz – junge Leute sind so dumm, daß sie meinen, der Ruf Zu Den Fahnen verleihe einem Eigenschaften, die man vorher nicht besaß. Sie verstehen nicht, daß sie in der Kaserne auch jene Eigenschaften verlieren werden, die sie bisher besessen haben. Ich begab mich also voller unbegründeten Stolzes zum Rabbiner, nicht – jetzt kann ich es ja zugeben – um mich von ihm zu verabschieden, sondern weil er eine Schwester hatte. Sarah.

Der Rabbi lud mich zum Tee in sein Haus ein und sagte, auch er habe eine Neuigkeit für mich, die mich überraschen werde. Sein einstöckiges Haus stand im Hof der Synagoge. Wenn man durch die Tür kam, war man sofort im Wohnzimmer. Schon als ich eintrat, wäre ich beinahe mit Sarah zusammengestoßen. Ich wurde rot und sie, wenn ich mich nicht täusche, auch. Der Rabbi bat seine Schwester, uns Tee zu bringen.

Wir saßen zu dritt, tranken Tee. Ich wagte es nicht, sie anzusehen, doch spürte ich ihre Blicke. Und wenn ich die Augen zu ihr hob, wandte sie die ihren ab. Überhaupt war die Atmosphäre gespannt, wie die Schriftsteller zu sagen pflegen. Rabbi

Schmuel tat, als bemerke er nichts. Er widmete sich hingebungsvoll und mit der nur in dieser Gegend gepflegten Pedanterie dem Ritual der Teezubereitung, dem Zerstoßen des Zuckers mit der kleinen Zange und der Verteilung der Sauerkirschkonfitüre auf drei kleine Tellerchen mit vergoldeten Wellenlinien.

»Kennt ihr die Schnurre von dem Rabbiner«, sagte er, »der als einziger das Geheimnis des guten Tees kannte?«

Natürlich kannte ich sie, aber in diesem Augenblick konnte ich mir keine bessere Rettung vorstellen.

»Niemand machte so guten Tee wie er, aber er hütete sein Geheimnis, als sei es heilig. Manchmal kam sogar der Gouverneur höchstpersönlich zu ihm zum Tee. Doch auch ihm verriet der Rabbiner sein Geheimnis nicht. Als es ans Sterben ging, sagten ihm die Ältesten: ›Du wirst uns bald verlassen, Rabbi, willst du dein Geheimnis wirklich mit ins Grab nehmen? Sag uns, wie du deinen berühmten Tee zubereitest.‹ Da schickte der Rabbiner alle außer einem, dem ältesten, aus dem Zimmer. Mit letzter Kraft flüsterte er ihm ins Ohr: ›Du mußt beim Aufbrühen mehr Tee nehmen, sei kein Geizhals! Das ist das ganze Geheimnis!‹«

Wir lachten, mein Blick kreuzte sich mit dem Sarahs, doch wir wandten unsere Augen sofort wieder ab. Ich fragte: »Und was ist mit der Neuigkeit, die du mir mitteilen wolltest?«

Der Rabbi holte einen Zettel aus der Vitrine, den gleichen, wie ich ihn bekommen hatte.

»Auch ich habe einen Gestellungsbefehl. Als Armeerabbiner. Gott schickt dir also auch einen Zadik, einen geistlichen Lehrer mit.«

Ich freute mich aufrichtig.

»Wir werden also zusammen sein und zusammen Urlaub haben ...«

Diese Worte galten Sarah. Als ich sie ansah, senkte sie ihre Lider nicht, aber ihr Blick schien mir besorgt.

»Oder wir sterben zusammen«, sagte der Rabbi und fügte schnell hinzu: »Das ist natürlich nur ein Scherz. Der Krieg ist fast zu Ende. Wir werden sicher bald Frieden haben.«

»Und wer wird deiner Meinung nach siegen?« fragte ich. »Wir oder die anderen?«

»Wen meinst du mit wir?« fragte der Rabbi nachdenklich. »Und wer sind die anderen? Ist es überhaupt von Bedeutung, wer siegen wird, wo doch der Sieg auf jeden Fall wie eine Decke sein wird, die zu kurz geraten ist. Wenn du sie hochziehst, um dir die Brust zu bedecken, reicht sie nicht für die Füße. Und wenn du dir die Füße wärmen willst, bleibt die Brust unbedeckt. Je länger der Krieg dauert, um so kürzer wird die Decke sein. Und der Sieg wird niemanden mehr wärmen.«

»Ich verstehe dich nicht ganz«, sagte ich.

»Die Zeit wird kommen, da du mich verstehst. Wenn sowohl die Besiegten als auch die Sieger das zerschlagene Geschirr bezahlen müssen. Wie der Prophet Hesekiel sagt: ›Die Väter haben saure Trauben gegessen, und den Kindern ist das Wasser im Mund zusammengelaufen.‹ Hör zu, ich werde dir eine Geschichte über den Papst und den obersten Rabbiner von Rom erzählen.«

Unser Rabbi Bendavid war ein toller Mann, für jede Lebenslage hatte er in den Schubfächern seines Gedächtnisses Geschichten parat. In unserer Region nennen wir sie »Chochmas«, eine Art weises Gleichnis.

So erzählte also Bendavid eine seiner Chochmas:

»Eines Tages starb der Papst, und der beste Freund des neuen Anwärters auf den Heiligen Stuhl war der oberste Rabbiner von Rom. Der künftige Papst sagte zu ihm: ›Mein Freund, ich habe die päpstlichen Archive aus vielen Jahrhunderten studiert. Ein und dasselbe Ritual wiederholt sich ständig – Botschafter und königliche Sendboten aus der ganzen Welt kommen zum neuen Papst mit Geschenken und guten Wünschen. Und immer ist es der oberste Rabbiner von Rom mit seinen zehn geweihten Synagogenältesten, der als letzter kommt. Er spricht, was er zu sagen hat, dann nimmt er von dem einen der Ältesten einen vergilbten Umschlag aus altem Pergament und reicht ihn dem Papst. Jener betrachtet ihn und gibt ihn dem Rabbiner mit leichter Verachtung wieder. Die Juden verneigen sich und ziehen sich zurück. So ist es seit undenklichen Zeiten, so wird es auch jetzt sein. Sag mir, mein Freund und Berater, was ist in diesem Umschlag?‹

›Ich weiß es nicht‹, sagte der Rabbiner. ›Ich habe ihn von meinem Vorgänger erhalten, Friede seiner Asche, er von dem seinen und so bis zum Anfang der Zeiten. Aber was in diesem Umschlag ist, das kann ich dir bei Gott nicht sagen.‹

›Wir machen es diesmal so, Bruder‹, sagte der künftige Papst. ›Sobald ihr Juden an der Reihe seid, und ihr seid ja immer die letzten, werde ich mich in die Bibliothek zurückziehen. Einer meiner Kardinäle wird dich zu mir bitten. Nimm den Umschlag mit, und dann werden wir endlich sehen, was drin ist! Na? So eine Sünde ist schließlich in der Heiligen Schrift nicht aufgeführt!‹

›Gut‹, sagte der Rabbiner, der für seine liberale Gesinnung bekannt war. Und sie taten es. Als sie allein in der päpstlichen Bibliothek waren und den Umschlag öffneten, was glaubt ihr wohl, was sie drin fanden?«

»Was?« fragten Sarah und ich fast gleichzeitig.

»In dem Umschlag war die unbezahlte Rechnung für das Heilige Abendmahl! Verstehst du jetzt, was ich über die Rechnungen gesagt habe, die man früher oder später bezahlen muß?«

Ich nickte weise, als hätte ich es verstanden.

Dann verabschiedete ich mich betont höflich und vermutlich sogar etwas steif von Sarah, dankte für den Tee und gab ihr die Hand. Charibi Bendavid begleitete mich vor die Tür. Als ich den Hof überquert hatte und bereits an der Straßenpforte stand, erreichte mich seine Stimme: »Itzik, weshalb bist du eigentlich gekommen?«

Ich merkte, daß ich vor Verlegenheit die Thora und den Talmud wieder mitgenommen hatte, obwohl ich sie ja dem Rabbiner zurückgeben wollte. Ich kehrte um und entdeckte, als ich sie ihm überreichte, das gute und verständnisvolle Lächeln in seinen Mundwinkeln.

3

Ich saß am Rande der Schlucht. Tief unter mir lagen die Äcker von Kolodez, und das ruhige und windungsreiche Flüßchen schlängelte sich inmitten blühender Kirschbäume und wilder Pflaumenbäume kokett mal hier lang und mal da lang. Man muß in Kolodez bei Drogobytsch gewesen sein, um sich diese Gottespracht vorzustellen: die blau schimmernden Roggenfelder, das Grün der jungen Gerste und das Gelb des blühenden Rapses, die Wattebäusche der Obstbäume und über ihnen die weißen Wölkchen am Himmel. Wo man nicht mit Sicherheit weiß, ob die Erde die himmlische Herrlichkeit widerspiegelt oder Gott, von der Maisonne träge geworden und zufrieden, seine eigene Vorsehung in dem großartigen Spiegel der Natur betrachtet.

Auf der Landstraße in der Ferne wirbelten weißbeinige und barfüßige Ukrainerinnen Staub auf. Man erkennt sie an den blütenweißen Kopftüchern. Töne ihres ukrainischen Jungmädchenliedes waren zu hören. Der Wind trug es in Fetzen herüber. Ein Wägelchen mit einem weißen Pferdchen davor holte sie ein. Die Mädchen winkten dem Kutscher zu, und er winkte zurück: An seinem breitkrempigen schwarzen Hut sah man leicht, daß er einer der unsrigen war. Wahrscheinlich hatte er ihnen im Vorbeifahren einen gepfefferten Scherz zugerufen. Ihr schallendes Lachen war bis hierher zu hören.

Jemand setzte sich neben mich, legte seine Hand auf meine Schulter und schreckte mich auf. Es war mein Onkel Chaimle.

»Sei nicht traurig«, sagte er. »Die Armeezeit ist wie die Masern, eine Mandelentzündung oder der Keuchhusten – man muß sie einmal im Leben durchmachen. Willst du eine Zigarette?«

Ich sah ihn verwundert an.

»Du weißt doch, daß ich nicht rauche.«

»Einen Kriegshelden, der nicht raucht, kann ich mir einfach nicht vorstellen! Los!«

Ich nahm eine Zigarette. Onkel Chaimle schüttelte lange Zeit sein riesiges Benzinfeuerzeug und riß es viele Male an, ehe es eine rauchende Flamme hervorbrachte. Ich zog an der Zigarette, begann zu husten, und wir brachen trotz Tränen und Qualm in ein fröhliches Lachen aus.

»Liebst du sie eigentlich?« fragte Onkel plötzlich.

»Wen?« fragte ich verlegen zurück.

»Die, wegen der du eine Ohrfeige von deinem Vater bekommen hast.«

»Zwei Ohrfeigen«, sagte ich. »Von ihr auch eine.«

»Oho«, sagte Onkel. »Also ist die Sache gar nicht sicher.«

»Daran denke ich nicht im geringsten«, sagte ich wichtigtuerisch. »Das war einfach nur so.«

»So sollte es aber nicht sein. Du ziehst in den Krieg, du wirst Staaten und Erdteile erobern. In den eingenommenen Hauptstädten werden dich reizende Frauen mit großen Brüsten begrüßen und deine Waffe mit Blumen schmücken ...«

»Onkel, ich bitte dich ...«, unterbrach ich ihn.

»Unterbrich mich nicht. Und sieh mir in die Augen, wenn ich mit dir rede. Wo war ich stehengeblieben? ... Ich fragte dich, wo ich stehengeblieben war!«

Ich mußte schlucken. »Bei den großen Brüsten.«

»Richtig. Ich kann dich nicht unaufgeklärt in ihr warmes Lager ziehen lassen. Morgen fahren wir nach Wien! Das wird mein Geschenk für dich sein.«

Ich strahlte. »Richtig nach Wien?«

Doch Vater strahlte am selben Abend überhaupt nicht, als er streng sagte: »Nach Wien? Das ist aber sehr teuer!«

»Für dich ist alles sehr teuer«, sagte Onkel Chaimle. »Schließlich geht das auf meine Rechnung.«

Wir saßen am Tisch und aßen Abendbrot.

»Und woher hast du so viel Geld, Chaimle?« fragte Mutter.

»Man fragt nicht, woher jemand Geld hat, sondern wozu er es hat! Ich habe genug Geld, um mit deinem Sohn nach Wien zu fahren. Er soll unsere Hauptstadt sehen, bevor er für lange Jahre in die Schützengräben zieht ...« Onkel übertrieb gern etwas.

»Für lange Jahre?!« erschrak meine Mutter. »Ist der Krieg denn nicht so gut wie zu Ende?«

»Du hast keinen Sinn für die Poesie als solche. Poetisch heißt es ›lange Jahre‹ – oder zum Beispiel: ›Er klingelte an der Tür, und es verging eine Ewigkeit, bevor man ihm öffnete.‹ Was meinst du wohl, wieviel Zeit in Wirklichkeit verging? Zwei Minuten!«

Onkel Chaimle stand auf und sagte zu mir: »Morgen hole ich dich um punkt acht mit meinem Kabriolett ab. Falls der Zug keine Verspätung hat, fährt er um dreiviertel zehn.«

Er faßte in die Westentasche, um seine Uhr herauszuholen. Im ersten Augenblick war ihm nicht bewußt, daß sie fehlte, und er begann aus Gewohnheit die Taschen nach ihr abzuklopfen. Schließlich sagte er etwas schuldbewußt: »Ich muß sie verloren haben.«

»Die goldene Uhr?!« schrie Mutter auf.

»Was bedeutet es schon, daß sie golden war?« fuhr Onkel sie an. »Goldene Uhren verliert man wohl nicht? Also, Itzik, morgen um acht.«

Er nahm seinen Hut vom Haken, murmelte ein »Schalom« und ging verlegen aus dem Zimmer. Mutter und Vater warfen sich einen Blick zu: Nun wußten sie, woher das Geld für die Reise nach Wien kam.

4

Wir schaukelten in einem Abteil dritter Klasse durch die Gegend. Onkel Chaimle beobachtete nachdenklich die verworrenen Telegraphendrähte. Ich schlummerte ab und zu ein, die andere Zeit sah ich aus dem Fenster. Das Abteil war voller Soldaten. Die einen hatten Krücken, die anderen verbundene Köpfe. Offenbar fuhren sie in Urlaub. Einer fragte Onkel, wann wir in Wien sein würden. Onkel griff freundlich in die Westentasche, begann wieder zu suchen, bis ihm einfiel, daß er sie nicht mehr hatte, und warf mir einen heimlichen Blick zu. Ich stellte mich schlafend. »So gegen fünf«, sagte Onkel.

Ich erinnerte mich an jenen Rabbiner im Zug nach Warschau, den ein junger Jude auf der gegenüberliegenden Bank nach der Uhrzeit fragte. Der Rabbiner blickte ihn an, antwortete nicht, hüllte sich noch fester in seinen Mantel und schlief ein. Am Morgen, kurz bevor der Zug in den Warschauer Bahnhof einfuhr, sagte der Rabbiner: »Junger Mann, Sie haben mich gefragt, wie spät es ist. Jetzt ist es zwanzig nach acht, wir kommen an.«

»Und warum haben Sie mir gestern abend nicht geantwortet, ehrenwerter Rabbi?«

»Weil der Weg lang ist, junger Mann. Wenn ich dir geantwortet hätte, hättest du mich angesprochen. Später hättest du mich gefragt, ob ich in Warschau wohne und wie meine Adresse lautet. Dann wären wir ins Gespräch gekommen, und du hättest mich unter anderem gefragt, ob ich eine Tochter habe. Dann wärest du mich eines Tages unverhofft besuchen gekommen, und schließlich hättest du um die Hand meiner Tochter angehalten. Ich aber habe nicht die geringste Absicht, meine Tochter mit einem Mann zu verheiraten, der nicht einmal eine Uhr hat!«

Ich sah ihn wieder an, meinen lieben Onkel, der erneut eingeschlummert war. Mit diesen langen, rotgelockten Koteletten, mit dem großkarierten Sakko und der ziemlich alten, steifen Melone auf den Knien hätte man ihn für einen ehrenwerten Getreide- oder Rinderhändler aus der Provinz halten können. Doch das war er nicht. Eigentlich war er ein Niemand. Er ging keiner festen Beschäftigung nach, war aber stets voller neuer grandioser Pläne, deren fernes Ziel immer wieder Amerika war. »Das Schwierige besteht darin«, sagte er, »das amerikanische Festland einmal zu betreten. Danach«, so mein Onkel, »geht es dann wie geschmiert! Das ist schließlich nicht Tarnow, sondern Amerika!« Er erhoffte sich viel von einer Erfindung, die man in unserer Gegend noch nicht kannte, von dem elektrischen Staubsauger. Er schleppte mehrere Exemplare davon an und erklärte, er sei bereit, Bestellungen entgegenzunehmen. Aber niemand bestellte sich einen Staubsauger. Nicht, weil die Ware nicht gut war, sondern weil es in Kolodez in meinen frühen Kinderjahren noch keinen elektrischen Strom gab und nur unser teurer Kaiser wußte, wann wir welchen bekommen würden. Danach brachte Onkel fünfzig Grammophone mit Trichtern und eine Menge Platten mit deutschen Schlagern mit. Vergnügt demonstrierte er jedem, der es wünschte, die Qualität der Grammophone. Er erklärte, daß das Grammophon die Kultur unserer ganzen Heimatgegend spürbar heben würde, wechselte Nadeln und Platten aus. Die Leute kamen, um sich das anzuhören, klopften ihm auf die Schulter, verlangten nach mehr. Bis Onkel irgendwann keine Nadeln mehr hatte und auch kein Geld, um neue zu kaufen. Er hatte kein einziges Grammophon verkauft. Eines Tages lud er die Ware wieder auf einen Wagen, und dieser verschwand irgendwo im Unbekannten.

Soweit ich mich erinnern kann, hatte er nur einmal einen wirklichen finanziellen Erfolg, als er auf einer Armeeauktion einen riesigen Posten Decken erstand. Beim Färben hatte man etwas falsch gemacht. Statt kasernenbraun waren die Decken schmutzigviolett mit rosa Flecken geworden. Onkel verkaufte sie äußerst preiswert. Nach nicht allzu langer Zeit und nicht ohne Beteiligung des Schneiderateliers »Mode parisienne« liefen in Kolodez bei Drogobytsch alle in den gleichen Wollkostümen oder Kaftanen herum, deren Farbe schmutzigviolett mit rosa Flecken war. Aber ich glaube nicht, daß dieses Geschäft meinen Onkel auch nur eine Elle näher an die Grenzen der Vereinigten Staaten von Amerika brachte. Trotz seines Finanzerfolgs mit den Decken hatte Onkel bald wieder keinen Groschen mehr in der Tasche, dafür aber den Kopf voller Ideen, die ihm nur manchmal die eine oder andere Banknote mit erschreckend wenig Nullen einbrachten. Wenn ein Einfaltspinsel an solchen Tagen im Café Geld bei ihm borgen wollte, antwortete Onkel Chaimle immer: »Gut, wenn ich wieder aus Paris zurück bin.« – »Wie?« wunderte sich jener. »Du fährst nach Paris?« Worauf mein Onkel entgegnete: »Ich denke nicht mal daran!«

Da kam der Schaffner und verkündete, daß der Zug bald in der Hauptstadt unseres Vaterlandes, in Wien, einfahren würde.

5

Bruder, was soll ich dir von dieser ungeheuerlichen Stadt erzählen. Womit soll ich sie vergleichen? Ich habe auch andere Städte gesehen, bin sogar schon in Truskavez, Strij und Drogobytsch gewesen. Aber das wäre, als würdest du unseren Wachtmeister Pan Woitek mit seiner Majestät Karl I. oder mit unserem großen verstorbenen Kaiser Franz Joseph vergleichen! Kennst du die Geschichte von Aaron, der aus Zerstreutheit barhäuptig in die Synagoge ging und vom Rabbiner ausgeschimpft und aufgefordert wurde, sofort das Gotteshaus zu verlassen? Denn, so der Rabbiner, barhäuptig eine Synagoge zu betreten sei eine Sünde, nicht minder groß, als mit der Frau seines besten Freundes zu schlafen. »Oho, Rabbi«, sagte daraufhin Aaron, »auch das habe ich schon versucht. Welch ein Unterschied!« So ungefähr fällt auch der Unterschied zwischen Truskavez und Wien aus.

Wir gingen durch Wien. Ich trug Onkels kleinen Koffer und blieb immer wieder stehen, weil ich mir die Häuser, die doppelstöckigen Omnibusse, die Trambahnen und glänzenden Kutschen ansehen wollte. Aber Onkel faßte mich am Ellenbogen und erinnerte mich daran weiterzugehen. Ehrlich gesagt, hatte ich geglaubt, daß Wien wie eine vom Krieg gezeichnete Stadt aussehen würde. Nicht, daß man den Krieg überhaupt nicht spürte. Auf den Straßen und in den Cafés sah man ziemlich viele Offiziere. Manchmal kam auch eine Militärpatrouille oder ein mit Soldaten beladener Lastwagen vorbei. Doch die Stadt schien mir sorglos und sogar fröhlichleichtsinnig, etwa so wie Onkel Chaimle. Nur viel wohlhabender.

Endlich blieben wir vor einem Hotel stehen. Es hieß »Astoria«, wie ich mich erinnere. Das war kein Gebäude, sondern ein Palast mit mythischen Wesen, die die Balkone und Erker stützten, mit einer Treppe aus rosafarbenem Marmor und einer Drehtür mit Scheiben aus Kristall, in glänzende Messingrahmen eingefaßt. Drinnen leuchteten Millionen Lichter. Aber vielleicht war das eine Täuschung durch die spiegelnden Gläser der Tür. Draußen standen zwei Männer in blaugoldenen Uniformen und mit schneeweißen Handschuhen, die mir wie Marschälle oder Kronprinzen vorkamen. Sie begrüßten und verabschiedeten die Gäste würdevoll. Zwei Jungen, ebenfalls in Blau und Gold und mit einer Art kleiner, blauer Töpfe auf dem Kopf, hoben die Koffer aus den Wagen oder in die Wagen. Und wenn ich dir jetzt noch mehr davon erzähle, werden mir vor Rührung gleich die Tränen kommen.

Ich stand mit offenem Munde da, bis Onkel Chaimle mich anstieß.

»Geh endlich rein!«

»Hier?!« fragte ich überwältigt.

»Ja, wo denn sonst? Schließlich werden wir hier wohnen.«

Ich traute meinen Augen und Ohren nicht. Völlig verstört ging ich mit dem Köfferchen hinter meinem Onkel her. Die Marschälle und Kronprinzen sahen uns, schenkten uns aber keinerlei Beachtung. Hier möchte ich einfügen, daß ich zwar provinziell, aber doch anständig gekleidet war. Vergiß nicht, wer mein Vater Jakob Blumenfeld war, der, zumindest behauptete er das, sogar einem Dragoner von der Leibgarde seiner Majestät eine rote Uniform genäht hatte!

Drin sahen die Dinge noch schwindelerregender aus – mit Palmen unter den Kristallüstern, mit Menschen, die eine weit geschwungene Treppe herabstiegen, die Damen in Kleidern, deren Röcke bis kurz über den Knien eng anlagen, und Zigaretten in langen Zigarettenspitzen rauchend. Die Herren im Frack, genau wie die in unserem Fenster in Kolodez, und einarmige Offiziere mit tiefen Narben und Monokeln im Gesicht und einem leeren, in den Gürtel gesteckten Ärmel, die wie Deutsche aussahen. Nur einen Arm und Narben im Gesicht zu haben schien modern zu sein, denn die Deutschen bewegten sich stolz wie Maharadschas auf weißen Elefanten.

Einer von den Jungen mit den blaugoldenen Töpfen auf dem Kopf läutete mit einem Glöckchen. Er tat das gefühlvoll, um niemanden aufzuschrecken. Auf der kleinen schwarzen Tafel in seiner Hand stand mit Kreide geschrieben: »Mister Olaf Svensson.« Ich glaubte nicht, daß der Junge Mister Olaf

Svensson war, sondern daß man einen Mann dieses Namens suchte – oder etwas von dieser Art.

Dir zu sagen, daß ich wie berauscht war, wäre untertrieben. Mein Mund war völlig ausgetrocknet. Ich hatte das Gefühl, daß jeden Augenblick Polizisten hereinstürzen und mich und Onkel Chaimle verhaften würden als Menschen, die widerrechtlich in einen fremden Film geraten waren. Oder als Betrüger aus Kolodez bei Drogobytsch, die sich in böser Absicht in dieser rosaroten, blaugoldenen, duftenden und ihnen nicht gehörenden Welt aufhielten.

Als mir der Gedanke mit den Betrügern durch den Kopf schoß und ich die Marmortischchen vor mir sah, an denen Damen Kaffee mit Sahne tranken und anmutig in ihren warmen Strudel bissen und wichtige Herren Zeitung lasen, die an dünnen Bambusstäben befestigt waren – ich meine die Zeitungen und nicht die Herren –, und als mein Blick auf die ungeheuren Mäntel an den geschwungenen Wiener Kleiderständern fiel, wie wir sie in Kolodez nie gesehen hatten, erinnerte ich mich an eine Geschichte, die sich an genau so einem Ort zugetragen haben mußte:

»Entschuldigen Sie, sind Sie Moische Kaufmann?«

»Nein.«

»Die Sache ist die, daß ich Moische Kaufmann bin und Sie in diesem Augenblick meinen Mantel anziehen!«

Aber mir stand der Sinn nicht nach Kolodezer Schnurren und noch weniger danach, fremde Mäntel anzuziehen. In diesem Augenblick näherte sich Onkel Chaimle einem gewichtigen Mann in Uniform. Ich fand mich einfach nicht zurecht, wer die Herren und wer die Diener waren. Dieser führte sich beispielsweise auf, als sei er Eigentümer eines Rennstalls mit fünfhundert Pferden. Er sah meinen Onkel von oben herab an, dann beugte er sich ein wenig herunter und wandte ihm sein Ohr zu. Offensichtlich war auch Onkel verlegen und sprach zu leise, so daß er seine Frage vor dem noch tiefer gesenkten Ohr wiederholen mußte. Der Eigentümer des Rennstalls hob erstaunt die Brauen. Onkel kramte mit zwei Fingern in der Westentasche nach einem Trinkgeld, überlegte es sich dann wohl anders und bot mit nervöser Freundlichkeit eine Zigarette an. Als der Mann die Zigarette sah, blickte er noch erstaunter und schüttelte angewidert den Kopf. Entweder war er Nichtraucher, oder der Anblick von Onkels billigen Glimmstengeln hatte ihm die Sprache verschlagen. Wobei ich die zweite Hypothese für wahrscheinlicher hielt.

All das dauerte nicht einmal jene poetischen zwei Minuten, von denen Onkel gesprochen hatte, doch mir erschien es wie eine Ewigkeit. Bis jener wichtigtuerische Mann mit der Hand im weißen Handschuh irgendwohin auf die Hinterwand der Hotelhalle wies und Onkel mir siegessicher zuwinkte, daß ich ihm folgen sollte, und selber voranging.

Wir kamen an Vitrinen mit Parfüms und verschiedenen mir unbekannten Damenartikeln vorbei, dann an einer leuchtenden Glaswand, auf der mit einer Berglandschaft für einen Sommer in den Tiroler Alpen geworben wurde. Vielen Dank, aber ich würde dieses Angebot wohl kaum nutzen können, da ich in einer Woche Unter Den Fahnen zu sein hatte.

Durch eine Schwingtür gelangten wir in einen Flur, in dem es keine Damen mit langen Zigarettenspitzen und Herren im Frack mehr gab, dafür aber eilende Kellner mit Tabletts, auf denen Kaffee und Kuchen standen. Wir erreichten eine Eisentür mit der Aufschrift »Notausgang«. Onkel öffnete sie kühn. Wir stiegen eine Zementtreppe hinunter. Unsere Schritte hallten in diesem leeren Stollen aus gekalkten Ziegeln wider, es ging immer tiefer und tiefer, bis wir an eine andere eiserne Tür kamen, die Onkel behutsam öffnete. Hitze, das Dröhnen von Pumpen und zischender Dampf schlugen uns entgegen. Sicher ahnst du inzwischen, daß sich hier der Heizkessel befand. Wir gingen an Rohren und Wasserbehältern vorbei, übersprangen hier und da Pfützen auf dem Zement, bis vor uns plötzlich ein von Kohle und Öl geschwärzter Riese aufragte. Er blickte uns an, und einen Augenblick später öffnete sich sein rosaweißer Mund zu einem freudigen Lächeln.

»Chaimle, Bruder!«

Auf sein helles Sakko mit den großen Karos bedacht,

umarmte Onkel Chaimle ihn vorsichtig, sah dann seine Hände an und sagte: »Das ist mein Neffe Isaak. Er zieht in den Krieg. Und das, Itzik, ist mein guter Freund Miklos, also Ungar und Heizer.«

»Czokolom«, oder etwas ähnliches sagte der Ungar und reichte mir seine riesige schwarze Pranke.

Wir stiegen hinter ihm die eiserne Treppe hinauf, und er führte uns in sein Zimmer: zwei Betten, ein Gasofen, ein gußeisernes Waschbecken.

Wir setzten uns an den kleinen Tisch. Herr Miklos sah meinen Onkel erfreut an und schlug vor: »Ihr könnt hier schlafen. Wie wäre es mit einem Bier? Sicher seid ihr von der Reise durstig.«

»Gern«, willigte Onkel ein.

Man sprach jene seltsame Sprache, die in dem unseren Herzen teuren Österreich-Ungarn entstanden war und nur bei Kontakten zwischen den verschiedenen Volksgruppen gebraucht wurde, gewissermaßen ein föderales Esperanto. Ihre Grundlage oder, genauer gesagt, ihr Skelett war das Deutsche, in das Sprachimmigranten slawischer, ungarischer, jüdischer und sogar bosnisch-türkischer Herkunft wie dreiste Rowdys eingedrungen waren und dort ihr Unwesen mit den Fällen und Geschlechtern, den Modi und Partizipien trieben. Jede Volksgruppe im großen Reich benutzte ihre eigene Sprache, in der natürlich auch andere hohe linguistische Gäste auftraten. Sogar die Österreicher sprachen unter sich eine Sprache, die sie leichtfertig als Deutsch bezeichneten. Aber wenn der arme Goethe sie hätte hören können, hätte er sich sicher an der ersten besten Laterne aufgehängt. Eine ganze Zeit später, als mein Leben engere Kontakte zu den Stammeinwohnern dieses Alpenlandes erforderlich machte, fiel es mir leichter, die Berufssteuer als Zahnarzt zu zahlen, als dem entsprechenden Inspektor zu erklären, daß ich gar kein Zahnarzt sei. So wie Abramowitsch, den seine Bekannten fragten, ob er in Paris keine Schwierigkeiten mit seinem Französisch gehabt hätte, erklärte: »Ich persönlich nicht, aber die Franzosen, mit denen ich sprach, die hatten riesige.«

Während sich der Ungar um Gläser, Flaschen und ähnliches kümmerte, tätschelte mir Onkel die Hand.

»Na, was sagst du jetzt, Soldat?«

»Ich muß pinkeln«, antwortete ich verzweifelt.

Das waren meine ersten Worte, seit wir die marmorne Welt des »Astoria« betreten hatten. Ich sagte sie in reinem Jiddisch, wenn man den Begriff »rein« für dieses Amalgam aus Deutsch, Slawisch und Assyrobabylonisch verwenden kann.

6

Und dann geschah etwas, das sich gar nicht erzählen läßt und das Mutter nie erfahren durfte! Wir saßen in einem Lokal, Onkel und der Ungar waren ziemlich betrunken, auch drei Frauen waren da. Die eine, zugegeben ein sehr hübsches Mädchen, kräftig gebaut und mit weißer Haut, das an eine ungarische Bäuerin erinnerte, goß mir ständig von diesem Wiener Heurigen nach. Junger Wein, der seinen Weg nicht finden kann und nicht in den Magen gelangt, sondern in den Kopf steigt. Und ich trank wie der letzte Dummkopf. Auf der kleinen Bühne lief ein Programm. Die Mädchen sangen Lieder, die nicht sehr züchtig waren. Dabei hoben sie ihre Röcke und zeigten mal das da vorne, mal ihren Hintern. Die ganze Kneipe sang mit, und, wie es in unserem ganzen großen Reich nun mal Sitte war, die Leute faßten sich unter und schunkelten im Takt des Liedes. Hier saßen viele Soldaten, und mir wurde schlecht von dem aufdringlichen Gestank ihrer Zigarren und vom Wein. Du weißt ja, wie es bei uns in Kolodez ist. Die Polen waren es, die mehr tranken, während Vater, wenn er eine Flasche Wein zum Passahfest entkorkte, den Rest für das Chanukkafest aufhob.

Mein Onkel umarmte mich und küßte mich zärtlich auf die Wange, dann verkündete er unserer ganzen kleinen Gesellschaft: »Mein Neffe ist Soldat! Mein lieber Junge zieht in den Krieg und muß seine Feuertaufe bekommen! Seine Weihe! Seinen zweiten Bar Mitzwa.«

Wie ich dir bereits sagte, ist der Bar Mitzwa die Weihe, durch die man volljährig wird. Ich weiß nicht, wer das erfunden hat. War es nun Moses, König Salomo oder König David. Doch ich finde nicht, daß ein Junge mit dreizehn Jahren erwachsen ist. So sollte mich mein zweiter Bar Mitzwa endgültig volljährig machen. Das ahnte ich, schließlich bin ich nicht von gestern. Miklos sagte etwas auf Ungarisch zu meiner Begleiterin, sie nahm mich an der Hand und zog mich lachend fort.

»Wohin?« fragte ich verwirrt, obwohl ich, wie ich bereits sagte, ahnte, was mir bevorstand. Doch ich genierte mich vor Onkel Chaim.

»Geh, mein Junge, geh«, sagte er.

Die Ungarin schleppte mich irgendwo hinter die Bühne, in ein kleines Zimmer, das mit Möbeln, einem Spiegel, Perücken und vielen anderen Theaterdingen vollgestopft war, schloß die Tür ab und ließ sich kichernd auf das Sofa fallen. Es roch nach Farbe, Leim und Kölnisch Wasser.

»Es ist warm«, sagte sie mit gerötetem Gesicht, vom Alkohol erregt. Sie knöpfte ihre Samtbluse auf. Ihre Brüste schienen nur darauf gewartet zu haben.

Sie fing meinen Blick auf, mit dem ich auf diese weißen, hervorquellenden Bauernbrüste starrte, nahm meine Hand und legte sie darauf. Mir brach der Schweiß aus. Ich war betrunken und atmete schwer. Ich sah alles doppelt – das Mädchen, die schummrige Lampe neben dem Spiegel. Ich schloß die Augen, umarmte sie und sagte: »Ich liebe dich, Sarah.«

»Ich bin nicht Sarah, sondern Ilona«, verbesserte mich das Mädchen.

Ich sah sie an, kicherte dümmlich, aber dann verließ das Lächeln mein Gesicht. Ich schloß erneut die Augen und sah Sarah – den graugrünen Glanz ihrer Augen, Sarah inmitten von Schleiern. Oder war das vielleicht Zigarrenrauch. Sie blickte mich vorwurfsvoll an.

»He, ist dir schlecht?« sagte die Ungarin und stieß mich an.

Ich öffnete die Augen. Sie waren voller Tränen. Sicher kam das vom Suff. Ich würde erst später begreifen, daß ich, immer wenn ich betrunken war, gleich zu weinen anfing.

»Was hast du?« fragte das Mädchen und strich mit ihrer Hand über meine Hose. Sie sagte: »Mit dir ist aber gar nichts los!«

Ich lächelte schuldbewußt und zuckte mit den Schultern. In der Tat war nicht das geringste mit mir los. Meine Seele war Sarah zugewandt.

7

Am 12. Mai desselben Jahres standen wir, noch in Zivil, das Köfferchen zu Füßen, in Reih und Glied auf dem festgetretenen Kasernenhof. Wir waren nicht mehr die unbekannten Jungen aus den Städtchen und Dörfern unseres geliebten Galizien, Polen, Ukrainer, Juden und weiß Gott was noch für welche, wir waren Der Nachschub, den Seine Majestät der Kaiser Zu Den Fahnen gerufen hatte. In der hintersten Reihe und etwas abseits standen, ebenfalls das Köfferchen zu Füßen, die eingezogenen Armeegeistlichen. Da du die konfessionelle Buntgeschecktheit unseres Reiches kennst, wirst du mir sicher glauben, daß in dieser Gruppe meiner Meinung nach nur ein tibetanischer Lama fehlte.

Die Blasmusik spielte, und ein Oberst betrat das kleine hölzerne Podium, das zur Feier des Tages mit Fähnchen und grünen Zweigen geschmückt war. Später erfuhren wir, daß der Oberst Alfred Schauer hieß – oder Fredi, wie wir ihn dann nannten. Er trug Koteletten und einen Schnauzbart ganz wie Franz Joseph. Alle Obersten von der Karriere bemühten sich, unserem kaiserlichen Vater ähnlich zu sehen. Das hatte etwas Rührendes an sich. Er war ein kompletter Holzkopf, ich meine nicht Franz Joseph, sondern den Oberst. Doch das war selbstverständlich, denn wäre er es nicht von Geburt an gewesen, hätte er Arzt oder Verkäufer von warmen Würstchen werden oder zumindest Kühe an unserem Bach hüten können.

»Männer!« brüllte Oberst Schauer. »Sehr bald wird sich euer Traum erfüllen, eure Gebeine im erbitterten Kampf für den Ruhm des Kaisers und die Macht unseres teuren Vaterlandes zu opfern. Hurra!«

Ehrlich gesagt, ich hatte nie davon geträumt, meine Gebeine für wen oder was auch immer zu opfern. Der Feldwebel aber – irgend jemand würde ihn später »Zuckerl« taufen, weil er uns mit Vorliebe in die Wangen kniff, bis sie blau anliefen, und dabei mit wollüstiger Bosheit sagte: »Bist du aber süß«, was bedeutete, daß man sich seinen Haß zugezogen hatte –, also dieser Feldwebel sah streng auf unsere Reihen, ob wir auch »Hurra« riefen, und zwar so, daß der Oberst unsere Halszäpfchen sehen konnte.

Dann teilte uns Fredi Schauer vertraulich mit, daß die Lage an der Front großartig sei, der Sieg nie so sicher gewesen und uns die hohe Ehre zuteil werde, ihn auf unseren Bajonetten heimzutragen. Ich verstehe nichts von Kriegsstrategie und fragte mich, wie wir ihn, diesen Sieg, auf unseren Bajonetten heimtragen würden, wenn wir vorher, wie erträumt, unsere Gebeine im erbitterten Kampf und so weiter geopfert hatten. Doch sollte das offensichtlich ein Beispiel patriotischer Poesie als solcher sein, wie mein teurer Onkel Chaimle zu sagen pflegte. Ich bin nicht sicher, ob ich schon damals so dachte oder ob das meine heutigen Gedanken sind. Denn ich habe erst später, in jenem und im darauffolgenden Krieg, ausreichend Heringsköpfe gegessen, daß mir die Zweischneidigkeit der patriotischen Appelle klar wurde.

Kennst du die Geschichte mit dem Hering? In einem Zug reisten ein Jude und ein Pole. Der Pole öffnete seinen Korb und begann, eine fette Henne zu verzehren. Der Jude aber, ein armer Schlucker, aß zum Brot das Billigste, was es auf der Welt gibt, Köpfe von Salzheringen. Der Pole fragte ihn: »Sag mal, warum eßt ihr Juden so viele Heringsköpfe?« – »Davon wird man klug«, antwortete der Jude. »Wirklich?« fragte der Pole. »Dann verkauf mir doch ein paar Köpfe!« – »Warum nicht«, meinte der Jude. »Fünf Köpfe für fünf Rubel.« Der Jude verkaufte sie dem Polen. Nach einiger Zeit meinte der Pole: »Sag mal, warum hast du pro Kopf einen Rubel verlangt, wo doch ein ganzes Kilo Heringe nur einen halben Rubel kostet?« – »Siehst du«, antwortete der Jude, »du bist schon klüger geworden.«

Ich will also damit sagen, daß die Weisheit durch das Erlebte, das heißt mit der Menge der verzehrten Heringsköpfe wächst. Du weißt schon, was ich meine.

Eine Zeitlang drillte man uns im Nahkampf mit Messern. Hinlegen, bums in den Dreck. Aufstehen. Hinlegen. Aufstehen. Hinlegen. Es ist mir peinlich, dir zu sagen, wie oft unser Feldwebel Zuckerl direkt zu mir kam. Dieser schnauzbärtige Puter hatte offenbar auch Augen am Arsch! Wie er mich dann kniff, bis ich blau anlief, und dazu sagte: »Bist du aber süß! Los, jetzt versuchen wir es mal solo. Hinlegen! Aufstehen! Hinlegen! Aufstehen!« Und so weiter.

Wir saßen im Halbkreis, ein knappes Dutzend Juden aus unserer Kompanie, und in der Mitte hatte sich unser Rabbi Schmuel Bendavid niedergelassen und hielt die Thora in der Hand. Wir saßen im entlegensten Winkel, hinter der Küche, direkt am Drahtzaun, wo noch zwei Handbreit Gras wuchsen. Der Rabbi sah in seiner Militäruniform seltsam aus. Er unterschied sich von uns dadurch, daß er keine Achselklappen trug, sondern einen Davidsstern auf der Brust, was bedeutete, daß er Armeerabbiner war. Das war ein hohes Privileg in der Kaserne. Wir wußten damals nur noch nicht, daß einige Zeit später so ziemlich alle Juden in Europa dieses Privileg genießen und wir uns alle den gelben Davidsstern auf der Brust verdienen würden. Doch das sollte, wie ich bereits sagte, eine ganze Zeit später geschehen, in der lichten Zukunft, wie es die Dichter ausdrücken.

Wir saßen also auf dem spärlichen Gras. Soldaten wuschen sich unter den Wasserhähnen. Man hörte das Geklapper von Suppenkübeln. Der Sonnenuntergang war schön, ruhig und rot.

»Es ist alles Unsinn«, sagte Rabbi Schmuel, »Unsinn und nichts als Unsinn. Wozu bin ich hier, frage ich euch. Um euch den rechten Weg zu weisen und für eure Seelen zu sorgen, damit ihr, wenn ihr gefallen seid, rein vor unserem Gott Jehova, gelobt sei sein Name in alle Ewigkeit, erscheinen könnt. Das gleiche müssen auch meine Kollegen tun, die Katholiken, Adventisten, Protestanten, die Zeugen Jehovas, die Orthodoxen und die Moslems, für die Ehre des Kaisers und den Ruhm ihres Gottes. Was hat das für einen Sinn, frage ich euch? Wo ich doch weiß, daß es jenseits der Front ebenfalls einen Rabbiner, einen Kollegen von mir gibt, der unseren Jungen den rechten Weg weist – kann mir vielleicht jemand sagen, ob das nun unsere Jungen sind oder nicht? –, der ihnen aufträgt, gegen euch zu kämpfen und euch für die Ehre ihres Kaisers und für Jehova, gelobt sei sein Name in alle Ewigkeit, töten zu lassen? Eines Tages wird der Krieg aus sein, und wenn die Pflugscharen erneut die Äcker Europas umbrechen und eure bleichen Gebeine, die von den unsrigen und denen, die nicht die unsrigen sind, aus den Feldern ausgegraben werden, wird niemand mehr wissen, wer für welchen Gott und welchen Kaiser gefallen ist. Es heißt, unser teures Vaterland Österreich-Ungarn habe bis jetzt rund anderthalb Millionen Tote zu beklagen. Das sind anderthalb Millionen junge Männer, die nie wieder nach Hause zurückkehren werden, anderthalb Millionen Mütter, die sie nie wieder in die Arme schließen werden, und anderthalb Millionen Bräute, die nie unter ihnen liegen werden, um ein Kind zu empfangen und es in Güte und Frieden zur Welt zu bringen.

Ich frage euch also, sieht Jehova all das nicht? Döst er vor sich hin und bohrt in seiner Nase? Oder ist auch Jehova, gelobt sei sein Name in alle Ewigkeit, ein alter, vertrottelter Onkel geworden, dem der Gedanke schmeichelt, daß die Menschen in seinem Namen sterben? Ich weiß es nicht, Brüder, ich kann euch darauf nicht antworten. Ich denke mir jedenfalls: Wenn Gott Fenster hätte, hätte man ihm schon längst die Scheiben eingeschlagen!«

Der Rabbiner schlug sein Gebetbuch zu und sagte dann: »Damit ist auch das Sabbatgebet zu Ende, in dem wir das Chumasch, ein Kapitel aus dem Pentateuch, gelesen haben, Amen und Schabbes Schalom allen!«

Ehrenwort, ich hatte den Eindruck, daß in seinen Augen Tränen standen. In unserer Synagoge in Kolodez hatte er nie eine so beeindruckende Predigt gehalten.

8

So vergingen die Tage, und unter den wachsamen Blicken unseres Feldwebels Zuckerl und der weisen Anleitung von Oberst Alfred Schauer, der sich nur selten sehen ließ, bereiteten wir uns fleißig auf jene große Stunde vor, in der man uns an die vorderste Frontlinie schicken würde, damit wir mit einem kraftvollen Hurra unsere Bajonette in die Brust des niederträchtigen Feindes stießen. Jene von uns, die ihre Gebeine nicht opferten, würden dem dankbaren Vaterland den Sieg auf ihren Bajonetten darbringen und so weiter.

Aber die Kasernen überall auf der Welt bestehen eigentlich aus zwei grundverschiedenen Kasernen. In der ersten marschiert man im Gleichschritt, wird herumkommandiert, steht Gewehr bei Fuß; es werden die Gewehrläufe geputzt, die Läuse ausgekocht, man bekommt einen Schlag fetten und nach gar nichts schmeckenden Gulaschs in sein Kochgeschirr und flickt die von den sinnlosen Kniebeugen geplatzten Uniformhosen. Die zweite Kaserne ist ein Reich der Zärtlichkeit, dort schreibt man Briefchen oder liest sie, man zeigt sich gegenseitig Fotos der Liebsten oder von Mama, man träumt mit offenen, auf die Zimmerdecke blickenden Augen von zu Hause, von den Kühen oder dem kleinen Bruder, und vor allem träumt man vom Ende des Krieges, der für uns noch nicht einmal angefangen hatte.

Doch der Gipfel dieses Reiches der Zärtlichkeit, seine Apotheose oder sagen wir besser sein Thron, waren die Latrinen, eine lange gekalkte Baracke an dem einen Ende der Kaserne. Hoch über den Löchern im Boden waren kleine Fenster eingelassen, wohl zur Lüftung, und wenn man sich auf den Querbalken stellte, konnte man hinausschauen. Draußen, auf dem Gehsteig gegenüber, versammelten sich Mütter und Bräute. Von dort wurden Nachrichten zugerufen, schöne Grüße von Joschka, du sollst ihm schreiben, brauchst du etwas, und anderes von dieser belanglosen Art, was aber das Soldatenherz erfreut. Wenn man vom Gehsteig aus seinen Blick über die Latrinenfenster gleiten ließ, konnte man gerührte und sogar weinende Soldatengesichter sehen, Augen voller Liebe oder Sorgen, Lippen, die lautlose Küsse zu den unten Stehenden hauchten, und andere ergreifende Bilder in quadratischen Fensterrahmen. Wer aber von innen, von den Latrinen aus hinschaute, sah eine ganz andere Wahrheit, die in einer Reihe nackter Soldatenhintern mit herabgelassenen Hosen bestand. Das war gewissermaßen die Kampfbereitschaft, falls unser wachsamer Feldwebel Zuckerl einen Blick hereinwerfen sollte. Um einen überraschenden Überfall des Feindes in den Rücken zu verhindern, stand einer von uns an der Tür Schmiere. Es genügte, wenn er ein alarmierendes »Zuckerl« rief. Eine Sekunde später hockten wir schon friedlich über den Löchern, wie es sich für eine in jeder Hinsicht disziplinierte Kampfeinheit gehört. Der Feldwebel steckte seinen Kopf herein, musterte die Reihen und sagte jedesmal: »Beeilt euch und trödelt nicht, hier ist kein Sanatorium!«

Auf diese Weise konnte ich auch Sarah sehen. Sie stand gegenüber mit ihrem Bruder Rabbi Schmuel Bendavid, der eine Art Offiziersstatus hatte und die Kaserne verlassen durfte. Wir sahen uns an. Sarah schien mir überirdisch schön mit diesen großen, leicht schräg stehenden, mandelförmigen Augen, die graugrün glänzten, mit dem lockigen schwarzen Haar, das in einem Zopf zusammenlief. So müssen die Töchter Israels in jenen uralten galiläischen Zeiten ausgesehen haben, die ihr Haar an dem vom Mondlicht beschienenen Wasser des Sees Genezareth kämmten, wenn sich das gerührte Auge Gottes durch die silbrigen kleinen Wellen in seinem Grund spiegelte.

»Wie geht es dir?« fragte Sarah.

»Gut«, sagte ich. »Und dir?«

Sie lächelte nur und hob wortlos die Schultern.

Unser Gespräch kam natürlich nicht in Gang. Ich gehörte nicht zu denen, die in jedem Augenblick wissen, was sie einem Mädchen sagen sollen.

Der Rabbi merkte das und sagte: »Ich gehe auf einen Sprung in die Kneipe, Zigaretten kaufen.«

Wir blieben allein, wenn eine ganze Reihe von Müttern,

Großvätern und Schwestern unter der Galerie von Soldatenporträts in den Fenstern als »allein« bezeichnet werden kann, da jeder schreit und wissen will, ob die Kuh gekalbt hat. Und doch waren wir allein und hörten nur uns selbst.

»Sieh dich vor«, sagte sie.

»Natürlich«, sagte ich.

»Hoffentlich ist alles bald zu Ende, damit ihr wieder nach Hause kommen könnt«, sagte sie.

»Ja, hoffentlich«, sagte ich.

»Ich werde auf dich warten«, sagte sie.

»Gut«, sagte ich.

Und wer etwas davon versteht, begreift sicher, daß sich in diesen Worten und den Pausen dazwischen die ganze Zärtlichkeit von Salomos »Schir Aschirim«, seines Hohenliedes, alle Poesie der Welt, alle Musik, alle geistvollen Formulierungen verbargen, die man im Laufe von Jahrtausenden erfunden hat, um das Wörtchen »Liebe« zu umschreiben. Doch damit du jetzt, Gott behüte, nicht vor lauter Rührung in Tränen ausbrichst, erlaube ich dir, auch einen Blick in die Latrine zu werfen, wo du meinen nackten Hintern und die heruntergelassenen Hosen sehen kannst, so daß du alle Lieder Salomos sofort vergessen wirst.

9

Wir standen wieder in Reih und Glied. Jetzt erinnerte nichts mehr an jene verlotterte Bande vom ersten Tag. Wir waren zu Tapferen Heerscharen geworden. Oberst Schauer ging, die Hände auf dem Rücken gekreuzt, auf und ab, betrachtete uns wohlgefällig und verkündete, daß die Heimat von uns ruhmreiche Heldentaten erwarte. Er sagte noch, daß morgen unsere große Stunde kommen und man uns an die Front schicken werde. Und er sehe unsere Köpfe bereits mit den Lorbeerzweigen des Triumphes bekränzt.

Ich habe mich schon immer gern blöd gestellt und faßte mich an den Kopf. Dort war nichts, was an einen Lorbeerzweig erinnerte.

Feldwebel Zuckerl zischte leise: »Rekrut Blumenfeld!«

»Zu Befehl. Jawohl.« Ich stand wieder stramm.

Am Morgen ertönten die Trompeten. Von nun an würden wir nur noch die Kriegshörner hören und vielleicht, so Gott will, auch die Siegesfanfaren. In voller Kampfausrüstung mit Tornistern, Stahlhelmen, Gasmasken, gefalteten Planen und Kochgeschirren aus Aluminium saßen wir auf dem staubigen Exerzierplatz neben den Gewehrpyramiden und tranken unseren letzten Tee. Neben mir saß unser Rabbiner Schmuel Bendavid.

»Du bist blaß«, sagte er zu mir.

»Ich habe Angst«, erwiderte ich.

»Schließlich bist du ein Mann«, sagte er. »Schäme dich.«

»Ich habe Bauchschmerzen.«

»Das kommt von der Angst. Lauf rüber, um dich zu erleichtern.«

Ich stand auf, blickte mich um und sah Zuckerl. »Herr Feldwebel, gestatten Sie, ich habe Bauchschmerzen. Darf ich austreten?«

»Im Laufschritt und nicht trödeln, hier ist kein Sanatorium!«

Ich lief zur gekalkten Baracke. Als ich meine Hose herunterließ, hörte ich jemanden auf der Straße rufen: »He, ist dort einer von den Soldaten? He, hört ihr mich, ist dort jemand?«

Ich kletterte auf den Querbalken und schaute hinaus. Drüben stand ein älterer Herr mit Schirm und Melone.

»Was ist los?« fragte ich.

»Der Krieg ist aus«, sagte der Herr mit ungarischem Akzent. Er sah nicht sehr enttäuscht aus. »Sie haben soeben gemeldet, daß man einen Waffenstillstand unterzeichnet hat.«

Gerade begann der Trompeter draußen das Signal zu blasen. Die Soldaten stellten sich auf. Chaos. Kommandos. »Erste Kompanie angetreten. Erster, zweiter, dritter« und so weiter.

Und in diesem, wenn man so will, für jede Armee wichtigsten Augenblick lief ich über den Exerzierplatz und hielt meine Hose fest.

»Der Krieg ist aaauuus!« schrie ich und hob die Arme, wobei meine Hosen hinunterrutschten.

Der Feldwebel kam mir drohend wie eine gewitterträchtige Wolke entgegen.

»Rekrut Blumenfeld, stillgestanden!« Es ist nicht leicht, stramm zu stehen, dem Feldwebel Ehre zu bezeigen und gleichzeitig die Hosen hochzuziehen. »Was faselst du da?«

»Der Krieg ist aus, Herr Feldwebel. Sie haben es soeben gemeldet.«

Dieser Gedanke bahnte sich nur langsam einen Weg durch den geheimnisvollen und unerforschten Dschungel seines Gehirns.

»Ist das sicher?«

»Vollauf, Herr Feldwebel!«

Auf einmal strahlte er.

»Wir haben also gesiegt?«

Ich strahlte nun ebenfalls.

»Nein, Herr Feldwebel, wir haben verloren.«

Er stutzte für kurze Zeit, dann kniff er mich auf seine unübertreffliche Art in die Wange.

»Bist du aber süß! Ich liebe die Juden, und eines Tages werde ich etwas Großes für sie tun!«

Er erwies sich wirklich als ein Mann und hat Wort gehalten. Jahre später begegnete ich ihm im Lager Flossenbürg in der Oberpfalz, wo er Sturmführer war.

POST

DAS ZWEITE BUCH ISAAKS

Das Ende meines Krieges oder wie ich Pole wurde

I

Das Ende eines Krieges hatte ich mir wie das Ende der Schulzeit vorgestellt. Man bekommt sein Zeugnis und Schluß, wirft seine Mütze in die Luft, betrinkt sich mit seinen Klassenkameraden wie ein Kosak, und nachdem man sich im Klo ausgekotzt hat, stürzt man sich frisch und frei in die Wellen des Lebens. So dachte ich.

Doch zeigte sich, daß es nur wenige Ähnlichkeiten gab: Man kehrt einem Krieg den Rücken, meistens mit schlechten Zensuren in Geschichte und Geographie, die man dann im nächsten Krieg zu verbessern hat, der schon hinter der Ecke lauert. Der Waffenstillstand, den man so sehnlichst erwartet hat, ist keineswegs der Anfang des erträumten dauerhaften Friedens. Das ist nur die Pause zwischen zwei bitte mit freudiger Erregung herbeizusehnenden Unterrichtsstunden über das Aufspießen des Gegners mit dem Bajonett, das Ausheben von Schützengräben, die Durchführung von Angriffen und Gegenangriffen, die Brandschatzung fremder Dörfer, das Erhängen von Spionen und Deserteuren. Der Gegner aus der Klasse gegenüber tut das gleiche, nur in entgegengesetzter Richtung.

Wir warteten umsonst auf unsere Entlassung. Sie kam und kam nicht, und das Leben in der Kaserne wendete sich nicht zum Besseren, eher im Gegenteil. Es regnete unentwegt, unser Exerzierplatz verwandelte sich in eine schlammige Pfütze, unser Feldwebel Zuckerl wurde immer bösartiger. Mitten in der Nacht setzte er Übungen mit Gasalarm an. Wir mußten mit diesen scheußlichen und eigentlich doch überflüssig gewordenen Gasmasken über den Platz rennen und uns im Dreck wälzen. Sie stanken nach Chemieunterricht, und wir sahen darin wie Frösche aus, die völlig außer Atem waren. Dabei schrie er, daß der Krieg für ihn noch lange nicht zu Ende sei, daß die Juden, die Bolschewiken und diese Makkaroniitaliener ihre Rechnung ohne den Wirt gemacht hätten und weitere solcher patriotischen Reden vor der aufgestellten Kompanie, die bis zu den Haarwurzeln verschlammt war und der die Augen vor Müdigkeit zufielen. Als Dessert zu dieser Hauptspeise wurde gereicht, daß die Franzosen absolute Scheißer wären, die Engländer Schwule und die Russen dämliche Muschiks, die, immer betrunken, stets nur Revolutionen machten. Und da mir aus Gründen, die du bereits kennst, nicht das Glück beschieden war, an die vorderste Front zu kommen, verstand ich nicht, warum wir und unsere deutschen Verbündeten, also zivilisierte, disziplinierte und vortrefflich ausgerüstete Militärs mit Gasmasken und auf Hochglanz geputzten Nationaldoktrinen, von Kriegsgenies wie Hindenburg und Götzendorf geführt, den Krieg gegen die Scheißer, Schwulen und Muschiks verloren hatten. Zuckerl hatte eine Erklärung dafür. Sie war nicht unumstritten, aber es lohnte sich, darüber nachzudenken: Schuld sind die Juden und nur die Juden – das las ich sogar in dieser oder jener Zeitung, und es wurde so oft wiederholt, daß es allmählich selbstverständlich wurde und keiner Beweise mehr bedurfte. Man erzählte sich die Geschichte von einem großen Generalstabsstrategen aus Berlin, der die Gründe für die katastrophale Niederlage analysiert und mit einer kleinen Abweichung vom Schema klar und deutlich formuliert hatte: Schuld sind die Juden und die Radfahrer. In die nachdenkliche Stille, die daraufhin im Saal eintrat, fragte eine schüchterne Stimme: »Warum denn auch die Radfahrer, Herr General?«

Kehren wir jedoch in unsere Kaserne zurück. Strategien sind nichts für den Verstand eines gemeinen Soldaten. Wenn ich von unserem verbitterten Feldwebel Zuckerl und unserem Schulunterricht unter den Bedingungen der angeblichen Verseuchung der Ortschaft mit dem französischen Giftgas »Yperit« erzähle, muß ich vorausschicken, daß der Feldwebel eine ganz besondere Einstellung zu mir hatte. Als hätte ich die Kapitulation in jenem verfluchten Eisenbahnwagen in der Compiegne, zu dem die Deutschen Jahre später noch einmal zurückkehren würden wie zu einer Nachprüfung, mit eigener Hand und das auch noch auf jiddisch unterzeichnet. Der Feldwebel ließ mich zur Strafe für nichts und wieder nichts unentwegt in voller Kampfausrüstung und im strömenden Regen stillstehen. Und mein Zadik – ich sagte dir bereits, daß das soviel wie geistlicher Lehrer bedeutet –, also der Rabbiner Bendavid bemühte sich vergebens, mich von diesen schweren Bürden für den verlorenen Krieg zu befreien. Ich brachte durchaus Verständnis für den armen leidenden Zuckerl auf. Er hatte den Inhalt seiner Existenz, eines Lebens voller fröhlicher Kriegsfanfaren und nationaler Ideale, verloren. Vor seinen Augen stürzte der Tempel mit seiner einzigen Ikone ein, dem lichten Bild des verblichenen Kaisers Franz Joseph, unter dem Soldatenchor aus mobilisierten Engeln und dem Glockengeläut von Kochgeschirren, klirrenden Gewehrsicherungen und trommelnden Schuhnägeln. Ein großes Reich ging unter im Nichts. Genauer gesagt, in der schwarzen oder vielleicht sogar roten Ungewißheit versank das lebensfrohe und leichtsinnige Wien mit jener Donau, von der Zuckerl wie die meisten Österreicher immer noch glaubte, daß sie blau sei. Und diese ganze, in ihrer düsteren Größe antike Tragödie eines Feldwebels bestand aus vier Worten: »Der Krieg ist aus«, also den Worten – entschuldige, daß ich daran erinnere –, die gerade ich ausgesprochen hatte. Ich war jener Sendbote gewesen, der ihm die Nachricht von der Niederlage überbracht hatte. Und man weiß schließlich, daß in alten Zeiten die Überbringer schlechter Botschaften von den guten und weisen Königen und Sultanen meist kurzerhand enthauptet wurden. Angesichts dieses blutigen Mittelalters war mein Strammstehen in voller Kampfausrüstung im strömenden Regen einfach wie eine Liebkosung des Schicksals. Mit anderen Worten, ich war ein absoluter Dummkopf, weil ich ihm diese traurige Nachricht aus naiver Freude nicht vorsichtiger und taktvoller mitgeteilt hatte, zum Beispiel mit tiefem Mitgefühl für das Unglück, das uns alle ereilt hatte, wie man das von einem patriotisch gebildeten, treuen Untertanen und Soldaten Seiner Majestät erwarten durfte. So wie jener Dummkopf Mendel, den man mit der diffizilen Aufgabe betraut hatte, Schlomos Gattin mitzuteilen, daß ihr Mann beim Kartenspiel einen Herzinfarkt bekommen hatte.

»Ich komme aus dem Café«, sagte er ihr vorsichtig.

»Und mein Mann Schlomo ist sicher dort?«

»Ja, er ist dort.«

»Und sicher spielt er Poker?«

»Ja, er spielt Poker.«

»Und sicher verliert er wieder?«

»Ja, er verliert.«

»Krepieren soll er!«

»Er ist soeben krepiert.«

Ich will damit sagen, daß ich in so einem höchsten oder, wie die Schriftsteller sich ausdrücken, erhabenen Augenblick des tragischen Untergangs eines Imperiums mehr Taktgefühl an den Tag hätte legen müssen.

Aber nicht nur unser Feldwebel litt unter der Niederlage. Oberst Schauer trat immer öfter stockbetrunken vor unsere siegreichen Reihen. Er versuchte, Reden zu halten, und zwar in dem Sinne, daß unsere Sache unsterblich sei wie das Reich selbst und daß der Tag kommen werde ... und was er sonst noch so lallte. Doch es fehlten unsere dem Altar der Heimat dargebrachten Gebeine und unsere mit den Lorbeerkränzen des Sieges geschmückten Köpfe. Die Geschichte hatte kleine redaktionelle Korrekturen vorgenommen, wie man so sagt. Wenn er nüchtern war oder, man verzeihe mir den groben Ausdruck, weniger besoffen, flüsterte er mit dem Feldwebel, ließ dann zwei dubiose Herren in einer Droschke in den Kasernenhof, und die vier schlossen sich in der Amtsstube ein. Nach solchen Plenartagungen unter Ausschluß der Öffentlichkeit erfaßte unser wachsames Auge, wie sich Decken, Stiefel und andere Teile der Troßausstattung geheimnisvoll in Luft auflösten, unsere Suppe immer durchsichtiger wurde und immer weniger Fleischstückchen im Gulasch schwammen. Ich sprach mit Rabbi Bendavid über den metaphysischen Zusammenhang zwischen den Besuchen der Herren in der Droschke und dem dramatischen Absinken der Proteinkurve in der Verpflegung der Soldaten

Er antwortete tiefsinnig: »Sie stehlen, mein Junge, sie stehlen. Nach jedem Zusammenbruch der Ideale tritt ein allgemeiner Sittenverfall ein. Nach der Einäscherung des Tempels und der Zerstörung Jerusalems durch die Römer haben sich auch die Juden dem Raub hingegeben. Das ist eine absolut natürliche und in gewissem Sinne des Wortes revolutionäre Umverteilung des Eigentums. Wem gehören die Decken, frage ich dich? Glaube nicht, daß sie dem Volk gehörten, das sind Fabeln. Sie gehörten dem Reich. Gibt es das Reich jetzt? Ich glaube nicht. Also?«

Ich war aufrichtig empört.

»Und das sagst du so gleichgültig, du, ein Rabbiner! Diebstahl bedeutet schließlich, daß eines der zehn Gebote Gottes verletzt wird!«

»Macht nichts, bleiben immer noch neun«, tröstete mich Bendavid. Aber seine Gedanken waren offenbar woanders. Er wirkte wie abwesend, sein Geist war fern von hier.

Ich hatte längst bemerkt, daß im Kopf meines, mit Gottes Segen, künftigen Schwagers eine Motte schwirrte. Er war nachdenklich geworden, genauer gesagt, er konzentrierte sich auf einen unzulässigen oder verbotenen Gedanken, der ihn auffraß. So wie der Polizeiwachtmeister einmal Saul Kogan aus Berditschew fragte, ob er sich nicht Gedanken über die politische Lage mache, und jener antwortete: »Natürlich mache ich mir welche, aber ich bin mit ihnen nicht einverstanden.« Offenbar war auch Bendavid mit den seinen nicht einverstanden.

Ich fragte den Rabbi sogar einmal wegen einer seltsamen Begegnung, die ich aus dem kleinen Fenster der Latrine beobachtet hatte. Mit heruntergelassenen Hosen stand ich nach alter Gewohnheit auf dem Querbalken und schaute durch die quadratische Öffnung, um jemanden zu entdecken, der mir den neuesten Tratsch erzählen könnte, als ich sie sah: Der Rabbiner und Esther Katz tuschelten etwas, dann gingen sie in die nächste Kneipe. Wie gesagt, ich hatte ihn völlig treuherzig und ohne Hintergedanken gefragt.

»Stell weniger Fragen. In unseren Tagen ist das gesünder«, fertigte er mich ab.

Ich hörte auf zu fragen, was Esther Katz auf dem gegenüberliegenden Bürgersteig, genau vor den Latrinen der Kaserne zu suchen hatte. Ich kannte diese schöne und zarte Frau mit Bubikopf, die offensichtlich auch im Schlaf rauchte, nur flüchtig. Sie tauchte gelegentlich in unserer galizischen Gegend auf. Wie es hieß, war sie Rechtsanwältin oder etwas ähnliches. In David Lejbowitschs Café unterhielt sie sich auf jiddisch über dies und das, mit dem Rabbiner sprach sie perfektes Deutsch und mit meinem Lehrer Eliezer Pinkus, Friede seiner Asche, perfektes Russisch. Wie von dem durchsichtigen Tüll, den sie immer lässig um ihren zarten Hals trug, war sie von Gerüchten umwoben. Mal galt sie als französische Spionin, mal als russische. In anderen Jahren, deren Zeuge du werden wirst, erwies es sich dann, daß sie keine jüdische Mata Hari war, sondern eine bolschewistische Funktionärin aus Warschau. Eine von den treuesten und kompromißlosesten, die von den Bolschewiken mit erbarmungsloser Kälte erschossen wurden – mal als Trotzkisten, mal als japanische Agenten. Doch das geschah später, du wirst es erfahren, wenn die Zeit dafür gekommen ist.

Wie ich dir bereits sagte, halte ich mich nicht für sehr klug, aber ich bin auch nicht so dumm, daß ich nicht auf den Zusammenhang kam, der zwischen dem Auftauchen von Esther Katz und den gedruckten Zetteln bestand, die den Soldaten in die Hände gespielt wurden. Sie enthielten, ehrlich gesagt, ziemlich irritierende und für unser großes Reich beleidigende Dinge: Der heilige Krieg, unter dessen Fahnen man uns gerufen hatte, wurde als imperialistisch bezeichnet und wir Soldaten Seiner Majestät einfach als Kanonenfutter. Die Rede war von den Völkern, die unter dem Stiefel dieses europäischen Gendarms, von Österreich-Ungarn und seinem blutrünstigen Kaiser, stöhnen (ich stellte mir diesen Gendarm als ein Mittelding zwischen dem Feldwebel Zuckerl und unserem polnischen Wachtmeister Pan Woitek vor, natürlich mit den Koteletten von Franz Joseph). Aber, Scherz beiseite, der Text auf diesen Flugblättern schien mir einigermaßen einleuchtend, war jedoch sehr geschraubt und schwer verständlich. Einige Behauptungen hielt ich direkt für übertrieben. Nicht daß wir im Überfluß lebten und alles in Butter und Honig war, nein, die meisten von uns hatten nur mit knapper Not ihr Auskommen. Aber ich kann mich nicht erinnern, daß jemand in unserer Gegend unter irgendeinem Stiefel gestöhnt hätte. Schon gar nicht unter dem Stiefel Seiner Majestät. Das war die reinste Verleumdung, denn er hatte schließlich seinen Fuß nie nach Kolodez bei Drogobytsch gesetzt. Onkel Chaimle hätte dazu gesagt, daß es sich um ein Musterbeispiel politischer Agitation reinsten Wassers handelte.

Ich bat Rabbi Bendavid, mir die Herkunft und den Zweck dieser Zettel zu erklären. Er aber entgegnete: »Streng deinen Kopf an und frage weniger.«

Ich strengte meinen Kopf an, bis ich endlich zu dem Schluß kam, daß wir uns an der Schwelle großer Veränderungen befanden, die unser Leben so umkrempeln würden, wie mein Vater die alten Kaftane, damit sie mit etwas Phantasie und gutem Willen wie neu aussahen. Das Gerücht von den Ereignissen, die sich in Rußland abspielten, war bis zu uns gedrungen. Es hieß, daß Kuddelmuddel dieser Art auch bei uns und in Deutschland eingerührt würden. Wie das ferne Echo eines Gewitters, das irgendwo hinter den Bergen niedergegangen war, hatten uns in Kolodez zuvor schon Gerüchte über einen Aufstand der Matrosen unserer österreichisch-ungarischen Flotte in der Bucht von Cattaro erreicht, oder, wie sie es an den fernen adriatischen Küsten Montenegros nannten, in Boka Kotorska. Aber wie ich dir bereits sagte, interessierte ich mich nicht sonderlich für Politik, während die Politik ihrerseits ein wachsendes Interesse an mir bekundete. Vielleicht riefen deshalb die Leute von der Militärpolizei, die zu uns kamen und unter den Strohsäcken, in den Holzspinden der Soldaten und in den Taschen der Uniformmäntel wühlten, nur mich vor die lange Reihe der Männer entlang der eisernen Betten, um mich zu durchsuchen, jene intime Stelle hinten ausgenommen. Ich stand dort nackt und beschämt. Ich hatte sogar die Unterwäsche ausziehen müssen, die mir Mutter genäht hatte. Einige Soldaten versuchten zu kichern, aber unter dem strengen Blick des Feldwebels Zuckerl erstarrte ihr Lachen zu Eiszapfen.

»Was hast du in letzter Zeit gelesen?« fragte mich so ein hohes Tier von der Militärpolizei mit dicken Brillengläsern, durch die seine Augen unnatürlich aufgequollen wirkten.

Ich sah ihn mit einem kindlich unschuldigen Blick an.

»Die Bibel.«

»Zeig sie.«

Was nun, denn ich besaß keine? Doch Rabbi Bendavid, der zusammen mit den anderen Armeegeistlichen weit hinten im Raum stand, rettete die Situation.

»Er hat sie mir zur Aufbewahrung übergeben, werter Herr. Ich erkläre ihm einzelne Kapitel, weil er ein bißchen schwer von Begriff ist.«

»Das ist gut. Sehr gut sogar«, entschied der Vorgesetzte der Militärpolizei, ohne näher darauf einzugehen, was denn nun gut war – daß ich schwer von Begriff war oder daß man mir die Bibel erklärte. »Und was hast du sonst noch so in letzter Zeit gelesen? Irgendwelche Flugblätter, Aufrufe, Appelle?«

Sich einfältig stellen, um zu überleben, ist eine alte Kunst der Juden, die allenfalls mit der altgriechischen Architektur, genauer gesagt, mit dem Parthenon, vergleichbar ist.

Ich antwortete: »In der Gruppe lesen wir nur die Regimentszeitung, Herr Vorgesetzter. Sie enthält alles, was ein Soldat und Patriot braucht!«

Der Vorgesetzte sah mich durch seine dicken Brillengläser verwundert an. »Bist du Jude?«

»Sehr wohl!«

Offenbar glaubte er mir nicht, denn mit der Spitze seines Stöckchens hob er jenes Etwas an, das unter meinem Bauchnabel hing, und starrte es mit seinen kurzsichtigen Augen an.

Seine Verwunderung ging nach und nach in unverhülltes Staunen über. Er schwieg kurze Zeit, blickte sich um, dachte nach und klatschte mir schließlich zufrieden auf die nackte Schulter. »Gut, zieh dich an!«

Mit triumphierendem Blick suchte ich Zuckerls Augen. Doch sie verkündeten mir nur, daß ich lange Zeit in voller Kampfausrüstung im Regen stehen würde. Sicher war der Feldwebel enttäuscht, daß man unter meinem Arm nicht »Das Kapital« gefunden hatte oder wenigstens ein Foto Lenins oder Leo Trotzkis vor wehenden Fahnen.

Rabbi Schmuel Bendavid warf mir einen um Verzeihung bittenden, etwas schuldbewußten Blick zu und zuckte kaum merklich mit den Achseln. Er hatte die Arme gottesfürchtig und ergeben vor der Brust gekreuzt, so wie die anderen Lamas und Schamanen neben ihm – Gottesmenschen, die über jeden Verdacht erhaben waren.

2

Auf jeden Fall straffte Zuckerl das Regime und verbot jeglichen Stadtausgang und andere Extravaganzen wie Besuche im Kriegslazarett, das sich in dem requirierten Bordell der Stadt befand. Es gab dort sowieso keine Huren mehr und auch keine Ärzte, nur unseren armen Feldscher, der für alles, vom verstauchten Fuß bis zum Geschwür des Zwölffingerdarms Bittersalz verschrieb und die Betten mit Karbol desinfizierte. Gerade an diesem Punkt meiner Biographie, als sich fast unsere ganze ruhmreiche Kompanie infolge eines sozusagen epischen Durchfalls eingeschissen hatte, hervorgerufen wahrscheinlich durch verdorbenes Pferdefleisch, das nur ganz entfernt an Kalbfleisch erinnerte, und die Hälfte unserer Leute fast ununterbrochen auf der Latrine hing, also genau in diesem Moment bekam ich einen Brief von Sarah.

Der Umschlag war geöffnet und grob mit braunem Schusterleim wieder zugeklebt worden. Ich geniere mich, es dir zu sagen, aber die Wahrheit steht über allem: Ich öffnete diesen Brief und las ihn, auf der Latrine hockend, immer wieder. Über meine Wangen flossen Tränen. Hier ist dieser bewegende Brief, ich will nämlich nichts verheimlichen:

AN [redacted]ENFELD,
[redacted] REGIMENT, [redacted] KOMPANIE
STADT [redacted], GEBIET [redacted].
MEIN TEURER [redacted], ICH WILL DIR SCHNELLSTENS MITTEILEN, DASS BEI UNS IN [redacted] AUS [redacted] EINGETROFFEN SIND UND BIS VORGESTERN [redacted], ABER ANDERERSEITS [redacted]!!! GLAUBST DU NICHT [redacted]? ANSONSTEN STEHT ES UM UNSERE VERPFLEGUNG [redacted]. DAS BROT KOSTET INZWISCHEN [redacted], UND ZWAR MIT [redacted], FLEISCH GIBT ES ÜBERHAUPT [redacted]. KÜSSE MEINEN BRUDER [redacted] UND SAG IHM, DASS DAS [redacted]!
EWIG DEINE [redacted].

Ich las den Brief, wie gesagt, unter den kleinen Fenstern hockend, durch die man schon lange nicht mehr sehen konnte, weder die Leute mit der trächtigen Kuh noch Joschkas Bekannte, und weinte vor Ergriffenheit. Weniger wegen des Geschriebenen oder mit schwarzer Tinte dick Durchgestrichenen, sondern wegen der ungeschriebenen weißen Zeilen, in denen sie, daran zweifelte ich nicht, mir mitteilte, wie sehnlich sie mich erwartete und wie sehr ich ihr fehlte, wie schön und mild der Herbst in Kolodez war und wie sie davon träumte, daß wir an der Schlucht über dem Flüßchen säßen, und viele solcher Zärtlichkeiten, die kein Zensor lesen und noch weniger durchstreichen konnte.

Ich zeigte dem Rabbiner Bendavid den Brief. Er las ihn aufmerksam durch und sagte: »Die politische Entwicklung ist gut, es ist sehr viel durchgestrichen. Und je mehr Zeilen der Zensur zum Opfer fallen, um so besser sind die Aussichten!«

»Ich kann deinen Gedanken nicht folgen«, sagte ich.

»Vor der Morgenröte ist die Nacht am dunkelsten, mein Bruder. Wenn die Zensoren vor Panik und Angst so dumm geworden sind, daß sie sogar das Lied der Nachtigallen durchstreichen, dann ist das Ende nahe. Begreifst du es jetzt?«

»Mir gefällt, was du vom Lied der Nachtigallen gesagt hast«, sagte ich gerührt.

Mit aufgewühlter Seele umarmte ich den Rabbiner und berührte seinen grau schimmernden Bart mit den Lippen.

»Entschuldige«, sagte er, »daß ich vor allen gesagt habe, du seist ein bißchen schwer von Begriff!«

»Mein Gott, das habe ich bereits vergessen.«

»Vergiß es nicht, das ist die reine Wahrheit. Das mit den Nachtigallen ist ein Gleichnis, damit habe ich nicht meine Schwester gemeint und noch weniger dich. Die Nachtigallen singen vor dem Sonnenaufgang, das wollte ich sagen. Und jetzt lauf zur Latrine. Ich spüre, daß auch deine Stunde gekommen ist.«

Trotzdem blieb ich weiterhin davon überzeugt, daß das, was der Rabbi gesagt hatte, genau das traf, woran ich dachte. Er mochte es einfach nicht, wenn man seine Gefühle in Unterhosen ertappte.

Wieder einmal war der Sabbatabend gekommen. Es war still, und wie durch ein Wunder regnete es nicht. Das Fleckchen Gras am Stacheldraht, das der Platz des »Bejt Kanischta«, des Gebetsortes, für Kriegszeiten war, gab es nicht mehr. Alles hatte sich längst in Schlamm verwandelt, der unter den durchgeweichten Stiefeln quietschte. Deshalb saßen wir, die Gruppe Juden aus unserer Kompanie, auf den Holzscheiten neben der Küche. Unser Rabbiner hielt die aufgeschlagene Thora in den Händen, aus der er uns nach der Vorschrift eine »Derascha«, einen ausgewählten Abschnitt aus dem Pentateuch, vorzulesen hatte. Doch Bendavid schien dieses Mal nicht die Absicht zu haben, die zwar lehrreichen, aber zur Genüge bekannten Geschichten von den sieben dürren Kühen zu erläutern, die sieben fette verschlungen hatten und trotzdem dürr geblieben waren. Er ging direkt zur Sabbatpredigt über: »Ich habe Nachrichten für euch. Stört euch nicht daran, daß ich nur scheinbar aus dem Gesetz vorlesen werde, und springt nicht auf. Österreich-Ungarn gibt es nicht mehr, wenn ihr versteht, was ich damit meine. In diesem Herbst werden die Lehrer nicht flüssig und gleichförmig von unserem großen Reich erzählen, sondern stottern, wenn sie den Kindern zeigen müssen, wo genau die Grenzen Ungarns oder der Tschechoslowakei verlaufen, oder wenn sie den verborgenen Sinn erklären, so es ihn überhaupt gibt, daß Slowenien, Bosnien-Herzegowina, Kroatien und Montenegro von einem verwahrlosten Reich der Habsburger in ein anderes, das der Karadjordjevic, übergegangen sind. Die russischen Erdkundelehrer müssen es sich abgewöhnen, von Polen als ›unseren westlichen Gouvernements‹ zu sprechen. Im Baltikum wird man die russische Fahne von den Masten einziehen, zumal die Russen selbst noch lange Zeit darüber geräuschvoll streiten werden, wie ihre Fahne aussieht: dreifarbig oder rot. Die alten Pauker werden sich am Hintern kratzen, wenn man sie fragt, zu welchem Land Südtirol, die Dobrudscha, Siebenbürgen oder Galizien gehören und wessen Untertanen die Moldawier oder die Finnen sind. Die Geschichte, Freunde, hat wie ein routinierter Croupier die Karten gemischt und neu verteilt – das Spiel beginnt wieder, die Einsätze sind gemacht, und wir werden erst in Zukunft sehen, wer ein As im Ärmel versteckt, wer ein Karree Treffkarten und wer nur eine einsame Sieben erhalten hat. Das ist ein Naturgesetz, die Starken verschlingen die Schwachen, aber ihr Appetit ist zu groß für ihr Verdauungssystem. Und deshalb bekommen sie Durchfall und Sodbrennen, die durch Revolutionen behandelt werden können. Die ihrerseits führen zum Chaos, und aus dem Chaos werden neue Welten geboren. Hoffentlich ist die Welt von morgen dann weniger beschissen als die von heute. Also, bis zur nächsten Verteilung der Karten, das heißt bis zum nächsten Krieg. Er wird nicht lange auf sich warten lassen. Die Drachenzähne der Vergeltung sind bereits im gedüngten Boden Europas ausgesät und werden eine reiche Ernte tragen, das könnt ihr mir glauben. Schabbes Schalom, Jungen, und reist in Frieden an eure Wohnstätten zurück!«

Dieses ganze Durcheinander mit der Zerlegung des Reiches wie eine gehäutete Kuh in der Metzgerei endete für uns am 28. Oktober 1918 mit der sogenannten »Liquidationskommission« in Krakau, und am 14. November desselben Jahres …

3

... Nun das ist der Tag, an dem mein nächster historischer Wunsch in Erfüllung ging, sozusagen noch ein Strich in meiner persönlichen Nationalbiographie – ich wurde Staatsbürger Polens. Du wirst dich totlachen, aber ich bin als Untertan Österreich-Ungarns in den Krieg gezogen und als Pole heimgekehrt. Nicht daß ich in einen anderen Staat emigriert oder, sagen wir mal, in ferne Länder geflohen wäre. Nein, ich bin in mein liebes altes Kolodez bei Drogobytsch zurückgekehrt, mit derselben koketten Zimperliese von Flüßchen im Tal, derselben katholischen Kirche diesseits und der orthodoxen jenseits des Flüßchens, mit derselben kleinen weißen Synagoge, die wie alles mögliche aussah, nur nicht wie ein Tempel Jahves, sogar mit demselben Café des David Lejbowitsch, wo Ljowa Weissmann früher seine aufregenden Filmschnipsel gezeigt hatte. Jetzt befand es sich aber innerhalb der Grenzen des Einigen und Unteilbaren Heiligen Polnischen Bodens, war ein Althergebrachter Teil der Mutter Heimat. Entschuldige, daß ich so viele Großbuchstaben verwende. Ich weiß, das ist dasselbe, als wenn man zuviel Pfeffer in den Borschtsch tut. Aber ich habe kein anderes Mittel, um der historischen Bedeutung des Augenblicks Ausdruck zu verleihen, in dem uns die Deutschen den neuen Vorgesetzten Polens, Josef Pilsudski, mit einer Banderolensendung lieferten. Hoffentlich setzt ihn Jehova neben sein rechtes Knie.

Und hier, Bruder, beginnen die Schwierigkeiten meiner Schilderung, die ihre Vignetten, Pizzicati und Kapriolen verlieren und sich wie die staubigen und eintönigen Wege in unseren Vorkarpaten fortbewegen wird – ein bißchen aufwärts, ein bißchen abwärts, wieder aufwärts und wieder abwärts – bis zum Horizont, ohne Schluchten und schwindelerregende Höhen. Etwa so mühselig wie der Rabbiner Ben Zwi, der ein Kabriolett mietete, das ihn in das Nachbarstädtchen befördern sollte. Er vereinbarte den Preis mit dem Kutscher, und dann ging es los. Bei dem ersten kleinen Hügel bat der Kutscher den Rabbiner, abzusteigen und zu schieben, sein Pferdchen sei schwach und gebrechlich. Ben Zwi schob also bis zum Gipfel, dann bat ihn der Kutscher, das Kabriolett beim Herunterfahren hinten festzuhalten, und so Hügel um Hügel. Mal schob Ben Zwi, mal hielt er die Kutsche fest, bis sie ihr Ziel erreicht hatten. Vor der dortigen Synagoge bezahlte der Rabbiner den Kutscher und sagte: »Mein Lieber, ich verstehe, warum ich mich auf den Weg hierher gemacht habe – ich soll in der Synagoge predigen. Ich verstehe auch, warum du es getan hast – schließlich mußt du dein Geld verdienen. Ich verstehe nur nicht, warum wir auch diesen armen Gaul mitgenommen haben!«

Damit will ich nicht sagen, daß ich in dir, mein freundlicher Leser, den armen Gaul sehe, der völlig sinnlos durch die hügelige Eintönigkeit des Lebens hin und her geführt wird. Objektiv betrachtet, scheint es wohl doch so zu sein, ich bitte um Vergebung. Um so mehr, als ich am Anfang versprach, mich wie die Menschen der Antike auf zwei Wale zu stellen. Der eine war, falls du dich noch erinnerst, der Erste Weltkrieg, der andere natürlich der Zweite. Und was liegt, bitteschön, zwischen ihnen? Nicht zwischen den beiden Weltkriegen, sondern zwischen den beiden Walen? Wasser. Na bitte, das ist doch völlig klar.

Wenn man jedoch andererseits auch nur ein Tröpfchen dieses Wassers unter dem Mikroskop meines Lieblingslehrers Eliezer Pinkus, Friede seiner Asche, betrachtete, sah man, daß diese Leere nur vermeintlich ist. In dem Tropfen brodelt ein Leben, wie man es vermutlich nicht einmal in Lemberg, jetzt Lwow, findet. Amöben und andere Einzeller leben ihren normalen und ziemlich hektischen Alltag. Sie kommen zusammen und vermehren sich, suchen etwas oder irgendwen zum Fressen. Auch dort gibt es sicher dramatische Abschiede, besonders wenn sich ein Pantoffeltierchen teilt und seine beiden Hälften einander im Leben nie mehr begegnen werden. Schon mit unbewaffnetem Auge kann man kleine Fische sehen, die ihr Maul wie bei einer zufälligen Begegnung mit einem alten Bekannten zu einem »Oh!« öffnen, dabei aber eigentlich eine ganze Kompanie Plankton zusammen mit seinem Feldwebel verschlingen. Brich jedoch angesichts des großen Mysteriums der Natur nicht gerührt in Tränen aus. Es ist übrigens das einzige, was ich mir aus dem Biologieunterricht gemerkt habe, und im konkreten Fall benutze ich es als Metapher.

Doch möchte ich dich nicht mit Kleinigkeiten aus unserem Leben als Amöben oder bestenfalls als kleine Fische langweilen, die scheinbar »Oh!« sagen wollen und dich dann mir nichts dir nichts verschlingen. Das interessiert niemanden und wird Gottes Auge kaum mit der Feuchtigkeit des Mitgefühls trüben. So verstehe ich auch unsere großen Lehrer und Propheten aus biblischen Zeiten. Jene, die das Buch der Bücher, das Gesetz oder die Thora, wie wir sagen, Zeile um Zeile und Rolle um Rolle verfaßt haben, wußten, wo ihre Schilderung langsam und breit wie ein voller Fluß fließen muß und wo die Ereignisse wie eine gewaltige Wasserschwelle voranzustürmen und vor deinen Augen mit schwindelerregender Schnelligkeit vorbeizurasen haben. An solchen Stellen der Bibel, an denen man nicht die geringste Zeit hat, anzuhalten und sich die umliegende Gegend anzuschauen, schlagen meine alten Lehrer im Schildern und Beschreiben der Dinge mit großen Schritten zu je hundert römischen Stadien über die Stränge. Zum Beispiel: »Adam erkannte abermals sein Weib (du weißt doch, was gemeint ist, jedenfalls nicht eine gewöhnliche Bekanntschaft), und sie gebar einen Sohn, den nannte sie Seth. Und Adam lebte danach 800 Jahre und zeugte Söhne und Töchter. Das ganze Alter von Set ward 912 Jahre, das ganze Alter von Enosch ward 905 Jahre, und das ganze Alter von Mahalalel ward 895 Jahre ...« Und so weiter, mein lieber Leser, ich will dich nicht mit Beispielen erschlagen. Ich rede von jenen Riesenschritten meiner schreibenden Vorfahren und Propheten, ihr Andenken bleibe in alle Ewigkeit und auch nach dem letzten Säkulum erhalten, weil sie uns eine Schrift hinterlassen haben, die immer wieder gelesen wird. Jeder deutet sie auf seine Weise und liest sie wieder, und so tausend, zweitausend, dreitausend Jahre lang, nicht wie eine Zeitung, mit der man, wenn sie von gestern ist, nichts anderes tun kann, als gesalzenen Fisch einzuwickeln.

Bitte, wage es nicht, auch nur den Schatten eines Zweifels auf die Wahrhaftigkeit des Geschriebenen zu werfen. Solltest du es tun, möge Gott dir verzeihen, denn es enthält viel Weisheit, sie sprudelt hervor wie die Davidsquellen in der Judäischen Wüste, und manche Lehren für alle Lebenslagen. Und sie schwindeln nicht, diese Propheten, bewegt von göttlicher Inspiration oder dem Wunsch, dich zu erschüttern, wenn sie von Menschen sprechen, die 800, ja sogar 900 Jahre gelebt haben. Formell und aus dem niedrigen Blickwinkel des kaltblütigen Frosches gesehen, widerspricht das zweifellos der Wissenschaft. Aber ich denke mir, daß in jenen machtvollen Zeiten der Genesis, die so dicht und stark waren wie schwerer Passahwein, jeder Vollmond einen Jahreskreis im Leben der Eichen und der Menschen vermerkt hat. Unsere menschliche Zeit läßt sich wohl nicht mit der biblischen messen, das ist wie mit dem Flußkiesel und dem Diamanten oder wie mit dem Sperling und dem Adler.

Aber ich bin wieder vom Thema abgekommen, und jetzt werde ich mit Gottes Hilfe versuchen, die Kurve zu kriegen, um wieder auf die Hauptstraße zu gelangen, von der ich wie der greise Noah abgekommen bin, der im Zwischenstromland eingeschlummert und auf dem Gipfel des Ararat wieder aufgewacht ist.

Steigen wir also von jenem fernen Wipfel des Ararat hinab und richten unseren Schritt auf unser Kolodez bei Drogobytsch, wo ich schüchtern lächelnd im Haus stand, zu meinen Füßen das Soldatenköfferchen aus Holz.

Mutter brach in Tränen aus und überschüttete mein männlicher gewordenes Gesicht mit Küssen. Mein Vater war ernster und verhaltener. Er klopfte mir etwas grob auf die Schulter, aber ich bemerkte, daß seine Augen feucht waren.

Mutter sagte: »Mein lieber Junge! Ich kann mir vorstellen, was du dort in den Schützengräben erlebt hast. Von den Senegalesen erzählt man so schreckliche Dinge!«

»Was für Senegalesen?« fragte ich.

»Die französischen, schwarzen. Sie sollen ihre Gefangenen bei lebendigem Leibe verspeisen!«

»Ja, manchmal ...«, murmelte ich. Es war nicht die Eitelkeit, die mich hinderte, die graue prosaische Wahrheit zu erzählen, zumal außer mir auch unser Rabbiner Bendavid sie kannte. Ich wollte einfach nicht das unsichtbare, aber heroische Denkmal umstürzen, das meine lieben Eltern mir errichtet hatten.

Während Mutter sich an die Zubereitung des Essens machte, es konnte nur jenes festliche Abendessen mit unserem berühmten »gefillten« Fisch sein, den ich von Kind auf hasse, der aber, wie man behauptet, weltliches Ansehen besitzt und sogar einen Triumph des Judaismus darstellt, den ich zu akzeptieren habe, während also Mutter in der Küche werkelte, unternahmen Onkel Chaimle und ich einen Abstecher in David Lejbowitschs Café. Dort gab mein Onkel allen, die das Glück hatten, in diesem historischen Augenblick zugegen zu sein, einen vortrefflichen Getreidewodka aus. Und er tat es mit einer Geste, als hätten wir den Krieg gewonnen, und zwar hauptsächlich dank meiner Heldentaten. Man fragte mich nach allem Erdenklichen, und ich war bereit, auf alles zu antworten, einschließlich der Senegalesen!, aber in diesem Moment betrat unser Rabbi das Café, und augenblicklich ging mir die Luft aus wie einem französischen Aufklärungsballon, den ein deutscher Focke-Wulf angeschossen hat. Das Interesse der Kolodezer Strategen, allen voran der Postbote Awramczyk, der, falls du es vergessen hast, als Nachrichtensoldat am Russisch-Türkischen Krieg teilgenommen hatte, wandte sich sofort dem Rabbiner zu. Nun überschütteten sie ihn mit Fragen.

Ich will nichts Schlechtes über die Juden sagen, Gott bewahre, du weißt, daß auch ich zu ihnen gehöre, aber sicher hast du jene ungewöhnliche Leidenschaft bemerkt, ich würde sogar sagen, jene Besessenheit, mit der sie Fragen stellen und sich nicht im mindesten, ja, ganz und gar nicht für die Antwort interessieren, weil sie sie im voraus kennen oder sich das zumindest einbilden. Und Gnade dir Gott, wenn du nicht das antwortest, was sie erwartet haben: Dann überschütten sie dich mit einer Lawine von Argumenten, zermalmen dich unter Eisbergen von Beweisen und machen dich endgültig fertig, indem sie dich mit einem Zitat – mal aus der Bibel, mal von Karl Marx – wie eine Tapete an die Wand kleistern. Für eine solche Situation kann ich dir folgenden Rat geben: Überschütten dich Juden mit Fragen, hör sie dir in Ruhe an und verzieh dich dann ins Nebenzimmer, um eine Zigarette zu rauchen. Sie werden deine Abwesenheit überhaupt nicht bemerken, sondern sich untereinander streiten. Es gibt auch den Ausweg, ihnen unverzüglich, in der gleichen Sekunde zuzustimmen und um keinen Preis das Abenteuer des Widersprechens zu wagen. Diese Variante ist vielleicht sogar die klügere. Wie es der Rabbiner tat, der einmal gefragt wurde: »Rabbi, welche Form hat deiner Meinung nach die Erde?« – »Sie ist rund«, antwortete der Rabbiner. »Warum rund? Kannst du das beweisen?« – »Na, gut, dann eben quadratisch. Bestreite ich das etwa?«

In unserem Fall ging Rabbi Bendavid recht hinterhältig vor. Er hörte sich die von Kommentaren und Verweisen auf geschichtliche Quellen und beweiskräftige Zitate begleiteten Fragen gelassen an, antwortete aber nicht, stimmte weder zu, noch widersprach er, sondern wies mit seiner Hand großherzig auf mich: »Warum fragt ihr mich, sozusagen eine Etappenratte? Einen Verwalter oder Verkäufer von Gottes Wort, der nie eine Waffe in der Hand gehalten hat? Hier, fragt ihn, den Soldaten! Er kann euch erzählen, wie man das Vaterland in voller Kampfausrüstung verteidigt, mit aufgepflanztem Bajonett, mit einer Gasmaske in einer von den Franzosen verseuchten Gegend und unter strömendem Regen!«

Wie auf Kommando wandten sich alle Gesichter mir zu, und ich las in ihnen Hochachtung und Bewunderung, ja, wenn ich jetzt nicht übertreibe, sogar Anhimmelung. Gott sei Dank waren zu dieser Stunde nur Juden in David Lejbowitschs Café, und, wie ich dir bereits sagte, niemand interessierte sich für die Antwort auf seine Fragen.

4

Bitte, glaube nicht, daß ich die Begegnung mit Sarah absichtlich durch verstaubte literarische Kniffe hinauszögere, um die Spannung zu erhöhen. Diese Spannung existierte wie eine natürliche Gegebenheit, meine Seele flog Sarah zu, sie dürstete nach ihr. In Gedanken sagte ich ihr hundert Mal alles, was sich in meinem Herzen angesammelt hatte. »Meine Liebe«, sagte ich ihr, »mein einzigartiges Vögelchen! Du Traum meiner Träume, du blühende Pfingstrose, meine stille Samstagsfreude! Deine beiden Brüste ...« Warte, das mit den Brüsten ist von König Salomo und nicht für Sarah bestimmt! Ich streiche es durch, aber ich werde nicht wieder von vorn beginnen, denn wo ich auch anfange, ich werde wieder in die alte Wagenspur rutschen und in die Umarmung Sulamits geraten. Dabei liebte ich nicht Sulamit, sondern Sarah. Der Verfasser des »Hohenliedes« möge mir verzeihen!

Sarah und ich begegneten uns schon am nächsten Morgen. Ich begleitete Bendavid scheinbar zufällig bis zur Synagoge. Vielleicht war es auch umgekehrt: Der Rabbiner forderte mich scheinbar zufällig auf, ihn zur Synagoge zu begleiten. Dann schlug er beiläufig vor: »Warum kommst du nicht auf eine Tasse Tee zu uns?«

Ich hob ebenso beiläufig die Schultern als Zeichen, daß ich einverstanden wäre. Und dann sah ich sie: Auf ihrer Hüfte trug sie einen Korb mit Wäsche, hatte die Ärmel hochgekrempelt, war barfuß in Pantoffeln, ihr nasses Hemd war aufgeknöpft und zeigte einen kleinen Teil von dem, was auch König Salomos Blick gefesselt hätte.

Wir starrten uns wie Vollidioten an, und der Rabbiner, so schien es mir, ergötzte sich an unserer Verlegenheit. Schließlich sagte sie, nachdem sie ihre Hand am Rock abgewischt und mir gegeben hatte: »Wie geht es dir?«

»Gut«, sagte ich. »Und dir?

»Mir auch. Komm herein.«

»Gut«, sagte ich.

Ich hatte alles vergessen, die Vögelchen, die blühenden

Pfingstrosen, meine stillen Samstagsfreuden. Ich weiß nicht, warum die Menschen sich genieren, ihrer gegenseitigen Zuneigung vor der Welt offen Ausdruck zu verleihen, dem machtvollsten und zärtlichsten Gefühl. Sie stellen sich stolz und gleichgültig und begreifen, besonders wenn sie jung sind, nicht, daß Gott den Sand unseres Lebens bis auf das letzte Sandkörnchen bemessen hat und eine leichtfertig vergebene Sekunde Liebe unwiederbringlich in der Ewigkeit versinkt. Wird ihnen, den Jungen, wirklich nicht bewußt, daß in dieser Stimme des Herzens die ganze Kraft der Menschheit verborgen ist, der ganze göttliche Sinn ihrer Existenz mit allen ihren Pyramiden, Homers und Shakespeares, Neunten Sinfonien und Rhapsodien in Blue, mit dem ganzen anmutigen Zauber der Verse für diese Sulamits und Julias und die verschiedenen Nophreteten, Mona Lisas und Madonnen!

Wie dem auch sei, nun saßen wir am Tisch in Bendavids kleinem Wohnzimmer. Sarah und ich wagten es nicht, uns anzublicken, während der liebe Rabbiner den Tee eingoß. Und jetzt werde ich dir anschaulich vorführen, wie lang ein biblisches Stadion ist: Genau neun Monate und zehn Tage nach dem Augenblick, in dem ich mit dem Löffel in der Tasse gerührt hatte, beschnitten wir unseren kleinen Sohn, der den Namen meines Vaters stolz weitertrug – Jakob oder Jascha Blumenfeld. Wie es heißt: »Ein Sohn wurde geboren, und Gottes Segen ergoß sich über die Erde.«

Die ganze Nacht spielte oder, wenn es dir so lieber ist, kratzte ich auf der Geige. Gute Juden und Jüdinnen tanzten in schweren Schuhen und sangen alte Lieder. Sie klatschten im Takt in die Hände, während ich, mein Vater und meine Mutter und dann auch Onkel Chaimle und der bereits ergrauende Schmuel Bendavid ukrainischen Hopak tanzten. Sarah war noch von der Entbindung erschöpft, aber unendlich glücklich. Mutter erlaubte ihr nicht, irgendwelche Arbeit zu verrichten, nicht einmal den Gästen Wodka einzuschenken. Pan Woitek kam, er war nicht mehr Wachtmeister, sondern Bürgermeister von Kolodez, und brachte ein riesiges, rundes, in ein besticktes Leinentuch gewickeltes Weißbrot. Auch andere

Nachbarn – Polen und Ukrainer – schauten vorbei, um ein Gläschen auf die Gesundheit des kleinen Jascha zu trinken. Wer nicht kam, war der Ksiadz, also der katholische Geistliche, der ein astreiner Antisemit war, und der orthodoxe Pope Feodor. Der blieb wiederum aus jenem uralten Grund fern, den du ja kennst und der mit dem Mißverständnis verbunden ist, welches das Schicksal der Menschheit verändert hat, und zwar, daß nicht Christus Judas auf die Stirn küßte, sondern umgekehrt. Das ist eine Geschichte für sich, sie hat nichts mit dem Antisemitismus zu tun, und obwohl es unsere interne Angelegenheit ist, wen wir kreuzigen und wen nicht, da doch Jeschu, das heißt Christus, und Judas beide zu uns Juden gehören, natürlich nicht zu uns Juden aus Kolodez, so verändert das die Dinge nicht im geringsten. Der Pope kam also nicht.

Jedenfalls begriff ich an diesem schönen Tag und in jener langen Nacht nach dem Achten Tag, an dem unser Rabbiner Schmuel Bendavid seinen kleinen schreienden Neffen mit dem Namen Jakob Blumenfeld auf das Kissen aus violettem Samt gelegt und ihn beschnitten hatte, um ihn Abrahams Schoß zuzuführen, als Nachbarn über Nachbarn kamen wie die drei Weisen aus dem Morgenland zum Christkind in der Grotte bei Bejt Lechem oder Betlehem, wie ihr sagt, und ich Sarah glücklich umarmt hielt, da begriff ich also zutiefst, daß die Völker, egal ob das jüdische, das polnische oder sagen wir mal die Buschmänner in der Wüste Kalahari, von Gott erschaffen sind, um Seinen Namen zu lobpreisen, um sich zu lieben und nicht gegeneinander Krieg zu führen. Das war das wirkliche Ende meines Krieges und der Beginn des großen und tiefen Friedens, den ich in meiner Seele mit allen Menschen schloß. Möge sie Sein Segen mit Güte und Weisheit erfüllen.

Es wird noch eine Beschneidung geben – mein zweiter Sohn Jeschua hatte anscheinend versteckt hinter der Tür gewartet und kam gleich nach seinem Bruder zur Welt. Ich sagte dir bereits, daß Jeschua oder Jeschu Jesus bedeutet. Die Griechen sind daran schuld, weil sie eine Menge Laute nicht aussprechen können und auf diese Weise die Menschheit irregeführt haben. Aber auch das ist eine andere Frage. Ich möchte niemandem zu nahe treten, wenn ich hier daran erinnere, daß man auch den christlichen Sohn Gottes Jeschu auf einem violetten Kissen beschnitten hat. Und aus diesem Anlaß will ich dich an die uralte Schnurre über Mordechai erinnern, der sich unendlich darüber wunderte, daß sein polnischer Nachbar seinen Sohn ins Priesterseminar schicken will.

»Weil er«, so der Nachbar, »ein Ksiadz werden kann.«

»Na und?« wunderte sich Mordechai.

»Danach könnte er dann auch Kardinal werden!«

»Na und?«

»Eines Tages könnte er dann auch Papst werden!«

»Na und?«

Der Nachbar wurde ärgerlich:

»Was heißt na und? Papst! Soll er vielleicht ein Gott werden?«

»Warum nicht«, antwortete Mordechai. »Ist einer von unseren Jungen es etwa nicht geworden?«

Mit Sarah und den Kindern besaß ich ein kleines Haus mit einem Gemüsegarten, unweit des Ateliers meines Vaters, weißt du noch, »Mode parisienne«. Natürlich arbeitete ich dort, aber nicht mehr als Geselle, sondern als gleichberechtigter Teilhaber. Und meinem Vater lag es fern, mir mit dem hölzernen Metermaß auf den Kopf zu klopfen. Zum einen hatte meine heldenhafte Vergangenheit im Krieg seine Einstellung zu mir verändert, zum anderen war ich nicht mehr jener Depp, der von Fiakern und Damen in Rosa träumte.

5

So verlief mein Leben als Untertan der Rzeczpospolita, das heißt als polnischer Staatsbürger, auf- und abwärts und wieder auf- und abwärts im grauen und, wie ich bereits sagte, hügeligen Alltag, mit dem Wenden alter Kaftane, mit der jüdischen Zuschneidekunst, aus einem Stück Stoff, das gerade mal für einen Anzug reichte, auch noch eine Weste zu zaubern, mit dieser oder jener symbolischen Ohrfeige für Jascha und Jeschu – den alle auf russisch Schura nannten –, wenn die beiden etwas ausgefressen hatten. Wofür mir ihre Mutter Sarah gewöhnlich einen vorwurfsvollen, aber sanften Blick zuwarf. Mein Gott, Sarah, wie sehr ich sie liebte! Sie, die gute, schweigsame, treue Sarah, wie sie mein Leben bis zur Atemlosigkeit ausfüllte. Jetzt, in meinen alten Jahren, da ich diese Dinge erzähle und es sie seit langem nicht mehr gibt, treten mir bittere Tränen der Reue in die Augen, weil ich ihr das nie gesagt habe. Nicht einmal damals, als sie sich mit den Kindern auf den Weg ins Kurbad machte ... Nein, davon später, für das Kurbad und alles, was folgte, ist es noch zu früh! Und da die Hengste meiner Schilderung stürmisch in der Zeit vorwärts geeilt sind, wäre ich beinahe an jenem Punkt in meinem Leben mit Sarah oder, wenn du so willst, an jenem Kilometerstein vorbeigerast, hinter dem ein liebes, sommersprossiges Gesicht mit rotblonden Haaren wie den meinen und graugrünen Augen wie denen Sarahs hervorlugt. Das war unser Kind Susanna, das dritte in der Reihe.

Die Familie war gewachsen. Wir mußten beim Schreiner Goldstein einen neuen, größeren Tisch bestellen, denn am Sabbatabend waren wir jetzt mehr Leute: mein Vater und meine Mutter, Onkel Chaimle, der Junggeselle geblieben war, ich und Sarah, die Kinder und nicht selten auch unser lieber Rabbiner Schmuel Bendavid, wenn er nicht mit seinen seltsamen und geheimnisvollen Dingen beschäftigt war. Manchmal kam auch meine Schwester mit ihrem Mann, dem Apothekergehilfen Sabetai Kranz aus Lwow. Die Rede war vom Schreiner Goldstein, und es soll dich nicht wundern, daß es in unserer bescheidenen und manchmal sogar ärmlichen Region ganze Gebirgsketten von Goldbergs gab. Es gab auch unzählige Goldsteins und Silbersteins, von den Hängen mit edleren Steinen, wie den Rubinen, ganz zu schweigen. Dieser ganze Reichtum breitete sich in den üppigen Blumengärten mit jeder Menge Rosenbaums, Blums und Kranz', Lilientals und, mit Verlaub, Blumenfelds aus. Es gab auch einen Eisberg, Isidor Eisberg, aber ich schwöre, mag man den Juden auch die Schuld an vielem geben, mit dem Untergang der »Titanic« hatte er nichts zu tun.

Die ärmste Einwohnerin von Kolodez war wahrscheinlich die Witwe Golda Silber, so hieß sie wirklich. Sie verkaufte für Pfennige gebackene Kürbiskerne auf dem Markt. Glaub bitte nicht, daß ich auch dieses Mal nach altem jüdischen Brauch von meiner Schilderung abschweife, um über Odessa schneller nach Berditschew zu kommen. Die Rede war schließlich von unserem neuen Sabbattisch. An diesen Samstagabenden, die, wie ich dir bereits erklärte, am Freitag stattfanden, wurden nach allem anderen, was der Ritus vorschrieb, Kerne gegessen. Kürbiskerne und nicht Sonnenblumenkerne. Die Sonnenblumenkerne waren eine Spezialität der Ukrainerinnen, die am Bretterzaum lümmelten, die Kerne mit phantastischer Geschwindigkeit schälten – lediglich mit der Zunge! – und imstande waren, dich beim Ausspucken der Schalen auf eine Entfernung von zwei russischen Wersten genau auf die Stirn zu treffen. Die Juden hingegen aßen die Kürbiskerne am Sabbatabend am Tisch sitzend. Sie taten das langsam und würdevoll und unterhielten sich dabei konzentriert über die Dinge des Lebens. Es fällt mir schwer, zu berechnen, welcher Umfang an Information an einem einzigen Sabbatabend in Kolodez an der Festtafel beim Essen von Kürbiskernen ausgetauscht wurde. Die seltenen Sekunden der Stille waren vom leisen und nachdenklichen Knacken der Schalen zwischen den Zähnen erfüllt, so als knisterten Holzscheite leise im Kamin. Manche nannten sie »jüdische Zeitung«. Das war meiner Meinung nach eine Untertreibung, denn es gibt keine Zeitung auf unserem Planeten, die diese Menge von Nachrichten, Gerüchten und Informationen jeder Art enthält – von den politischen Meldungen aus Sowjetrußland bis zu dem Kometen, der einer Hellseherin zufolge mit unheimlicher Geschwindigkeit auf die Erde zuraste, was unumgänglich zu einer Katastrophe führen würde. Wenn du noch die allzeit umlaufenden Geschichten hinzufügst, die der Anhebung des Selbstwertgefühls dienen sollten und in der Regel mit phantastischen und einfach unwahrscheinlichen Einzelheiten ausgeschmückt waren, der Frucht der reichen Kolodezer Einbildungskraft, Geschichten über den Bankier Rothschild, Lord

Disraeli und daß Leon Blum ebenfalls Jude sei, oder umgekehrt Geschichten zur Unterdrückung des gewachsenen Selbstvertrauens, von jenem Antisemiten, vergleichbar mit Nebukadnezar und allen anderen Bösewichten zusammen, der wohl die Macht in Deutschland ergreifen würde, obwohl er österreichischer Gefreiter oder etwas ähnliches war, also von Adolf Schicklgruber –, dann wirst du erkennen, daß ich nicht übertreibe, wenn ich jenen sabbatabendlichen Austausch von Gedanken und Wissen beim Schälen von Kürbiskernen mit der Alexandrinischen Bibliothek mit allen ihren Papyrussen, Pergamentrollen und Keilschrifttäfelchen vergleiche. Und nicht minder groß als die Vernichtung dieser Alexandrinischen Bibliothek war die Tragödie, die sich an jenem Freitag auf dem Markt abspielte, als ein polnischer Pan aus Tarnow den Korb der alten Golda Silber mit dem Fuß umstieß, weil er ihm im Wege stand, und die Kürbiskerne in den Schmutz fielen. Direkt vor den Augen der erschütterten Einwohner von Kolodez bei Drogobytsch wurden Hunderte Papyrusse mit Neuigkeiten, Gerüchten und Wissen, Tausende Rollen Pergament und handgeschöpften arabischen Papiers, Tonnen Keilschrifttäfelchen mit Schnurren und Anekdoten, Kilometer Telegraphendrähte mit Nachrichten aus Sowjetrußland, über den Kometen, der weiterhin auf die Erde zuflog, über Baron Rothschild und jenen Unhold und Philister Adolf Schicklgruber vernichtet – all das war verborgen in diesen gebackenen Kürbiskernen, die so verächtlich »jüdische Zeitung« genannt wurden und nun vor der weinenden und verzweifelten Golda im Schmutz lagen.

Sich mit der eigenen Wohltätigkeit zu brüsten ist nicht gerade schön, sie ist etwas Intimes und Diskretes, trotzdem will ich dir erzählen, daß wir Geld gesammelt und Goldas Kürbiskerne bezahlt haben. Dabei stieß sogar unser Bürgermeister Pan Woitek einen Fluch auf russisch gegen jenen Idioten aus Tarnow aus und gab seinen Obolus. Übrigens fluchten wir alle – Juden, Ukrainer und Polen – auf russisch, warum, weiß ich nicht. Als ich viele, viele Jahre später, nach dem anderen Krieg, den Staat Israel besuchte, ich hatte dort zu tun, wollte aber auch das Land meiner Vorväter sehen, habe ich dieses Phänomen erneut bemerkt: Babylon war nur ein zwitschernder Kindergarten im Vergleich zu der Sprachverwirrung in diesem unserem neuen Staat, Jehova möchte ihm Frieden bescheren. Dort spricht jeder die Sprache, die er in seinem Gepäck mitgebracht hat, und jeder hat seine eigene Meinung zu allen Fragen der Politik, des Krieges und des Daseins. Kommt es jedoch zum Fluchen, entsteht augenblicklich eine nationale, gewissermaßen monolithische Einheit – alle fluchen auf russisch. Warum es so ist, kann ich dir nicht sagen. Vielleicht wird ein Sprachwissenschaftler eines Tages diese in ihrem Glanz und Reichtum an Ausdrucksmitteln einmalige Erscheinung enträtseln können.

Ich bin also doch über Odessa nach Berditschew gelangt. Aber sag mir, Bruder, kannst du das, was dir von Gott gegeben ist und im Blut liegt, verändern? Kannst du den Tiger dazu bringen, daß er Gras weidet? Oder den Fisch, daß er sich auf der Pappel gegenüber ein Nest baut? Noch weniger kannst du den Juden daran hindern, hier und da vom geraden Weg seiner Schilderung abzuweichen – mal um ein gelbes Blümchen zu pflücken, ein andermal einfach, um sich umzuschauen, die frische Luft einzuatmen, dir zu sagen, wie schön die große weite Welt Gottes ist, und dir aus diesem oder jenem Anlaß eine Chochma oder eine Schnurre zu erzählen! Da verläßt der Jude plötzlich seinen Weg, um sich eine Herde Kühe anzusehen und dem Kuhhirten wertvolle Ratschläge zu geben, obwohl er im Leben keine einzige Kuh gemolken hat. Er liebt es, Ratschläge zu geben. Er tut das für sein Leben gern. Auch das liegt ihm im Blut. Es gibt eine Deutung der alten Talmudisten vom Babylonischen Synedrion für das Rätsel, warum Jehova erst am Ende, also am sechsten Tag, den Mann und die Frau erschaffen hat. Die Antwort der Weisen ist klar wie Kloßbrühe: Weil Adam und Eva Juden sind. Schon am Anfang erschaffen, hätten sie den Schöpfer mit ihren Ratschlägen konfus gemacht. Man erzählt sich sogar, ich weiß nicht, ob das wahr ist, daß im Sinai-Krieg vor jedem israelischen Soldaten in den Schützengräben ein Schild gestanden hat:

»Während der Attacke ist es strengstens verboten, dem Oberkommandierenden Ratschläge zu geben!«

Die Rede war also von dem neuen Tisch des Schreiners Goldstein.

An einem Samstagabend hatten wir uns um eben diesen Tisch versammelt. Die Kerzen waren angezündet. Mein Vater hatte noch nicht die feierliche »Beracha«, das Gebet, verlesen, als mein Schwager, Sarahs Bruder Rabbi Bendavid, eintraf. Aber er war nicht allein, mit ihm kam – kannst du erraten, wer? – mit ihm kam Esther Katz, die Rechtsanwältin aus Warschau, die vor langer, langer Zeit jene Zettelchen in die Kaserne gebracht hatte, deretwegen ich nackt und kläglich vor unserer Kompanie hatte stehen müssen. Den ganzen Abend war sie zurückhaltend und schweigsam. Ich sagte dir bereits, daß sie alle Sprachen sprach, als hätte sie sie selbst erfunden. Das Jiddische machte ihr also keine Probleme, doch sie antwortete immer nur kurz und höflich, wobei sie ständig den Rabbiner anblickte. Irgendwie war sie unruhig. Ich hatte den Eindruck, daß diese zarte und kämpferische Frau eigentlich ein schüchterner Mensch war, der sich vollauf einer Sache widmete, die ich nicht begriff. Als wir zu den Kürbiskernen übergingen und das Thema des Kometen erschöpft war, wandte sich Onkel Chaimle, der über alles ein wenig informiert war, zu meiner Überraschung direkt mit »Genossin Katz« an sie. Obwohl er meiner Meinung nach weder damals noch später irgend etwas mit diesen politischen Angelegenheiten zu tun hatte und nur zeigen wollte, wie sehr er eingeweiht war. Er wandte sich mit den obligatorischen Fragen nach der Lage in Sowjetrußland an sie. Sie antwortete widerstrebend und knapp, sagte nur, daß man dort große Dinge in Angriff genommen habe und die Zeitungen im Polen der Panowie lügen würden. Dann warf sie wieder einen Blick auf Rabbi Bendavid und verstummte.

Daraufhin ergriff Bendavid vorsichtig das Wort: »Könnte Esther heute bei euch übernachten? Ihr versteht doch, daß das bei mir in der Synagoge nicht geht. Um so mehr, als ich ein eingefleischter Junggeselle bin ...«

Er lachte trocken und etwas gekünstelt. Vater und Mutter tauschten einen kurzen besorgten Blick aus. Dann sagte mein Vater lebhaft: »Natürlich, Itziks Zimmer ist frei.« Damit meinte er mich. »Selbstverständlich!«

»Nicht daß an dieser Sache etwas dran ist ...«, fuhr der Rabbiner gelassen fort. »Aber es ist nicht nötig, daß um ihre Anwesenheit Staub aufgewirbelt wird. Daß sie hier übernachtet hat. Ihr versteht mich doch?«

Mein Vater und Onkel Chaimle nickten verschwörerisch, obwohl sie wohl kaum mitbekommen hatten, wovon die Rede war.

Als ich am nächsten Morgen im Atelier zur Arbeit erschien, war die Besucherin bereits abgereist. Mein Vater sagte mir, Schmuel Bendavid sei schon im Dunkeln gekommen und habe sie abgeholt.

Sehr viel später, als ich genug Heringsköpfe gegessen hatte, du verstehst mich doch, fiel mir ein, daß sie in dieser Nacht entweder illegal aus Rußland gekommen war oder nach Rußland reiste. Dieser Gedanke kam mir, wie gesagt, eine ganze Zeit später, als die Bolschewiken Esther Katz erschossen.

Und noch ein alter Bekannter machte einen Abstecher nach Kolodez: Ljowa Weissmann, du erinnerst dich sicher, jener, dessen österreichisch-ungarische Armee immer unaufhaltsam vorwärts marschierte. Er flüsterte den Leuten diskret zu, daß er in David Lejbowitschs Café eine Versammlung nur für Juden, aber mit einer sehr wichtigen Tagesordnung einberufe. Ich nehme an, du wirst dich nicht wundern, wenn ich dir sage, daß nur sieben Personen erschienen, darunter auch ich und der Rabbiner Bendavid. Die anderen hatten mitbekommen, daß es um Politik ging, und genau in diesem Moment hatten die einen furchtbare Zahnschmerzen bekommen, bei den anderen kalbte just zu dieser Stunde die Kuh, oder ein paar Dachziegel waren gesprungen und Regen zog auf, oder es war einfach keiner da, der im Laden bei dem Käse und der Sahne bleiben konnte. Ich glaube nicht, daß jene, die nicht kamen, viel verpaßt haben, denn Ljowa Weissmann teilte uns mit, was alle schon wußten. Daß sich die Wolken über Europa verdichteten, daß in Deutschland immer mehr Schandtaten gegen unsere jüdischen Brüder begangen würden und daß Hitler, also jener Schicklgruber, in Linz den Anschluß unserer ehemaligen Heimat Österreich an das tausendjährige Dritte Reich ausgerufen habe. Er sprach davon, wie notwendig es sei, daß sich die jüdische Sozialdemokratie vereine. Der Rabbiner seinerseits entgegnete, das seien zionistische Denkfehler, man dürfe das jüdische Proletariat nicht von seinen Schicksalsbrüdern trennen und so weiter. Ich weiß nicht, wer Recht hatte – vielleicht beide, vielleicht aber auch keiner von beiden. Du kennst doch jene Geschichte vom Rabbiner, zu dem Mendel und Berkowitsch gekommen waren, um ihn ihren Streit entscheiden zu lassen. Der Rabbiner hörte sich Mendel an und sagte dann: »Du hast Recht!« Dann hörte er sich Berkowitsch an und sagte wieder: »Auch du hast Recht!« Aus der Küche meldete sich seine Frau: »Das geht doch nicht, daß der eine wie der andere Recht hat!« Darauf der Rabbiner: »Und du hast ebenfalls Recht!«

Jedenfalls entflammte der Streit, der die Spaltung zwischen den straffen Reihen unserer sieben Leute zu vertiefen drohte, nicht, denn Pan Woitek betrat das Café. Er grüßte höflich, setzte sich und bestellte Tee mit drei Löffeln Zucker. Dann sagte er: »Sie haben schon lange keinen Film mehr gezeigt, Pan Weissmann. Das ist ein nützliches Vergnügen, der Förderung in jeder Beziehung würdig, während man für politische Versammlungen zuerst die Genehmigung des Bürgermeisters einholen muß. Nicht daß ich etwas gegen Ihre jüdischen Organisationen hätte, Pan Weissmann, aber die Gesetze muß man achten und einhalten.«

Die Behörden waren offenbar über solcherart Initiativen sozialdemokratischer Zusammenschlüsse oder Trennungen nicht sehr beunruhigt. Ihnen graute vor anderen Dingen. Aber mich in die Politik einzumischen war nicht meine Sache. Wir verdrückten uns einer nach dem anderen. Nur Rabbi Bendavid blieb. Er bestellte sich ebenfalls einen Tee mit drei Löffeln Zucker.

Und so kam das sozialdemokratische Bündnis der Juden

in Kolodez bei Drogobytsch nicht zustande, was keinerlei Auswirkungen auf die weitere Entwicklung der Weltgeschichte haben sollte.

6

Dabei folgten die Ereignisse eins auf das andere, und die Gerüchte wurden immer verworrener und besorgniserregender. Wir wußten bereits auswendig, wo sich Teruel befand und was bei Chalchin Gol zwischen den sowjetischen und den japanischen Truppen geschehen war, warum Elsaß und Lothringen Streitobjekte waren. Wir wußten auch, daß die Linie Mannerheim bei weitem kein gewöhnlicher Strich auf der Landkarte war.

Genau zu dieser Zeit tauchte eine deutsche Familie in Kolodez auf. Fritz und Else Schneidermann, der Familienname klang ziemlich jüdisch. Aber sie gehörten nicht zu uns, im Gegenteil, sie waren reine Arier. Sie redeten nicht viel, zumal sie nicht mal ihren Namen in einer der slawischen Sprachen sagen konnten. Irgendwie verständigten sie sich trotzdem mit uns. Ich sagte dir ja bereits, daß unser Jiddisch eine edle Mischung aus verschiedenen Sprachen war mit der überwiegenden Beimengung von deutschen Apfelgriebsen. Die Schneidermanns hatten nichts mit dem Schneiderhandwerk im Sinn. Sie trugen einfach nur diesen Namen und eröffneten eine kleine Reparaturwerkstatt für Fahrräder und alle Arten von Motoren. Kurze Zeit später, als sich unsere gute Nachbarschaft gefestigt und sogar der Rabbiner sie besucht hatte, mit dem sie sich freundschaftlich und in reinstem Deutsch unterhielten, wurde klar, daß sie in unsere Gegend geflohen waren, weil sie eine unüberwindliche Antipathie gegen den Führer empfanden und mit ihm Differenzen zu wesentlichen Fragen des Seins hatten.

Unser Rabbiner war von ihnen begeistert und behauptete, daß sich die Braunen nur noch wenige Monate würden halten können, weil sie eine Bande Wilder seien, die vom deutschen Volk, das der Welt dies und das und diesen und jenen gegeben habe, in seiner Mehrheit abgelehnt würden. Ich brauche dir nicht zu erklären, wie weit mein Schwager von der Wahrheit entfernt war. Ich vermute, daß du die menschliche Geschichte nicht nur als eine erbauliche Erinnerung an große Männer auffaßt, sondern daß du auch von den Völkern mehr begriffen hast, die der Welt zwar dieses und jenes gegeben haben, dir aber so sehr in die Suppe spucken können, daß du am liebsten auch deine Muttermilch verfluchen würdest.

Da fällt mir der Klempner Nachum Weiß aus Dresden ein, der jeden Augenblick erwartete, daß man ihn als Person nichtarischer, das heißt jüdischer Herkunft mit zehn Kilogramm Gepäck abholen würde. Als sein noch nicht abgestelltes Telefon klingelte und eine grobe Stimme fragte: »Spreche ich mit dem Obergruppensturmführer Otto Schulz?«, antwortete der arme Nachum Weiß traurig: »Oh, mein Herr, wenn Sie wüßten, wie sehr Sie sich verwählt haben!«

Ebenso hatte sich unser ansonsten hochgebildeter Rabbiner, der sich nicht nur in den tiefen Schluchten des Chassidismus und seines führenden Predigers Baal Schem Tov orientieren konnte, sondern auch bei Karl Marx, im Hinblick auf den bevorstehenden Zusammenbruch Hitlers verwählt, was wir damals leider nicht einmal ahnen konnten.

Ich will dir nicht lang und breit von den darauffolgenden Ereignissen erzählen. Es genügt, einen Blick in irgendein Lehrbuch zu werfen, um zu sehen, mit welcher Geschwindigkeit erneut jene Giftblase im Schoße Europas heranreifte, die auch bei der leichtesten Berührung mit den Dornen irgendeiner zwischenstaatlichen Querele einfach platzen mußte. Diesmal ging es keineswegs um jene Bananenschale in Stockholm, nicht einmal um den Mord an einem Erzherzog, denn, ich sage es wieder, wenn ein Krieg ausbrechen muß, bricht er aus, und der Anlaß ist völlig unwichtig. In diesem Fall ging es, glaube ich, um etwas, das die Deutschen von den Polen verlangten und Polens Verbündete ihnen nicht zugestehen wollten, nachdem sie schon Österreich und die Sudeten drangegeben hatten – und was man nicht noch an allen Ecken und Enden von ihnen verlangte –, und nachdem dieser Idiot Chamberlain in München den Nazis ewige Freundschaft geschworen und Molotow und Ribbentrop sich wie Schwule geküßt hatten! Glaube jetzt nicht, daß ich damals schon so dachte. Ich hatte viel zu wenig Ahnung. Aber die Zeit legt ihre durchsichtigen Schichten aufeinander, sie zeigt die Ereignisse aus der Nähe oder der Ferne wie ein Fernglas, in das man mal von dieser, mal von jener Seite hineinschaut. So legen sich auch heutige Reflexionen und, wenn man will, sogar heutige Irrtümer auf Dinge, die einem in der Vergangenheit nicht klar gewesen sind.

Alles endete schließlich, oder vielleicht ist es besser, ich sage, es begann wieder mit dem ziemlich gealterten Militärberichterstatter aus dem Russisch-Türkischen Krieg, dem Postmann Awramczyk, der mir einen gelben Zettel mit einem mir schon bekannten Text brachte, von der Art »sieben Tage nach Erhalt dieses Bescheids ...« und so weiter, du weißt ja, was ich meine. Mein Vaterland Polen, der heilige Boden meiner Vorväter und so weiter rief mich Zu Den Fahnen!

Diesmal war die Zahl der Einberufenen groß. Es waren Juden dabei und Ukrainer und Polen. Es ist weder ein literarischer Trick noch ein mysteriöser Zufall, doch auch mein Schwager, der weise Rabbiner Schmuel Bendavid, wurde wieder eingezogen. Ich kann dir gar nicht sagen, wie sehr Sarah weinte. Ich strich ihr über den Kopf und erklärte, daß der Krieg diesmal kurz sein würde. Dabei ahnte ich nicht einmal, wie nahe ich der Wahrheit war. Wir sollten also am nächsten Tag gen Westen ziehen, an die deutsche Grenze, wo der furchtbare Krieg bereits entbrannt war.

Am 17. September 1939, von meiner Einheit in Drogobytsch bereits mit voller Kampfausrüstung ausgestattet, erschien ich um punkt 7.00 Uhr auf dem kleinen Marktplatz, dort, wo Golda Silber die Vernichtung der Alexandrinischen Bibliothek erlebt hatte und sich nun die Eingezogenen aus Kolodez versammelten. Diesmal hatten die Armeebehörden die geistliche Würde von Rabbi Bendavid nicht beachtet, und er sah seltsam, ja, sogar komisch aus – rasiert und mit kurzgeschnittenen Haaren, in Soldatenuniform. Die Frauen drängten sich am Straßenrand, manche, auch Sarah, weinten. Sie war mit den Kindern gekommen. Auch mein Vater und meine Mutter waren dort. Die Militärmusik fehlte allerdings. Dafür erschien Pan Woitek, der Bürgermeister, persönlich, um uns zu verabschieden. Er war feierlich gestimmt und sich des bedeutenden Augenblicks, den die Heimat erlebte, vollauf bewußt.

Und jetzt halte dich gut am Stuhl fest, damit du nicht herunterfällst: Trotz der allgemeinen Hochstimmung war es mir nicht vergönnt, den Sieg auf der Spitze des Bajonetts heimzutragen oder wenigstens meine Gebeine im Pantheon der Heimat niederzulegen, denn für mich persönlich wie auch für meinen teuren Schwager Rabbi Bendavid und für alle Männer, die sich auf dem Marktplatz von Kolodez versammelt hatten, endete der Krieg, bevor er begann.

Die Sache ist die, daß ich, Sarah und die Kinder, Rabbi Schmuel Bendavid, Mutter und Vater sowie alle meinen lieben Nachbarn, Pan Woitek, die Polen, Ukrainer, Juden und sogar die deutsche Familie Fritz und Else Schneidermann, daß also wir alle, einschließlich des Ksiadz und des Popen, an diesem, genau an diesem Morgen die Erfüllung unseres nächsten nationalen Traums erlebten – durch die Worte, die uns der auf einem russischen T-34-Panzer stehende Politkommissar Nikanor Skidanenko mitteilte: Man hatte Polen vom Joch der Panowie und Großgrundbesitzer befreit und in das Vaterland der Arbeiter und Bauern, die große Sowjetunion, aufgenommen.

Ja, mein Bruder, so wurde mein Traum, von dem ich nicht das geringste geahnt hatte, zu ganzen hundert Prozent – wie es in den Rechenschaftsberichten der Gewerkschaften heißt – erfüllt, und ich war ein bewußter Bürger geworden, der in dem sowjetischen Miasteczko Kolodez, in dem einst österreichisch-ungarischen Landkreis Lemberg, in der ehemaligen polnischen Wojewodschaft Lwow und gegenwärtig auf dem Vorposten der Weltrevolution lebte.

ОКТОМВРИ
ЗАРЯ

DAS DRITTE BUCH ISAAKS

Rot Front oder der Fünfjahrplan in verkürzten Fristen

1

Verzeih mir, daß ich mit einer Chochma beginne, du weißt schon, mit einem chassidischen Gleichnis, das nicht einmal witzig ist. Doch streng dich an, dann wird dir seine Moral einleuchten. Es geht dabei um den blinden Jossel, den sogar die Kinder, die immer bereit sind, ihren Spott mit einem Unglücksraben zu treiben, ehrfürchtig über die Straße geleiteten. Dieser Jossel ging einmal, den Weg mit seinem Stöckchen abklopfend, zum Rabbiner und fragte ihn: »Rabbi, was machst du jetzt gerade?«

»Ich trinke Milch.«

»Wie sieht die Milch aus, Rabbi?«

»Na, das ist so eine weiße Flüssigkeit.«

»Was bedeutet ›weiß‹?«

»Nun ... weiß wie ein Schwan.«

»Und was bedeutet ›Schwan‹?«

»Das ist so ein Vogel mit gebogenem Hals.«

»Was bedeutet ›gebogen‹, Rabbi?«

Der Rabbiner winkelte seinen Arm im Ellenbogen an: »Hier, faß mich an, und du wirst verstehen, was ›gebogen‹ bedeutet.«

Der blinde Jossel tastete den Arm aufmerksam ab und sagte schließlich dankbar: »Danke, Rabbi. Nun weiß ich, wie die Milch aussieht!«

Genau so laß auch du, mein teurer und geduldiger Leser, dir weder von der Beugung meines Armes, also dessen, der diese Zeilen schreibt, noch von meinen bescheidenen Versuchen, dir die Dinge zu erklären, vortäuschen, daß du gleich dem blinden Jossel verstehen wirst, wie die Milch aussieht oder, sagen wir mal, meine neue Heimat, die UdSSR. Auch ich habe nie erfahren, ob das, was sich in Kolodez bei Drogobytsch ereignete, mit dem zu vergleichen war, was zum Beispiel in Tambow oder Nowosibirsk vor sich ging, und ob man bei uns und in den Jurten irgendwo in der Wüste Karakum unter dem Begriff »sowjetisch« das gleiche verstand. Deshalb stört es mich bis heute, wenn ein kleiner Journalist für drei Tage einen Abstecher nach Moskau macht, um dann der ungebildeten und unwissenden Welt wie ein großer Kenner und je nach seinen politischen Anschauungen zu erklären, wie die Milch aussieht. Er weiß nicht, daß er nur den angewinkelten Ellenbogen Moskaus abgetastet hat und daß das Schöne irreführend und nur vorgetäuscht und das vermeintlich Schlechte, das wir so schnell wie möglich los werden wollen, einfach etwas Gutes sein kann, das man nicht verstanden oder richtig eingeschätzt hat. Besonders wenn du bedenkst, wie riesig diese meine neue Heimat war! So groß, daß es Ortschaften gab, von denen aus es einfacher war, mal kurz einen Sprung nach Japan zu machen und dort ein Pfund Fleisch zu kaufen, als in die benachbarte sowjetische Stadt zu fahren. Ganz zu schweigen davon, daß es mit dem Fleisch noch andere Probleme gab als die Frage, wie nah Japan lag. Aus jenen fernen sibirischen Landen gelangte eine Geschichte sogar bis zu uns nach Kolodez, und zwar wie ein Bürger in ein sowjetisches Fleischgeschäft ging und fragte: »Können Sie mir ein Pfund Fleisch abwiegen?« Worauf man ihm höflich antwortete: »Natürlich, bringen Sie es her.«

Erwarte von mir bitte keine erhebenden Verallgemeinerungen. Für Gedankengänge dieser Art bin ich völlig ungeeignet, du weißt doch noch, daß ich auch nach Meinung des Rabbiners ein bißchen schwer von Begriff war. Auch verstand ich einfach viele Dinge nicht und zerbreche mir heute noch, also im fortgeschrittenen Alter, über manches den Kopf. Erwarte ebenfalls nicht, daß ich, der Mode folgend, über diese meine dritte Heimat herziehen werde. Denn ich mag vielleicht ungewollt einige spitze Bemerkungen gegen die ersten beiden gemacht haben, wofür ich um Verzeihung bitte, würde es aber nie wagen, sie mit Schande zu beflecken oder zu entehren. Und glaube nicht, daß ich mich nun als Sowjetbürger und folglich Kämpfer der Vorhut der fortschrittlichen Menschheit so gewandelt hätte, daß du mich nicht mehr erkennen würdest. Halte es nicht wie jener Dummkopf Mendel, der jemanden auf der Straße traf und ausrief: »Hast du dich aber verändert, Moische, kein Bart und kein Schnurrbart mehr!«

»Ich bin nicht Moische«, entgegnete jener, »sondern Aaron.«

»Sieh mal einer an! Deinen Namen hast du also auch geändert!«

Mein Name blieb der gleiche, aber nach russischer Manier war ich jetzt der Bürger Isaak Jakobowitsch Blumenfeld – ein Umstand, der mich, Ehrenwort, nicht im geringsten veränderte.

Ansonsten hatten sich die Lage als solche erheblich gewandelt. Anders gesagt, unser Übergang von Österreich-Ungarn zu Polen war seinerzeit sanfter und glatter, ohne nennenswerte Erschütterungen verlaufen. David Lejbowitsch hatte in seinem Café einfach das Porträt Franz Josephs abgenommen und später, als sich die Situation geklärt hatte, an seiner Stelle Pilsudski aufgehängt. Und Pan Woitek war vom Wachtmeister zum Bürgermeister avanciert. Bildlich ausgedrückt, könnte man sagen, daß mein Vater Jakob Blumenfeld die Nadel auf der einen Seite des Kaftans als Österreich-Ungar hineingesteckt und den Faden auf der anderen Seite als Pole herausgezogen hatte. Nun, es gab zwar einige leichte Verwerfungen, wie den Mord am Präsidenten Narutowicz oder beispielsweise den Aufstand in Krakau. Aber wir überstanden sie wie einen Frühjahrsschnupfen ohne Komplikationen. Während sich die Dinge jetzt radikal, man kann sogar sagen, revolutionär veränderten: Sonst wäre ja auch diese ganze Schießerei im Oktober 1917 sinnlos gewesen, und Lenin hätte ruhig in der 1. Klasse des Zuges Berlin-Petersburg reisen können und nicht, wie man erzählt, in einem versiegelten Gepäckwagen, hätte dann ein Taxi nehmen können und nicht auf Panzerwagen klettern müssen. Als Beispiel für so eine radikale oder, wem das besser gefällt, revolutionäre Veränderung könnte ich die Abnahme des Schildes »Mode parisienne« anführen. Diese Pariser Mode kam den neuen Vorgesetzten, die teils aus dem Landesinneren, teils aus den polnischen Gefängnissen kamen, ziemlich dekadent vor. Sie entsprach nicht den Modetrends der Arbeiter und Bauern. Und wir, das heißt mein Vater und ich, wurden schlichte Werktätige im Artel Nr. 6 des Ukrglawgorpromtrest. Wundere dich nicht über diese Abbreviatur, die man nur schwer aussprechen kann. Ich weiß auch nicht mehr, ob sie so lautete oder nur so ähnlich. Aber sie ist ein Kinderspiel im Vergleich zu einigen bedeutend komplizierteren und noch revolutionäreren Legierungen aus neun oder sogar dreiundzwanzig Wörtern, bei denen man eine halbe Stunde lang die Seemannsknoten in seiner Zunge entwirren mußte, wenn man versuchte, sie auszusprechen. Unerklärlich ist die Tatsache, daß eine solche sowjetische Abkürzung manchmal länger ist als die Wörter, aus denen sie besteht, ein Phänomen, dessen sich das Institut für paranormale physikalische Erscheinungen in Leningrad annehmen müßte. Ein derartiges Phänomen hat auch Schimon Finkelstein entdeckt, der behauptet, er hätte eine Schlange gesehen, die vom Kopf bis zum Schwanz einen Meter zwanzig lang war und vom Schwanz bis zum Kopf zwei Meter. Als Mendel einwendete, daß so etwas unmöglich sei, antwortete Finkelstein: »Und wie ist es deiner Meinung nach möglich, daß es von Montag bis Mittwoch nur zwei Tage sind und von Mittwoch bis Montag fünf?«

Die Änderung von Namen und Status unseres Ateliers hatte zur Folge, daß seine Schaufensterauslagen abgeschafft wurden. Die inzwischen ziemlich vergilbten Damen in Rosa und Herren in Fracks wurden durch die Losung »*Den Fünfjahrplan vorfristig erfüllen!*« ersetzt. Ins Fenster kam also – so wie die Damen und Herren der verfluchten bürgerlichen Vergangenheit – auch diesmal etwas Dauerhaftes und Unvergängliches. Und das war gut so, denn der Text enthielt weder Angaben, um welchen Fünfjahrplan es sich handelte, noch, in welcher Frist mein Vater und ich ihn zu erfüllen hatten.

Es wäre naiv zu glauben, daß das die einzige Veränderung war, die die neue sowjetische Realität in unser bescheidenes, provinzielles Leben brachte. Es mag übertrieben klingen, wenn ich dir jetzt sage, daß unser Leben zwar in gewissem Sinne, besonders was die Versorgung betraf, schwieriger wurde. Doch unser Selbstwertgefühl stieg. Uns erfüllte allmählich das Bewußtsein, ein Teilchen, eine allenfalls winzige, aber wichtige Schraube in einem großen, wenn auch nicht ganz verständlichen Mechanismus zu sein, in einer Art Zeitmaschine – womit ich die Zukunft meine –, mit einem eigenen Platz und einer Rolle in der gigantischen historischen Chochma, die sich auf der Weltbühne abspielte. Du kannst mir glauben, daß es so war und daß die meisten von unseren Leuten an die Sowjetmacht glaubten oder glauben wollten, selbst dann noch, als sie die Irrtümer erkannten oder begriffen, daß man sie betrogen hatte. Du wirst mich nur dann verstehen, wenn du religiös bist. Denn auch der Herrgott, gelobt sei sein Name, hat dich sicher nicht nur einmal betrogen und dir Dinge versprochen, die er vielleicht wirklich erfüllen wollte, nur sind ihm andere Sachen dazwischengekommen, und er hat es vergessen. Du aber hast keinen Augenblick lang an seiner Größe gezweifelt, du hast nach Argumenten gesucht, die ihn rechtfertigen oder dich trösten können, zum Beispiel, daß aufgeschoben nicht aufgehoben bedeutet oder daß Gottes Mühlen langsam mahlen. So ist es doch, oder?

Und da die Rede gerade von Gott ist, kann ich dir feierlich mitteilen, daß der unvernünftige Beschluß der polnischen Armeebehörden, den weisen Rabbiner Schmuel Bendavid zu rasieren und ihm die Haare abzuschneiden, den Prozeß seiner endgültigen Wahl beschleunigt hat: Er wurde Vorsitzender des Klubs der militanten Atheisten, der in einem Winkel des Kulturhauses »Morgenröte des Oktober« untergebracht war. Wenn du dich jetzt wunderst, wie diese Morgenröte in unser Kolodez gekommen ist, so habe ich eine ganz einfache Antwort dafür: Das war das ehemalige Café von David Lejbowitsch, den man zum Kulturobmann mit festem sowjetischen Gehalt ernannt hatte. Pan Woitek oder, genauer gesagt, der

Bürger Woitek wurde verhaftet, aber nur zwei Stunden lang als ehemaliger Bürgermeister verhört. Denn die loyalen Einwohner von Kolodez äußerten sich wohlwollend über ihn, und man machte ihn zum Chef vom SAGS, das heißt des Standesamtes. Er trug die Hochzeiten und Scheidungen, die Neugeborenen und Verstorbenen, Friede ihrer Asche, der der Verstorbenen, meine ich, in die Register des Kolodezer Stadtrates ein.

Frage mich nicht weiter nach anderen gemeinsamen Bekannten. Jeder von ihnen nahm für die eigentlich, mit Verlaub, schwerfällige sowjetische Bürokratie erstaunlich schnell seinen Kampfposten im neuen Leben ein. Einige Aufmerksamkeit verdient jedoch der Genosse Lew Sabetajewitsch, du weißt schon, Ljowa Weissmann mit seinen Filmen, denn er wurde Chefredakteur der Zeitung »Rotes Galizien«. Sein Fall erwies sich als nicht ganz so einfach. Falls du dich noch daran erinnerst, er wollte etwas vereinen, nämlich die jüdische Sozialdemokratie, und dieses letzte Wort, besonders in Kombination mit dem vorhergehenden, wirkt auf den Bolschewiken wie das rote Tuch des Toreros auf einen wutentbrannten Stier. Der arme Ljowa Weissmann mußte sich vor einer Vollversammlung der Genossen, darunter auch die Vertreterin des Zentrums, Esther Katz, einer tiefgreifenden und aufrichtigen Selbstkritik unterziehen. Wenn du mich fragst, was »Zentrum« bedeutet, so kann ich dir nur sagen, daß das eine ziemlich nebulöse sowjetische Formulierung ist, die einfach für Respekt zu sorgen hat und alles bedeuten kann – vom Ortskomitee im benachbarten Truskowez bis zu den höheren Instanzen in der endlosen Skala von Partei und Staat, von Lwow über Minsk und Kiew bis zum fernen Moskau. Ich hoffe, du weißt, was Selbstkritik ist – das bedeutet, sich selbst zu schlachten, sich die Haut abzuziehen, sie auf einen Rahmen zu spannen und den anderen darzubringen oder, wie es in der Bibel heißt, seinen Kopf mit Asche zu bestreuen und sein Hemd zu zerfetzen. Und das Präsidium der Versammlung muß dann große Anstrengungen dafür aufwenden, dich zu hindern, daß du dir nicht alle Haare einzeln ausreißt. Für so eine Situation im Leben kann ich dir einen Rat geben: Zögere auf keinen Fall und nimm die Schuld nicht wie eine bittere Medizin Löffelchen für Löffelchen, sondern stürze dich mutig in den Ozean der Reue und bekenne mit einem Schlag alle deine Sünden und Fehler aus der Zeit der Ersten und Zweiten Internationale bis in unsere Tage. Und wenn du in der eingetretenen Stille dann das Trommeln eines Bleistifts oder das russische »malo, malo, wenig, wenig« hörst, so vergiß alle kleinbürgerlichen Ausflüchte und lege sofort auch noch deine persönliche Schuld am Untergang von Pompeji und Herculaneum auf die Waage des Mitleids. Dann bist du gerettet, und deine Karriere ist für die nächsten zwei, drei Planjahrfünfte gesichert, denn der Russe ist in der Regel eine empfindsame und emotionale Natur. Wenn ihn die Aufrichtigkeit deiner Bußfertigkeit rührt, ist er sogar imstande, dich auf eine Tasse Tee nach Hause einzuladen. Tee wirst du vermutlich nicht bekommen, denn das ist das Codewort für ein anderes Getränk, und nach der ersten Flasche dieses Getränkes wird er dich auf die Stirn küssen und dir nicht nur versichern, daß er dich liebt, sondern auch, daß er dich achtet.

Ich habe der Rehabilitierung nicht beigewohnt, denn ich war weder Parteimitglied noch Aktivist wie mein Schwager Bendavid, aber er hat mir erzählt, daß Esther Katz die meiste Zeit schwieg, denn sie habe Dummköpfe nur schwer ertragen. Damit soll sie nicht den armen Ljowa Weissmann voller guter Absichten gemeint haben, sondern die Genossen aus dem Zentrum, die gekommen waren, um sein Verhalten zu überprüfen.

Überhaupt verlief unser Übergang von kleinbürgerlichen Sklaven des Kapitals ohne Klassenbewußtsein, ich meine hier jenes Kapital in Rothschilds Kasse und nicht »Das Kapital« von Karl Marx, zur Vorhut der Werktätigen der ganzen Welt ohne besondere Dramatik. Mit einer Ausnahme, die ich bis heute noch nicht verstehe und nach deren Logik ich erfolglos suche: Die deutsche Familie Fritz und Else Schneidermann wurde von den Organen der Sowjetmacht höflichst gebeten, ihre Sachen zusammenzupacken, an die Grenze geleitet und, wie wir später erfuhren, dort gegen eine Quittung den Nazibehörden übergeben. Dies sei, so hieß es, kraft eines sowjetisch-deutschen Abkommens erfolgt. Aber, entschuldige den groben Ausdruck, ich scheiße auf ein Abkommen, mit dem man die Flüchtlinge eines Regimes in die Hände desselben Regimes ausliefert, das sie dann in ein Lager stecken oder sogar erschießen wird. Wie meine Eltern immer sagten: »Gottes Dinge haben weder ein Ende noch einen Boden, und es ist uns nicht gegeben, sie zu begreifen.«

Sogar Esther Katz zuckte hilflos mit den Achseln. »Ich weiß es nicht ... Vielleicht sind sie Agenten Hitlers?«

»Und deshalb reklamieren wir die Ware und schicken sie an den Hersteller zurück?« fragte Rabbi Bendavid skeptisch.

Esther Katz verkniff sich die Antwort, die sie parat hatte, anscheinend konnte sie nicht einmal sich selbst überzeugen.

2

Durch die rabenschwarzen galiläischen Locken meiner Sarah schlängelte sich eine herrliche silbrige Strähne gleich unserem Kolodezer Flüßchen. Mit ihren großen graugrünen Augen blickte sie mich immer noch verliebt und hingebungsvoll an und fuhr trotz meines gereizten Widerspruchs beharrlich fort, das beste Stück Fleisch, das nach der patriarchalischen judäischen Tradition eigentlich meinem Vater zustand, in meinen Teller mit Borschtsch zu tun. Unser großer Sohn Jascha studierte in Kiew Jura. Das gehörte wie die Musik und die Medizin ebenfalls zur jüdischen Tradition. Bitte glaube nicht an das Vorurteil, daß der Handel das Element der Juden ist. Vielleicht ist es irgendwann im phönizischen Altertum so gewesen. Aber heutzutage kann jeder durchschnittliche Armenier, Syrer oder Grieche einen jüdischen Handelsmann kaufen und verkaufen, ohne daß der das bemerkt. Wäre es anders, wäre Kolodez ein Welthandelszentrum gewesen. Natürlich kannst du mir jetzt die ebenfalls unumstrittene Tatsache entgegenhalten, daß wir auch nicht gerade in David Oistrachs oder Doktor Wassermanns ertrinken! Unseren jüngeren Sohn Jeschua schien man im Wiegenalter mit der »Internationale« in den Schlaf gesungen zu haben, denn er ging völlig in seiner Mitgliedschaft im kommunistischen Jugendverband Komsomol auf und auch in der DOSAAF, der Gesellschaft für die Unterstützung der Armee und des Flugwesens. Stell dir vor, er war ganz scharf auf das Segelfliegen. Sowohl Sarah als auch meine Mutter, die alte Rebekka, waren entsetzt über diese Beschäftigung. Schließlich verbot ich ihnen, sich in das Leben der jungen Leute einzumischen. Damit meinte ich auch das seiner Schwester Susanna, die sich unter dem Einfluß ihres Bruders dem Fallschirmspringen widmete und sogar irgendeine Sportmedaille erhielt.

Mein Vater war ziemlich alt geworden. Er konnte nicht mehr gut genug sehen und seine Schneiderkunst beim Wenden von Kaftanen nicht mit dem Glanz von früher fortsetzen und die Stelle nicht finden, in die er die Nadel gesteckt hatte. Obwohl ich darauf bestand, daß er sich mehr ausruhen sollte, kam er weiterhin am frühen Morgen ins Atelier und verließ es erst, wenn wir abschlossen, sei es nun aus Gewohnheit oder weil er der Meinung war, ich könnte in irgendeinem Augenblick seinen professionellen Rat brauchen. Vielleicht auch, weil sich einige der Alten irgendwie vom »Morgenrot des Oktober«, also aus David Lejbowitschs ehemaligem Café, zurückgezogen hatten und immer häufiger zu uns kamen. Auf diese Weise war ein zweites jüdisches Kulturzentrum entstanden, das sich nicht mit der Rolle des jüdischen Proletariats im Prozeß der Weltrevolution beschäftigte, sondern vor allem mit der Familie des Barons Rothschild und ihren nicht geringen Problemen, doch auch mit Prognosen über die baldige Niederlage Hitlers und was Churchill dazu gesagt hätte – eine Sphäre, in der der Postmann Awramczyk, inzwischen Rentner und stolz auf das Ehrenabzeichen des Kommissariats für Post- und Fernmeldewesen, der größte Experte war. Die Alten liebten Churchill und die Engländer, ein unerklärlicher Magnetismus zog ihre Gedanken immer wieder zu ihnen, so, wie sie es aus völlig verständlicher Zurückhaltung, die sich die Juden noch zu den Zeiten der Isabella von Spanien und des Großinquisitors Torquemada angewöhnt hatten, taktvoll vermieden, die Wirtschaftslage der Sowjetunion oder, sagen wir, Stalins jüngstes Interview für den Korrespondenten der »Times« über die sowjetisch-deutschen Beziehungen zu kommentieren.

In den von Ljowa Weissmann im »Roten Galizien« akkurat nachgedruckten Interviews und TASS-Meldungen wurde ein und dasselbe bis zum Überdruß wiederholt, und zwar, daß unsere Beziehungen zu den Schwaben besser als gut seien und an den Grenzen keine Militäreinheiten stationiert würden. Dazu äußerten sich die weisen Alten von Kolodez nicht. Diese Frage endete stets mit einem schnellen Blickwechsel, und man ging zügig zu dem immer aktuellen Thema Baron Rothschild über.

Denke jetzt nicht, daß die Anziehungskraft dieses Barons und der relativ große Platz, den er im Leben von Kolodez einnahm, ein Zufall war – er gab uns Hoffnung und Vertrauen, er festigte den unerschütterlichen jüdischen Optimismus und den Glauben an die reale Chance, reich und Millionär zu werden. Ein Glaube, der sich mit der unbestreitbaren Tatsache vergleichen läßt, daß jeder Verkäufer von Popcorn in den Vereinigten Staaten Präsident werden kann. Kolodez bei Drogobytsch war natürlich weit von Amerika entfernt. Und solcherart Erwartungen konnten zum Beispiel wohl kaum für Golda Silber, die Verkäuferin von Kürbiskernen, gelten. Nicht nur, weil Frauen in den USA nicht Präsident werden können, sondern auch aus ziemlich vielen anderen Gründen, bis hin zur Fähigkeit der Kolodezer Alten, eine Grenze zwischen dem Möglichen und Eventuellen sowie dem Unmöglichen und Unglaublichen zu ziehen und sich nicht leeren Phantasien hinzugeben. Wie Kaplan, der einmal aufgeregt zu Mendel sagte: »Weißt du, wen ich gestern in der Metro in Berditschew getroffen habe? Du wirst es nicht glauben: Karl Marx persönlich!« Worauf Mendel, ein prinzipieller Skeptiker in bezug auf jede Art von Phantasien, völlig berechtigt antwortete: »Du redest Unsinn, in Berditschew gibt es keine Metro!«

Am frühen Freitagabend leerte sich das Atelier immer

unversehens, und alle eilten in ihre Häuser. Die sowjetischen Behörden übten sich vorläufig noch immer in Toleranz für die örtlichen Traditionen, und die Gewerkschaften hinderten die Juden nicht, ihren Schabbes zu feiern, so wie es sich gehört. Mutter und Sarah legten ein weißes Leinentuch auf den Tisch, den einst der Schreiner Goldstein gezimmert hatte. Mein Vater zündete mit seiner zitternden Hand die Kerzen an, wobei er nicht immer die Dochte traf, und ratterte im mechanischen Schnellauf das Gebet auf Hebräisch herunter. Meine beiden frisch gebackenen Komsomolzen hielten die Hände zum Gebet gefaltet und versuchten, zu kichern und sich zuzuzwinkern, aber der strenge Blick ihrer Mutter Sarah zügelte ihre atheistischen Aufwallungen.

Diese Legierung aus Sowjetmacht plus Chassidismus mag dir seltsam erscheinen. Aber ich schließe nicht einmal die Möglichkeit aus, daß sogar Karl Marx persönlich, den der Kaplan in Berditschew getroffen haben will, den siebenarmigen Leuchter entzündet hat, wenn er sich am Freitagabend mit Jenny an den Tisch setzte. Der religiös-mystische Nebel um diesen den Juden heiligen Abend hat sich schon seit langem zerstreut, und er ist zu einem volkstümlichen Ritual geworden – so wie das Bemalen von Ostereiern in den kommunistischen Familien, die ernste Zweifel an der Auferstehung haben, oder zum Beispiel die allgemeine Sauferei bis zum Vollrausch am 1. Mai, eine ebenfalls überwältigende sowjetische Tradition, die schon lange kein Quentchen Religiösität mehr enthält.

Jeden Sabbatabend kam mein lieber Schwager Schmuel Bendavid zu uns, mal mit einem Paket Fleisch, mal mit einem riesigen Karpfen, den er weiß Gott wo ergattert hatte. Oder sogar mit einem kleinen Netz voller georgischer Mandarinen, die es in unserer Gegend nur selten gab. Er war aus unbekannten Gründen jetzt als Samuel Dawidowitsch Zwassmann eingetragen, vielleicht aus jenem leidenschaftlichen Bestreben der einst zu Zarenzeiten nach Sibirien Verbannten heraus, ihre Namen mögen weniger jüdisch und möglichst mehr russisch, revolutionär klingen, einem Bestreben, durch das sich Lejb Bronstein in Leo Trotzki verwandelt hatte. Vielleicht tat man es auch aus konspirativen Erwägungen, was jedoch kaum eine Erklärung für die Verwandlung meines Schwagers Bendavid in Dawidowitsch, von Weiss in Below, Silberstein in Serebrow oder Moische Perlmann in Iwan Iwanitsch ist. Hier gibt es offensichtlich einen anderen Grund, doch ihn zu finden ist wohl nicht meine Aufgabe. Und wenn ich mich nicht ständig von meiner Schilderung ablenken ließe, müßte ich hinzufügen, daß der ehemalige Rabbiner oft von der Genossin Esther Katz begleitet wurde, die sich stets verlegen für ihren unangekündigten Besuch entschuldigte. Ich betrachtete sie mit Zärtlichkeit, diese beiden nicht mehr jungen Menschen, die ihre besten Jahre für andere hingegeben und ihre Jugend mit messianischer Besessenheit den unergründlichen himmlischen und irdischen Abgründen, der Suche nach den großen Wahrheiten dargebracht hatten. Dabei erweisen sich diese Wahrheiten leider so oft als schimärische und trügerische Spiegelbilder wie das Wasser in der Wüste oder als falsche Goldmünzen, die nach dem ersten feuchten Winter rosten. Vielleicht liegt auch darin irgendeine göttliche Absicht, in der Suche und nicht im Finden, und vielleicht hatten sie ihre Jugend keineswegs vertan, sondern großzügig auf dem Acker der Zukunft und in der Hoffnung auf ferne reiche Ernten ausgesät. Ich weiß es nicht. Ich beobachtete sie und hatte den Eindruck, daß diese beiden Wahrheitssuchenden – sie, die sich vollauf einer neuen Religion gewidmet hatte, und er, der sich qualvoll bemühte, eine alte Religion mit dem »Kapital« zu liieren – endlich in Tuchfühlung mit dem Glück gekommen waren. Wenn nicht mit dem allgemeinen, so doch wenigstens mit dem kleinen, privaten. Sie waren einander nicht gleichgültig, vielleicht war zwischen ihnen auch etwas mehr. Doch ihren zugeneigten Seelen war es nicht gegeben, sich zu begegnen und zusammenzufließen. Den Bericht darüber wirst du später erhalten.

Die Sabbatkerzen brannten. Wir saßen am Tisch und genossen den Samstagsfrieden, der sich wie Gottes Segen über dem sowjetischen Kolodez ausbreitete. Irgendwo in der

Ferne berieselte ein Grammophon die Umgebung mit dem Lied von den drei Panzersoldaten – drei fröhlichen Kameraden in einem Kampffahrzeug. Das war damals ein populäres Lied, weil sich das Verhältnis zu den Japanern im Fernen Osten nicht zum Besten entwickelte und das Lied davon handelte, wie die Samurai am Fluß die Grenze übertreten und wir ihnen den Garaus machen. Genau das ist ein wichtiger Punkt in meiner Schilderung, zu dem ich zurückkehren werde, wenn mich meine sowjetische Heimat Zu Den Fahnen rufen und in den heiligen Kampf gegen eben diese japanischen Samurai schicken wird.

Zu meiner Rechten saß wie immer mein lieber Onkel Chaimle, der seine letzten Arbeitsjahre vor der Rente als Leiter der Abteilung »Sauberkeit« der Kommunalverwaltung verbrachte und für den einzigen Pferdewagen verantwortlich war, der den städtischen Abfall einsammelte. Sein Kutscher und zugleich Hauptmüllmann war der nicht ganz normale Albino Avrom Morgenrot.

Onkel Chaimle sagte: »Ich habe eine neue Schnurre gehört. Der Bankier Nachum Sissmann wurde gefragt, warum er nicht mehr Poker mit Graf Galizki spiele. Darauf antwortete er: ›Würden Sie mit einem erwiesenen Gauner Poker spielen?!‹ – ›Nie!‹ entgegnete man ihm. ›Na bitte, Graf Galizki will das auch nicht!‹«

Wir lachten, obwohl die Schnurre nicht neu war. Aber nichts kann einen Juden daran hindern, über etwas Lustiges zu lachen. Nur unser ehemaliger Rabbi lächelte nicht. Er war in Gedanken versunken und besorgt. Sein Geist weilte irgendwo fern von hier.

Onkel Chaimle fuhr fort: »Ich habe das nur nebenbei gesagt. Schmuel, jetzt ist doch Schabbes?«

Der ehemalige Rabbiner schreckte auf, sein Geist kehrte dorthin zurück, wo er zu sein hatte.

»Ich glaube, so ist es. Warum? Ach so, ich weiß, was du meinst. Sagt mir, wem ich die Schlüssel geben soll, und ich werde es tun.«

»Welche Schlüssel?« fragte meine Mutter.

»Die Schlüssel von der Synagoge«, erklärte Onkel Chaimle erbost. »Er hat sie abgesperrt und auch noch ein Vorhängeschloß angebracht!«

»Drin gibt es Dinge aus Silber, Chaimle«, rechtfertigte sich Bendavid.

»Es geht nicht um die Dinge aus Silber, sondern um deinen goldenen Mund«, mischte sich mein Vater friedfertig ein.

Offensichtlich hatte man dieses Thema schon früher erörtert, und wir wurden ungewollt Zeugen einer Verschwörung, die unseren ehemaligen Rabbiner in Jehovas Schoß zurückbringen sollte. »Wir wollen hier und jetzt hören: Wer wird morgen am Bejt Kanischta das Gebet sprechen?«

Unser ehemaliger Rabbiner schwieg lange, warf der Genossin Esther Katz einen verlegenen Blick zu und sagte schließlich leise, aber bestimmt: »Ich nicht. Mag das tun, wer will, ich nicht. Ich kann nicht Rabbiner sein. Das wäre nicht korrekt.«

»So, so«, sagte Onkel Chaimle bissig. »Aber du kannst Vorsitzender des Klubs des Atheisten sein. Das ist korrekt, ja? Was würde es dich kosten, im Nebenberuf, wie man heutzutage sagt, auch den Posten des Rabbiners zu übernehmen? Was hindert dich daran, frage ich dich?«

»Das sind moralische Beweggründe. Sucht euch einen anderen«, beharrte Schmuel Bendavid.

»Und wer wird unseren Stamm durch die Wüste führen?« fragte Onkel Chaimle finster. Aus seinen Worten verbreitete sich der Wüstenwind Chamsin, und zwischen meinen Zähnen knirschten Sandkörner.

»Die Leute wollen nicht irgendwen«, sagte mein Vater, »sondern dich, den Rabbi Schmuel Bendavid! Dich und niemand anderen, wenn du verstehst, was man dir sagt.«

Bendavid verstand es offenbar, denn man redete mit ihm jiddisch. Er fluchte leise auf russisch, kehrte danach jedoch sofort wie ein verlorenes Schaf, das seinen Stall wiedergefunden hat, zu seiner Muttersprache zurück: »Was stürzt ihr euch alle auf mich? Und du, Chaimle, seit wann bist du so ein Chassidim, wo du doch bei deiner Beschneidung zum letztenmal in einer Synagoge gewesen bist? Die Wüste! Seht ihn euch an, diesen antisowjetischen Moses! Führ du sie doch durch die Wüste, teile du doch das Rote Meer!«

»Du redest Unsinn«, sagte Esther Katz gelassen.

Aber unser ehemaliger Rabbiner war entflammt: »Ja, geh du, Chaimle! Ich will meine Zeit nicht für ein paar bigotte Narren vergeuden!«

Esther Katz legte ihre Hand auf seinen Arm. »Es ist nicht schön, so zu reden!«

Ich schwieg, denn ich gehörte, ehrlich gesagt, nicht zu denen, die Bauchschmerzen bekommen, wenn sie am Samstag nicht in die Synagoge gehen. Doch da mischte sich überraschend mein Sohn Jeschua in das Gefecht ein, das man mit einem theosophischen Disput zwischen gräzisierten Sadduzäern und talmudischen Gelehrten vergleichen konnte. Er hielt sich offenbar bereits für befähigt, an einem für das Kolodezer Judentum so schicksalträchtigen Disput teilzunehmen, denn schließlich war er schon auf einem sowjetischen Segelflugzeug geflogen.

Er sagte: »Onkel Schmuel hat Recht, er hat hundertmal Recht! Habt ihr schon mal etwas vom ›Opium des Volkes‹ gehört? Habt ihr das? Diesem mittelalterlichen chassidischen Blödsinn muß ein Ende gesetzt werden!«

In der eingetretenen Stille sagte Sarah leise: »Jeschua, verlaß das Zimmer! ... Hast du gehört, was ich gesagt habe, verlaß das Zimmer!«

Er aber blieb sitzen und hielt seinen Blick starrköpfig auf den Teller geheftet.

»Und wer an Den, Der Da Ist, glaubt? Und an ihn sieben Mal und sieben mal sieben Mal glaubt?« fragte mein Vater ruhig, erhob aber allmählich die Stimme. In ihr konnte man die fernen Posaunen von Jericho vernehmen, und ich verspürte den Zorn und die Stärke unserer einstigen Vorfahren. »Wenn ich zum Beispiel an den einzigen und furchterregenden Gott der Juden, Adonai, glaube, bin ich deshalb ein Idiot? Das frage ich dich, Schmuel! Oder ein mittelalterlicher chassidischer Blödian? Das frage ich dich, Jeschua!«

Es folgte kein biblischer Blitz, und es ging auch kein Strauch in Flammen auf. Aber ich weiß nicht, woher sich in dieser Greisenhand so viel Kraft gefunden hatte, sie holte aus, und der Teller mit dem Borschtsch flog vom Tisch, zerbrach an der Wand gegenüber, und an ihr floß die von den Rüben rote Suppe wie Blut herunter.

Sarah und ich schauten uns an, ihre traurigen und irgendwie schuldbewußten Blicke trafen die meinen, so als entschuldige sie sich für die Worte ihres Bruders.

Bendavid stand auf. Er sagte mit dumpfer Stimme: »Entschuldigt. Jakob, verzeih mir. Verzeiht mir alle. Ich habe mich nicht richtig ausgedrückt, das verstehe ich. Verzeiht mir. Morgen werde ich kommen und die Synagoge aufschließen, und ich werde die Predigt halten. Und du, Itzik, wirst den Abschnitt aus dem dritten Buch Mose über die Götzenbilder vorlesen. Entschuldigt.«

Er verneigte sich ehrerbietig und ging hinaus, und Itzik war, falls du dich noch erinnerst, ich.

Esther Katz sagte verwirrt: »Seid ihm nicht böse, bitte ...«

3

Als hätten sie einen kleinen Krieg gewonnen, fanden sich unsere Leute feierlich, mit dem obligatorischen Käppchen »Kipa« auf dem Kopf und dem weißen Ritualschal »Tales« auf den Schultern ein, und der samstägliche Gottesdienst wurde abgehalten. Der Rabbiner Bendavid murmelte kurz »Baruch ata Adonai aluenu ...«, also sei gesegnet, unser alleiniger Gott.

Ich würde nicht behaupten, daß unsere Synagoge überfüllt war wie in vorsowjetischen Zeiten – es fehlten vor allem die jungen Menschen. Aber auch die älteren waren sozusagen nicht komplett. Ich glaube, manche waren aus Überzeugung nicht gekommen oder weil sie nicht das geistige Bedürfnis verspürten. Auch pragmatischere Beweggründe waren nicht ausgeschlossen, wie die bevorstehende Aufnahme in die Partei oder die ganz gewöhnliche Angst. Über letzteres habe ich eine besondere Meinung, die geweihten Synagogenältesten mögen mir verzeihen, aber mit dieser Angst wird in letzter Zeit ziemlich viel spekuliert. Daß die Sowjetmacht eine Vorliebe für Kirchgänge und religiöse Bräuche hatte, würde ich nicht sagen, sogar im Gegenteil, aber die Zeiten, in denen man dafür schief und mit dem Zorn von Bilderstürmern angesehen wurde, waren vorbei. Zumindest habe ich in Kolodez nichts derartiges verspürt. In Nowosibirsk oder in der Wüste Karakum mag es anders gewesen sein, das wage ich nicht einzuschätzen. Aber ich weiß, daß die menschliche Seele der Zufluchtsort für die Angst ist. Deshalb verachte ich wirklich nur diejenigen, die heute behaupten, sie wären ihren Begegnungen mit Gott aus Angst aus dem Weg gegangen. Wenn ich Gott wäre – versteh mich jetzt richtig, ich sage das nur als Beispiel, Ambitionen dieser Art habe ich nicht im geringsten –, würde ich eher dem Heiden verzeihen und jenen segnen, der kein Hehl daraus macht, daß er nicht an Mich glaubt, als denjenigen, der seinen Glauben geheimhält und sich fürchtet, sich zu ihm zu bekennen, der sich ständig umschaut, ob es außer dem Auge Gottes nicht auch noch ein anderes Auge gibt. Oder der sich nur von Zeit zu Zeit an Mich erinnert und sich »für alle Fälle« schnell loskauft, sei es mit einer kleinen Münze in der christlichen Kollekte, mit einer dünnen Kerze oder einem zerstreut gemurmelten »Amen« in der Synagoge, während er sich heimlich umsieht und sich fragt, wie Menachem Rosenbaum wohl an diese neuen Schuhe gekommen ist, eine Eliteproduktion für hohe Parteigenossen aus der Fabrik »Roter Proletarier«. Gerade solche Waschlappen und religiösen Heuchler, verzeih mir den groben Ausdruck, würde ich in die Hölle schicken, wenn so eine Einrichtung überhaupt existiert.

Aus diesen meinen Gedankengängen hörst du vermutlich den Einfluß des Rabbis Schmuel Bendavid heraus. Und genau so ist es auch. Er hat mich den Zweifel am Glauben und den Glauben an den Zweifel gelehrt. Er hat mich gelehrt, den himmlischen Wahrheiten direkt ins Auge zu blicken. Und wenn Gott dabei nicht verwirrt seinen Blick senkt, so bedeutet das, daß wir beide zumindest zu dieser Frage einer Meinung sind. Was die irdischen Wahrheiten betrifft, so hat mich der Rabbi nichts gelehrt, weil er sich selbst für einen Schulanfänger hielt, der erst noch das Alphabet einer neuen und noch nicht geschrieben Thora büffeln muß, mit einem neuen Buch Mose »Exodus«, in dem davon berichtet wird, wie die Menschheit die Qualen der heutigen Wüste überstanden und endlich das gelobte und gesegnete Kanaan der Zukunft erreicht hat.

Ich bin ein wenig vom Thema abgekommen. Solltest du vergessen haben, wo wir uns befanden, so werde ich es dir sagen: in der Synagoge von Kolodez bei Drogobytsch, Rabbi Schmuel Bendavid oder, wenn du so willst: der Bürger Samuel Dawidowitsch Zwassmann hatte soeben das Gebet gesprochen, genauer, gesungen und gemurmelt, und jetzt war ich an der Reihe. Der Anweisung des Rabbiners folgend, reihte ich also die Worte aus dem dritten Buch Mose wie eine Kette aus glänzenden Perlen aneinander: »Ihr sollt euch keine Götzen machen und euch weder Bild noch Steinmal aufrichten, auch keinen Stein mit Bildwerk setzen in eurem Lande, um davor anzubeten; denn ich bin der Herr, euer Gott, und ihr sollt euch keine anderen Götter neben mir machen ...« Und so weiter, du kennst es sicher auswendig. Ich las mit Gefühl, aber meine Gedanken flogen in eine andere Richtung: Warum hatte der Rabbi gerade dieses Kapitel gewählt? Und worauf wollte er hinaus?

Jetzt, da ich mich daran erinnere, viele, viele Jahre nach jenem Samstag in der Synagoge von Kolodez, glaube ich, daß ich es weiß: Seine Götter waren die Wahrheit und der Dienst am Menschen, und die Klarheit dieses seines Glaubens, seine simple menschliche Wahrheit, die so mit der himmlischen zusammenfloß, daß sie eines wurden, wurde schwer gestört und vernebelt – durch die Götzenbilder, von denen in der Thora, aus der ich vorlas, die Rede war. Um es deutlicher zu sagen, auf unsere neuerschlossene sowjetische Gegend ergoß sich plötzlich eine Flut von Bildnissen Stalins und Lenins, vor allem Stalins, von Büsten und Statuen Stalins und Lenins, und wieder vor allem Stalins, von Spruchbändern mit Zitaten und wieder Büsten und Abgüssen der Führer von vorn und im Profil. Waren das nicht jene verbotenen Idole und Steine mit Bildwerk, von denen im Gesetz die Rede war und die wir nicht anbeten durften? Und die genau Jenen nachahmten, gerühmt sei Sein Name, der mit ziemlich nebulösen Argumenten behauptete, es gebe keinen anderen außer Ihn? Ich bin überzeugt, daß Bendavid bereit war, allen Göttern zu entsagen, den irdischen wie den himmlischen, damit sein Herz frei war für die Wahrheit und nur die Wahrheit, von der es wirklich nur eine gibt und keine andere außer ihr. Hatte es überhaupt Sinn, sich von den Götzenbildern loszusagen, die man für abgegriffen und überlebt hielt, um beim Rückwärtsschauen in die Vergangenheit der Vorfahren mit der Nase an andere, neuere zu stoßen, gegenüber denen Rabbi Bendavid ebenso quälende Zweifel verspürte, weil auch sie in der Luft einen deutlichen Schwefelgeruch verbreiteten.

Als die Zeit für die Sabbatpredigt, gekommen war, sagte der Rabbiner: »Ich habe Gott in diesem Haus, genannt Gotteshaus, gesucht und nicht gefunden. Auch ihr braucht ihn nicht zu suchen, denn er ist nicht hier. Sucht in euren Herzen, Brüder, und wenn ihr ihn dort entdeckt, mögen sie zu eurer Synagoge werden, zu eurem Tempel, eurem Altar und euren Gesetzestafeln. Denn wenn Gott Liebe ist, so kann es die Liebe nur in den Herzen geben und nicht in den Steinen. Und woraus ist dieses Gebäude, wenn nicht aus Steinen? Und was werden unsere Herzen sein, wenn sie aufhören, ein Aufbewahrungsort oder, wie wir sagen, die Bundeslade der Liebe zum Menschen zu sein? Darunter verstehe ich nicht einen, sondern alle Menschen jeder Hautfarbe, aller Stämme und aller Sprachen, aus allen Ländern und hinter allen Meeren – von den Ländern der ewigen Hitze bis zu denen der ewigen Kälte –, weil nur sie alle zusammen Gott sind. Und es gibt keinen anderen Gott außer ihm. Brüder, uns stehen fürchterliche Zeiten bevor, die schreckliches Leid mit sich bringen werden: Senkt den Blick vom Himmel auf eure Füße, damit ihr nicht über die irdischen Qualen eures Nächsten stolpert oder in die erste beste Wolfsfalle der Gleichgültigkeit geratet. Unsere großen Vorfahren haben uns unermeßliche Schätze des Wortes, des Anfangs aller Anfänge, hinterlassen. Bewahrt sie gut auf, haltet sie in Ehren, weil sie die unsichtbare Lötstelle unseres zerstreuten Stammes sind, der die Jahrtausende überlebt hat, in denen andere Stämme geboren wurden, aufstiegen und wieder versanken. Achtet den fremden Glauben, aber seid nicht gehorsam und botmäßig dem eigenen gegenüber, denn genau das werden die bezahlten Priester erfundener Götter, himmlischer wie irdischer, von euch verlangen. Sie werden euch in Sklaven verwandeln wollen und in Diener an hochherrschaftlichen Tafeln, in Blinde in der Finsternis der Unwissenheit und der Lüge und nicht in freie Menschen, die dem Licht, dem Feind jeder Unwissenheit, entgegenschreiten. Unser großer Vater und Prophet Moses hat uns vom Sinaigebirge die Tafeln mit den zehn Geboten gebracht. Sie enthalten Abgründe von Weisheit, und deshalb sind sie das Gesetz – haltet es ein, aber mit Vernunft und nicht willig wie das Vieh, damit ihr nicht in diese Abgründe stürzt, und fürchtet euch nicht, seinen Buchstaben im Namen seines Sinnes zu verletzen. Seid nicht seine untertänigen Vollstrecker, sondern kühne Richter. Wenn euer Nächster Paläste besitzt, die er mit den geraubten Steinen eurer Hütten errichtet hat, so dürft ihr, Brüder, die Paläste eures Nächsten begehren, um daraus euer gemeinsames Haus zu erbauen! Und wenn er tausend Schafe und hundert Kamele besitzt, so begehrt die Schafe und Kamele eures Nächsten, auf daß es eure gemeinsame Herde werde! Und wenn er eure Frauen verführt, nehmt es nicht demütig wie Sklaven hin, sondern verführt die seinen! Amen und Schabbes Schalom!«

Es ist wirklich schade, daß Karl Marx diesen talmudischen Kommentar der Bücher Mose nicht hat hören können!

4

Vielleicht wunderst du dich jetzt, aber die Alten bäumten sich nicht gegen die Sabbatpredigt ihres Rabbiners auf, eher im Gegenteil – auf dem Heimweg waren sie zufrieden, daß die Synagoge wieder eine Bejt A'Knesset, ein Versammlungsraum für die guten Juden von Kolodez war. Sie legten offenbar keinen Wert auf den Sinn der Worte, sondern, wie Onkel Chaimle sagen würde, auf das Wort als solches. Das ist mir eine gewisse Erklärung für den lauten Beifall und sogar die Verehrung, mit denen manche die Worte der Politiker aufnehmen, ohne in ihren Sinn vorzudringen. Jedenfalls willigte Bendavid, von Nächstenliebe erfüllt, ein, die Rolle des Zadik, also des geistlichen Hirten, sowohl in der Synagoge als auch im Klub des Atheisten zu übernehmen – in dem einen Fall für die, die an Gott glaubten, im anderen für die, die an Marx glaubten. Und ich muß dir sagen, er meisterte seine komplizierte Mission hervorragend. Er half den geistig Blinden und lehrte sie, keine dummen Diener an der Sklaventafel zu sein, er führte sie durch die Abgründe des Zweifels und ließ es nie zu, daß sie in dem Irrtum lebten, der angewinkelte Ellenbogen enthalte die ganze Wahrheit über die Milch. Besonders wenn der Arm in einer geballten und drohenden Faust endete, sei es nun eine menschliche oder eine göttliche.

Die Novemberfeiern zum 23. Jahrestag der Revolution lagen längst hinter uns, und das, was uns anfangs neu, ungewöhnlich und unverständlich erschien, war allmählich zum sowjetischen Alltag geworden, zur Lebensgewohnheit, und wir paßten uns ihr an, jeder nach seinen Möglichkeiten. In Vorbereitung des kommenden 1. Mais hatte man einen neuen Gegenplan erlassen, genau so hieß es, »erlassen«. Demzufolge hatte unser Atelier beim Artel Nr. 6 und so weiter – brechen wir uns lieber nicht die Zunge mit jener Abbreviatur – die Arbeitsproduktivität um 4,2 Prozent zu steigern. Die Pläne, das mußt du wissen, wurden »erlassen«, das hatte etwas Majestätisches und Geheimnisvolles an sich. Irgendwo sehr weit oben, in den Höhen über den Wolken verfügte eine unsichtbare Gottheit gleich den Gesetzestafeln vom Sinaigebirge mittels Aktenmappen über Prozente, Fristen und Selbstverpflichtungen je nach den Fähigkeiten. Die Erfüllung wurde später den Bedürfnissen angepaßt. Wie es übrigens auch mit jenen alten Tafeln mit den zehn Geboten geschieht, bei denen der Diebstahl zum Beispiel, wenn es um besonders große Summen geht, auch als Übererfüllung des Plans für legale Gewinne eingestuft werden kann und der Mord von größeren Menschenmassen als Erfüllung des Gegenplans für den Schutz der nationalen Interessen. Mein Vater und ich überlegten lange, doch letzten Endes fiel uns kein anderer Rationalisierungsvorschlag ein, als die Herkunft der Nadeln zu verändern. Anstelle der deutschen Importnadeln wurden die heimischen, eine Produktion des Traktorenwerkes, eingeführt. Sie waren ziemlich grob, ließen sich aber leicht auf den Bedarf der Landesverteidigung umstellen. Ich weiß nicht einmal, ob es uns gelang, die Produktivität um 4,2 Prozent zu erhöhen, weil wir die Ausgangsdaten aus der Zeit vor der Revolution nicht klären konnten. Aber wir bekamen einen dreieckigen Wimpel mit der Aufschrift *»Bestarbeiter im Wettbewerb zum 1. Mai«*, goldene Buchstaben auf rotem Grund, der vielleicht heute noch irgendwo dort an der Wand hängt. An diesem Wimpel kann man sehen, daß wir, mein Vater und ich, uns an diesem Wettbewerb beteiligt haben, obwohl nicht ganz klar war, mit wem genau wir gewetteifert und auf welche mir unerklärliche Weise wir uns hervorgetan hatten. Aber auch darin verbarg sich, wenn du verstehst, ein Stück der Einbeziehung unseres kleinen Schneiderateliers in etwas Großes, Gemeinsames und Bedeutendes, während unser altes »Mode parisienne« ein einsames Staubkörnchen in der Schneidergalaxie war, eine Nadel, verloren in einem Berg von Kaftanen, ein kleiner Laden im Kellergeschoß, in dem die Anfertigung einer roten Uniform für einen Dragoner von der Leibgarde Seiner Majestät das einzige bemerkenswertere Ereignis war, das es mit Gottes weiter Welt verband – dieser Mythos meines Vaters, der sich mit der Odyssee, der Kalevala oder dem Nibelungenlied vergleichen läßt.

Und gerade an dieser festlichen Kote »1. Mai« meines Berichts, die durch einen dreieckigen roten Wimpel markiert war, geschah das Unglück: Wie ein Blitz verbreitete sich in Kolodez die Nachricht, daß die Organe des NKWD, das bedeutet des Volkskommissariats für Inneres oder der politischen Polizei, wie ihr sie nennt, unseren Mitbürger, den Teilnehmer am Russisch-Türkischen Krieg und Träger des Ehrenabzeichens des Post- und Fernmeldewesens, Abraham Mordechajewitsch Apfelbaum, besser bekannt als Awramczyk, verhaftet hatten. Der erste und vielleicht einzige, der über diese Nachricht strahlte, war unser katholischer Ksiadz, der, wie ich dir bereits mitteilte, ein fanatischer Antisemit war und jedes Unglück, das irgendein jüdisches Haupt ereilte, als Vergeltung Gottes und Ausdruck höchster Gerechtigkeit auffaßte. Doch sein strahlendes Lächeln hatte gerade erst sein Apogäum erreicht und wollte sich langsam seinem Perigäum zuwenden, als der Ksiadz selbst verhaftet wurde, für, wie es hieß, Mittäterschaft. Wobei er Mittäter war, wußte niemand. Schon am nächsten Morgen wurde auch Pan Woitek verhaftet, unser ehemaliger Polizeiwachtmeister, der ehemalige Bürgermeister und inzwischen ebenso ehemalige Leiter des SAGS, also des Standesamtes. Im letzteren Fall lagen die Dinge etwas klarer. Der Kasus wurde sozusagen flüsternd von Ohr zu Ohr verbreitet. Dieser Kasus war eine Halbliterflasche Wodka, die der Bürger Woitek heimlich in seiner Jackentasche mitgebracht hatte, denn im Klub »Morgenröte des Oktober« war der Alkoholkonsum im Gegensatz zu den Zeiten kleinbürgerlicher Verhältnisse, als es noch David Lejbowitschs Café war, verboten – unser Woitek hatte sich also heimlich aus der Flasche in ein Wasserglas eingegossen und so getan, als ob er Wasser tränke. Aber deshalb verhaftete das NKWD nicht, gab es dort doch genügend Träger des Schildes und Schwertes der Revolution, die sich die gleiche Flüssigkeit aus ähnlichen Wassergläsern hinter die Binde schütteten. Meist taten sie es heimlich und hinter verschlossenen Türen, und sicher wurden sie aus diesem Grund »Kämpfer an der stillen Front« genannt. Nein, nicht deshalb, sondern weil der Bürger Woitek nach zweieinhalb Gläsern, was genau dem sowjetischen Standard für eine Halbliterflasche entspricht, erklärt hatte, daß Stalin ein Arschloch sei und Polen für die Hälfte seines Geschäftswertes an die deutschen Scheißkerle verkauft habe. Vom Standpunkt des Gesetzes aus hatte er auf diese Weise einerseits das Ansehen einer Dienstperson geschädigt, denn der Genosse Stalin war zweifellos eine solche Person, andererseits hatte er einen Nachbarstaat beleidigt, mit dem die UdSSR diplomatische und, man kann sogar sagen, freundschaftliche Beziehungen unterhielt. Den Kolodezer Kennern des Gesetzes zufolge würde es dafür mindestens eine öffentliche Rüge und bei größerer Strenge der Behörden bis zu fünf Rubel Strafe geben.

Was jedoch dieser Mißgriff Woiteks mit der Verhaftung Awramczyks und des Ksiadz zu tun hatte, konnte vorläufig niemand sagen. Wir mußten uns also mit Geduld wappnen und den nächsten Tag abwarten, an dem man den Bürger Woitek zweifellos aus dem Arrest entlassen würde, nachdem man ihn gerügt oder er die fünf Rubel Strafe für seine unvernünftigen Worte im Suff gezahlt hatte. Dann würde er uns vielleicht erklären, welcher Zusammenhang zwischen einem betrunkenen Polen, einem alten Juden und einem katholischen Priester bestehen kann, abgesehen davon, daß alle drei loyale Sowjetbürger und Einwohner des Schtetls Kolodez bei Drogobytsch waren.

Irgend jemand brachte noch ein anderes Gerücht in Umlauf: Awramczyk hätte noch als Postbeamter einen Scheck über 100 000 Dollar von Baron Rothschild für seine Landsleute in Kolodez erhalten und illegal einkassiert und das Geld zusammen mit dem Ksiadz und dem Leiter des SAGS, dem Bürger Woitek, an den umliegenden Bahnhofskiosken vertrunken. Dieser Version schenkten jedoch nur wenige Glauben. Sie stammte offenbar von extremen Verehrern des Barons, die ihre reinen Träume mit der harschen sowjetischen Realität vermengten. Das Gerücht von den Bahnhofskiosken klang noch unglaublicher allein dadurch, daß jede Zeche über zwei Rubel – die Vorabende des 1. Mai oder der Oktoberrevolution mit drei Rubel fünfzig ausgenommen –, die eine Person an einem Abend zahlte, in unserer Gegend und bis nach Truskowez den begründeten Verdacht auf unsaubere Geschäfte oder illegale Einnahmen weckte, oder daß der, der so eine Zeche zahlte, Kassierer oder sogar ein Spion war, der bereits mit einem Bein im Gefängnis stand.

Wie dem auch sei, wir wußten nicht, um welche Vergehen es sich handelte, aber die Behörden gingen offensichtlich schnell und entschieden dagegen vor, daran war nicht zu zweifeln. Man erzählt sich einen Fall aus Berditschew, in dem Mendel von einer Telefonzelle aus angerufen hatte.

»Hallo, ist dort das NKWD?«

Am anderen Ende antwortete man ihm: »Ja, hier ist das NKWD. Sprechen Sie.«

»Sie arbeiten schlecht!« sagte Mendel und legte den Hörer auf.

Eine Minute später rief er aus einer anderen Telefonzelle an: »Hallo, ist dort das NKWD?«

Da klopfte ihm jemand auf die Schulter und sagte: »So ist es, Bürger Mendel, das NKWD. Wir arbeiten, so gut wir können!«

Zu unserer Verwunderung wurde Woitek jedoch am nächsten Morgen nicht freigelassen. Man hörte auch nichts von den fünf Rubeln Strafe, die er nach Auffassung der Alleswisser in unserem Schneideratelier hätte unweigerlich zahlen müssen. Verwirrt eilte ich zu unserer Synagoge, in deren Hof sich, falls du dich noch erinnerst, auch das Häuschen unseres Rabbis befand.

»Frag mich nichts, ich weiß nichts!« wehrte Bendavid finster ab, bevor ich ihn überhaupt etwas gefragt hatte.

»Gut«, sagte ich, »ich werde dich nichts fragen. Aber warum haben sie Awramczyk verhaftet? Er ist schließlich 80 Jahre alt!«

»Erstens hast du mich jetzt doch gefragt. Und zweitens, wenn ein Mensch verhaftet wird, dann für ein Verbrechen und nicht für sein Alter.«

»Du glaubst, daß Awramczyk zu so etwas fähig ist?«

»Ich sagte ›jemand‹ und nicht Awramczyk. Und versuche bitte zu begreifen, was man dir sagt: Ich weiß absolut nichts! Frag mich nicht, ich bin sowieso in einer Scheißstimmung!«

Wir schwiegen, der Rabbiner schob mir den Zucker zu und goß Tee ein. In der Stille klingelten unsere Löffelchen in den Porzellantassen wie Glöckchen.

Irgendwann verschluckte ich mich am Tee, ich begann zu husten und erhob meine tränenden Augen zum Rabbi. »Daß er in so eine Geschichte verwickelt ist, ist einfach undenkbar ! Schließlich ist er ein alter Mann und ...«

»80 Jahre alt«, half mir der Rabbi.

»Meiner Meinung nach ist das ein unseliges Mißverständnis, eine andere Erklärung gibt es nicht. Nun gut, aber verhaftet wurden drei!«

»Also drei unselige Mißverständnisse«, sagte der Rabbi trocken. »Esther hat heute morgen um sechs den Schnellzug nach Lwow genommen. Sie wird den Fall klären, wenn es nicht auch schon dort eine Flut von unseligen Mißverständnissen gibt.«

Damals verstand ich ihn nicht, aber als die Genossin aus dem Zentrum, Esther Katz, aus Lwow zurückkehrte, war sie noch verwirrter als ich.

»Ist so eine Verschwörung überhaupt möglich?« fragte sie. »Es ist furchtbar, in Lwow hat man mit Massenverhaftungen begonnen, die Verhafteten haben bereits ihre ersten Geständnisse abgelegt. Ihr werdet es nicht glauben. Aber wißt ihr, wen man noch verhaftet hat?«

»Ich weiß«, sagte der Rabbiner, »Ljowa Weissmann. Habe ich es erraten?«

Sie wunderte sich nicht einmal über Bendavids Verdacht, sie akzeptierte ihn wie etwas Natürliches. Sie wußte nicht weniger als der Rabbi, was das Wort Sozialdemokratie, verbunden mit dem Wort davor, du erinnerst dich doch, in den Augen des strenggläubigen Bolschewiken bedeutete, unabhängig von der Selbstkritik und der eigenen, auf einen Rahmen gespannten Haut. Solche politischen Ausrutscher, auch wenn sie der fernen und naiven Jugend angehörten, betrachtete man wie einen Virus. Er mochte lange Zeit entkräftet oder sogar abgetötet scheinen, konnte aber unter geeigneten Bedingungen und bei der notwendigen Temperatur ein Augenlid öffnen, meistens das rechte, sich umblicken und sich dann in kürzester Zeit zu einer Epidemie entwickeln.

»Man hat eine große trotzkistisch-sinowjewsche Verschwörung aufgedeckt. Sabotageakte während der Ernte waren vorbereitet. Die Spuren führen zu einem fremden Staat«, teilte sie sachlich mit.

»Mein Gott«, rief ich aus, »Awramczyk und die Ernte! Awramczyk und eine trotzkistisch-sinowjewsche Terroristengruppe! ... Der Ksiadz und Pan Woitek, gut, das kann ich verstehen ...«

»Warum ›gut‹? Und was verstehst du?« fragte der Rabbi trocken und blickte mich verwundert an.

»Ich wollte damit sagen«, stotterte ich, »daß diese beiden, der Ksiadz und Pan Woitek, Polen sind. Ein Fremdkörper sozusagen ...«

»So?« sagte der Rabbi. »Sie sind also ein Fremdkörper. Für wen sind sie fremd, wenn ich fragen darf? Denn Awramczyk ist seinerseits Jude – es gibt Leute, für die auch er ein Fremdkörper ist! Ai-ai, Itzik, ich schäme mich!«

Ich schämte mich, ehrlich gesagt, auch.

5

Meine Kinder, der Segelflugenthusiast Jeschua und die Fallschirmspringerin Susanna, akzeptierten das Vorgehen der Sowjetmacht rückhaltlos. Als Komsomolzen unterstützten sie die Bemühungen um die Ausrottung solcher Erscheinungen ... und so weiter, ich will dich mit diesem Unsinn nicht behelligen. Mein Vater und meine Mutter schwiegen und wendeten ihre Köpfe mal dem einen, mal dem anderen Redner am Tisch des Schreiners Goldstein zu, denn die alten Leute orientierten sich in der Politik so gut wie König Salomo in den moralischen Normen des sexuellen Lebens. Onkel Chaimle war ganz auf der Seite der Macht. Zumindest sagte er das. Vergiß nicht, daß er ein sowjetischer Angestellter war und bald in Rente gehen sollte. Und Sarah schwieg, aber wenn sie den Blick zu mir erhob, sah ich in ihren graugrünen Augen Trauer und eine gewisse Unruhe.

Sicher wirst du dich jetzt wundern, wenn ich dir sage, daß die Alten, die sich weiterhin im Atelier versammelten, die einzigen waren, die kein Wort, ja nicht einmal ein Komma von dem glaubten, was man sich erzählte oder in den Zeitungen schrieb. Diese naiven Weisen hatten sich sozusagen aus der ganzen Mythologie ausgeklammert. Sie war ihnen so unendlich fremd, wie, sagen wir mal, einem rechtgläubigen Sohn Israels die Geschichte von jenem Jeschu ist, der angeblich wieder auferstanden ist, den Stein vor seinem Grab wegschob und dann in den Himmel fuhr. Sie waren natürlich vorsichtig genug, um kein Wort des Kommentars darüber zu verlieren. Ein beredter Hinweis auf ihr Urteil über die Ereignisse waren nur die Blicke, die sie austauschten, und die Schnelligkeit, mit der sie sich wie hungrige Wölfe auf den armen Rothschild stürzten.

Pan Woitek wurde selbstverständlich weder am nächsten Tag noch nach einem Monat freigelassen. Die fünf Rubel Strafe blieben ihm aber Gott sei Dank erspart, denn er wurde zu fünfzehn Jahren Verbannung in Sibirien mit der entsprechenden Aberkennung der Bürgerrechte verurteilt. Awramczyk und der Ksiadz kamen als harmlose Komplizen, wer weiß von wem und in welcher Sache, besser davon, mit jeweils fünf Jahren. Von dem armen Ljowa Weissmann hörten wir nie wieder, er war einfach weg, löste sich wie der leichte Frühnebel in der Luft auf und verschwand.

Ich bin bis zum heutigen Tag von Reue erfüllt, daß ich mich zum Diener an einer fremden Sklaventafel machen ließ, wie unser Rabbiner Bendavid sich ausdrückte, weil ich auch nur entfernt an eine mögliche Schuld der verhafteten Polen geglaubt hatte und in meiner umnachteten Seele den heimtückischen Irrlichtern gefolgt war, die in den warmen und bequemen Schoß der Mittäterschaft führen. Diese Mittäterschaft und die unbewußte Beteiligung beginnen immer mit der Überzeugung, daß die, die einem am nächsten stehen und die man am besten kennt, unschuldig sind und alles um sie herum die Frucht eines Mißverständnisses oder einer bösartigen Denunziation ist, während die anderen ... Nun, was die anderen betrifft, besonders die am weitesten entfernten und unbekannten, so sind sie höchstwahrscheinlich die wirklichen Saboteure und Agenten fremder Mächte, und was du mir auch erzählst, kein Rauch ohne Feuer ... Ja, begreifst du Dummkopf denn nicht, daß dieser allernächste, für den du bereit bist, zu schwören, daß er unschuldig ist, den anderen völlig unbekannt und in ihren Augen wahrscheinlich der wahre Saboteur ist? ... Kapierst du Dummkopf jetzt, daß man auf diese Weise jenen Mechanismus aufzieht, der von deinem Verdacht gegen die anderen erfüllt ist und dem der anderen gegen dich?

Weder damals noch während der nächsten Welle von Enthüllungen und Prozessen, noch irgendwann später begriff ich den verborgenen Sinn, das geheimnisvolle, immanente Ziel dieser irrealen, verrückten und, ich würde sagen, mystischen Leidenschaft zur kollektiven Selbstvernichtung, diesen alles verschlingenden und blutrünstigen Moloch, in dessen feurigen und unersättlichen Schlund gehorsame Massen marschierten, manchmal so, als seien sie benommen vom Dunst geheimnisvoller Schamanenkräuter. Sie marschierten in geordneten Reihen, hier und da sangen sie sogar lobpreisende Psalmen, eine Welle nach der anderen, in großen Happen zu zigtausend Menschen, und jeder davon war ein Opferlamm auf dem Altar der Zukunft.

Es gab auch welche, die sich widersetzten, sich nicht schuldig bekannten, schimpften und fluchten oder ängstlich jammerten, dem, wie sie glaubten, nichtsahnenden Stalin schrieben, ihn informieren und ihm erzählen wollten, was für Dinge hinter seinem Rücken geschahen. Aber die Reihen hinter ihnen drängten sie im Gleichschritt in den feurigen Schlund. Und jene, deren Aufgabe es war, sie vorwärts zu schieben, wußten im voraus, mit der Fügsamkeit und Besessenheit mittelalterlicher Flagellanten, jener vom Wahnwitz erfüllten katholischen Fanatiker, die sich selbst bis aufs Blut geißelten, daß die, die ihnen folgten, sie ihrerseits vorwärts drängen würden.

Aber vielleicht glimmte in jedem von ihnen ein Fünkchen Hoffnung, daß der bittere Kelch gerade an ihm vorübergehen würde. Vielleicht, ich weiß es nicht.

Ich möchte dich daran erinnern, daß viele dieser meiner Gefühle und Reflexionen bedeutend späteren Datums sind, denn ich erlebte und erfuhr Dinge, die ich damals nicht gesehen hatte und von denen ich nicht wissen konnte, aber, wie gesagt, die durchsichtigen Schichten der Zeit legen sich aufeinander, und wie durch ein Vergrößerungsglas sieht man die Wahrheit über alte Irrtümer besser, oder, das sage ich nun noch einmal, man erliegt neuen.

Aus den Zeitungen und dem Radio strömten in Wellen Nachrichten über aufgedeckte Verschwörungen, vollständige und aufrichtige Geständnisse, Prozesse, Kundgebungen und Beschwörungen, die uns wie ein klebriges und giftiges Spinngewebe unmerklich einwickelten. Ich sage »Radio« aus Gewohnheit. Solch ein Gerät besaßen unsere Leute in Kolodez nicht. Wir hatten »Reproduktoren«, einen stumpfen Kegel aus schwarzer Pappe, der irgendwo an der Wand hing und aus dem die Nachrichten, die Musik, die Reden, die Artikel und Kommentare quollen. Man konnte den Sender weder abschalten noch wechseln, im Gegenteil. Dieser einzige Sender wählte dich zum Opfer und verfolgte dich, er biß dich in den Hintern, wo du dich auch verkrochst, im Schlafzimmer und unter dem Bett, in der Küche und sogar auf der Straße. Dort hingen die gleichen Kegel, nur aus Metall, an Masten, über den Eingangstüren und auf den Dächern. Soweit ich mich erinnern kann, waren die öffentlichen Klos der einzige Ort, wo es keine solchen schwarzen Trichter gab. Für uns waren sie, und daran ist ein Körnchen Wahrheit, eine große kulturelle, zumal auch noch kostenlose Errungenschaft, eine bedeutend größere als Onkel Chaimles Grammophone. Aber aus ihnen, den Trichtern, flossen und überfluteten uns nicht nur Tschaikowski und Prokofjew, nicht nur Tschechows »Drei Schwestern« und die Verse Majakowskis, die ich keineswegs unterschätze, sondern auch die Berichte über die Enthüllungen, Kundgebungen und Resolutionen, Gerichtsverhandlungen und Urteile, über aufrichtige Geständnisse und Bußen im Zusammenhang mit den oben genannten trotzkistisch-sinowjewschen Ausgeburten und anderen schädlichen Diversantengruppen. Unentwegt wurden Resolutionen von Arbeitskollektiven und Militäreinheiten an den Genossen Stalin verlesen, in denen der unerschütterliche Wille des ganzen sowjetischen Volkes, ich betone, des ganzen, also auch mein Wille und der meiner Familie, einschließlich meiner Mutter Rebekka und meines Vaters Jakob Blumenfeld, zum Ausdruck gebracht wurde, den imperialistischen Verschwörern das Rückgrat zu brechen. Soll ich hier nun auch noch jene ausländischen Schriftsteller und Journalisten hinzufügen, darunter große und achtbare Namen, die zu den Prozessen eingeladen wurden, auf sowjetische Kosten im Hotel »Metropol« wohnten und astrachanischen Kaviar verschlangen und dann, manche vielleicht in redlichem Irrtum, über den glänzenden Ankläger Wyschinski und die aufrichtigen Geständnisse der Angeklagten schrieben? Gestatte mir, keine Namen als Beispiel und Beweis zu nennen, um nicht sie oder ihre Nachkommen und Verehrer zu der gleichen Reue und Scham zu verurteilen, die meinen einsamen Nächten bis zum heutigen Tag keine Ruhe gibt.

Und jetzt frage ich dich erneut, denn ich selbst habe noch immer keine Antwort auf diese Frage, was war eigentlich das Ziel, der verborgene Sinn oder, wenn du so willst, der simple Nutzen all dessen? Oder war das ein gigantisches Experiment Jenes, Der Da Ist, mit uns Ameisen, die die Erde bewohnen und sich für die Herren ihres Lebens und Schicksals halten? Ist es der Ameise etwa gegeben, den Sinn von Gottes Experimenten zu erfassen. Obwohl ich mich, ehrlich gesagt, höchstpersönlich an der Zerschlagung Seiner Fensterscheiben beteiligen würde, wenn Ihn das alles amüsiert haben sollte!

Doch deine Antwort auf meine Frage wird falsch ausfallen, wenn du jetzt übereilt verallgemeinerst, wenn du nicht bemerkt hast oder nicht bemerken wolltest, daß neben dieser Welt der Furcht, der Rechtlosigkeit und der finsteren Unsicherheit auch eine andere, parallele Welt existierte. Sie ist es, die mich verwirrt und vielleicht auch jene ausländischen Schriftsteller und Journalisten aus dem Hotel »Metropol« verwirrt hat: In dieser zweiten Welt arbeiteten große Gelehrte geduldig und hingebungsvoll an aufregenden Entdeckungen, Kinder gingen in die Schule und Jugendliche studierten, es wurden wunderbare Bücher geschrieben und aufrichtige Lieder gesungen, Mathematiker und Dichter von Weltrang geboren, man drang in die Tiefen des Weltalls und des Atomkerns vor, in ihr gab es das Moskauer Künstlertheater und das Bolschoi und eine Galina Ulanowa – nach Karten für ein Konzert fragten Interessenten fünf Straßen weiter –, es gab die Eremitage, einen Scholochow, unbesiegbare Schachspieler, Papanin betrat den Nordpol, Tschkalow überflog den Ozean, Eisenstein leitete eine neue Ära in der Filmkunst ein, die UdSSR war das Land mit den meisten Lesern und Jugendlichen. Einen Teil davon könnte man auch mit Gewalt erreichen, das streite ich nicht ab. Aber das Wichtigste, Erhabene erforderte einen freien Geist, denn Sklaven können das nicht bewerkstelligen. Und es wäre ebenfalls ein Fehler, wenn du der antisowjetischen Presse von damals glaubst, der zufolge das ganze Volk Stalin verfluchte: In den Tagen und Jahren, die schon bald folgen würden, stürzten sich die Menschen in den Kampf und starben mit seinem Namen auf den Lippen. Er, sein Name, sei sieben Mal und sieben mal sieben Mal verflucht. Sogar jene, die auf seinen Befehl zur Hinrichtung geführt wurden, widmeten seinem Ruhm ihren letzten Schrei. Ob das kollektiver Wahnsinn war, weiß ich nicht, aber es war so. So war es, das sage ich, Isaak Jakob Blumenfeld, der künftige SEK 003-476 K aus den Konzentrationslagern in Kolyma, Nordostsibirien. Und wenn du eine Antwort auf dieses Rätsel aller Rätsel hast, welches – glaub es mir – das menschliche Gewissen noch hundertundzwei Jahre plagen wird, und wenn du weißt, wie die Milch eigentlich aussieht, so schreib es mir bitte, ich wäre dir dafür dankbar!

6

Der Knoten von Zweifeln an der Gerechtigkeit oder Ungerechtigkeit dessen, was um uns herum geschah, der mich so mit Fragen ohne Antwort quälte, wurde mit einem einzigen

Hieb zerschlagen: An einem frühen Morgen kam Rabbi Bendavid die drei Stufen zu unserem Atelier herunter. Er war blaß wie nicht ausgebackenes ungesäuertes Brot, seine Lippen zitterten, er sank auf einen Stuhl und brachte lange Zeit kein Wort hervor.

Ich fragte ihn leise: »Esther auch?«

Er nickte.

»Und jetzt?« fragte ich.

Er zuckte mit den Schultern.

Mein Vater hob seinen Blick von der sowjetischen Illustrierten »Ogonjok«, die er nur durchblätterte, denn er hatte Schwierigkeiten mit dem Lesen des Russischen, obwohl er es wie die meisten in unserer Gegend irgendwie sprach, er hob seinen Blick und betrachtete den Rabbi über seine dicken Brillengläser hinweg.

»Was gibt es, Schmuel?«

»Nichts, nichts«, sagte der Rabbi.

Mein Vater hörte schlecht, begriff aber, daß ihn die Sache nichts anging, und versenkte sich erneut in die Fotos der Zeitschrift.

»Und jetzt?« wiederholte ich.

»Ich weiß es nicht.«

»Also«, sagte ich, »ist alles ein großer Irrtum. Ein Haschen nach dem Wind, ein Nichts und der Schatten eines Nichts.«

»›Ich sah alles Tun, das unter der Sonne geschieht, und siehe, es war alles eitel und Haschen nach dem Wind ... Und ich richtete mein Herz darauf, daß ich lernte Weisheit und erkannte Tollheit. Ich ward aber gewahr, daß auch dies ein Haschen nach dem Wind ist ...‹ Wenn du das hast sagen wollen, Itzik, so hat das vor dir schon ein anderer Stammesbruder gesagt. Es tut mir leid, aber er ist dir um mehrere tausend Jahre zuvorgekommen. Er hat aber auch noch gesagt: ›Wer auf den Wind achtet, der sät nicht, und wer auf die Wolken sieht, der erntet nicht.‹«

»Und du glaubst trotz allem immer noch, daß das, was die Genossin Katz gesät hat, gut ist? Nachdem du weißt, was sie jetzt erntet?«

Bei Gott, zum ersten Mal bezeichnete ich Esther Katz ohne Ironie als »Genossin«. Es kam spontan wie ein Schrei der Verzweiflung. Oder ich wollte mich meinem guten Rabbiner anschließen, ihm zeigen, daß mir seine Trauer nicht fremd war. Oder vielleicht wollte ich meiner Verbundenheit und meinem Mitleid mit dieser kleinen und zarten Frau mit Bubikopf Ausdruck verleihen, die sich vollauf einer Sache gewidmet hatte und vom Glauben an das Land erfüllt war, das unsere Heimat geworden war und sie jetzt so ungerecht entlohnte.

»Ich glaube nicht an die Gewalt, auch wenn sie einem guten Ziel dient. So wie ich nicht daran glaube, daß aus einem in ein fremdes Nest gelegten Kuckucksei etwas anderes als ein Kuckuck ausschlüpfen wird. Aus der Gewalt schlüpfen Gewalttäter, aus der Diktatur, auch wenn sie in einem revolutionären Nest liegt, schlüpfen Diktatoren aus. So denke ich, und dieser unser bärtiger Bursche, der glaubte, die Diktatur im Namen der Gerechtigkeit und Brüderlichkeit könne Gerechtigkeit und Brüderlichkeit hervorbringen, möge mir verzeihen.«

So sprach Rabbi Bendavid, ohne auf meine Frage zu antworten.

Am gleichen Abend sagte der Rabbiner den Vortrag zum Thema »Die Religion und die Lehre Darwins« im Klub des Atheisten ab und ging in die Synagoge, wo man ihn überhaupt nicht erwartet hatte. Dort hielt er seine Predigt.

»Während des Auszugs, als unser großer Patriarch Moses unseren Stamm aus dem Sklavenland der Pharaos führte, irrten sich jene unserer Brüder, die erwartet hatten, daß sich jenseits der Wasserfluten, die die Streitwagen der Verfolger verschlungen hatten, die grünen Weiden Kanaans, seine klar und hurtig dahinsprudelnden Bäche und die mit schweren Trauben behängten Rebstöcke befinden. Sie waren von Sinnen, da sie glaubten, die Durchquerung des Meeres bedeute das Ende ihrer Leiden. Das war nur der Anfang! Sie waren von Sinnen, denn sie erkannten nicht, daß man ihnen das Gelobte, also das verheißene Land nicht schenken würde. Sie mußten es sich vorerst in der Zukunft noch verdienen. Sie würden es erst nach einem langen, unendlich langen Weg durch die Wüste, nach Leiden und Prüfungen, Irrungen und Qualen erreichen. Brüder, ihr wißt aus den Büchern Mose, wie die geistig Schwachen und die nach schnellen und leichten Früchten Gierenden in ihrer Verzweiflung und ihrem Zorn ihren Gott und ihren Führer durch die Wüste verlassen haben und erneut zum Glauben der ungläubigen Heiden zurückgekehrt sind, wie sie erneut begannen, sich vor den Goldenen Kälbern ihrer sklavischen Vergangenheit zu verneigen. Bringen wir Verständnis für sie auf, ohne sie zu verfluchen und ohne sie zu verspotten. Lassen wir für sie einen Platz frei an unserer Tafel, heben wir Wein und Brot für sie auf, denn nicht uns, nicht uns ist es gegeben, über sie zu richten.

Der Weg, meine Brüder, ist schwer, er wird nicht ein Jahr und nicht zwei Jahre dauern, nicht eine Generation und nicht zwei. Die Prüfungen auf diesem Weg werden ungerecht und sogar ungeheuerlich sein. Weil unsere sklavischen Seelen noch nicht bereit und noch nicht frei sind vom Joch der pharaonischen Irrungen und weil wir die Wahrhaftigkeit des Weges noch nicht akzeptiert haben, der schon an sich sowohl das Ziel als auch der Glauben an dieses Ziel ist! Der Weg selbst! Und wer diesen Glauben verloren hat, wer ihn verstreut hat, so wie sich eine zerrissene Kette aus kleinen Bagdader Perlen unbemerkt auflöst, wird sowohl die Kraft als auch den Willen verlieren, vorwärtszuschreiten. Er wird schon bald keine Richtung und kein Ziel mehr haben, und ermattet vom sinnlosen Herumirren wird er sein schwarzes Beduinenzelt aufspannen, um für immer Gefangener der Wüste – zwischen der Vergangenheit und der Zukunft – zu bleiben. Und die trockenen Winde vom Sinai werden Sand in seine Seele wehen, und in ihm werden die weißen Gebeine der toten Ideale leuchten.

Kanaan, Brüder, ist fern, sehr fern, beten wir für jene, die jetzt nicht bei uns sind und Prüfungen auf ihrem schweren Weg durchmachen. Geben wir ihnen mit vollen Händen Hoffnung wie Quellwasser, mögen sie trinken, benetzen wir ihre gequälten Gesichter mit unseren nassen Handflächen, berühren wir ihre Stirn mit unseren Lippen – als Segen, als Zeichen der Treue und des geteilten Leids. Mögen auch sie wie wir, Brüder, ihren Glauben nicht verlieren, daß Kanaan dort ist, daß es ein Kanaan gibt!

Geht jetzt in Frieden heim und Schabbes Schalom allen. Amen!«

Ich glaube, niemand außer mir begriff, daß diese Predigt auch ein Gebet für Esther Katz war. Vielleicht aber auch eine unendliche Selbsttäuschung, ein Trugbild in der Wüste, ich weiß es nicht.

7

Es war Mitte Juni, ein heißer und trockener Sommer, das Korn um Kolodez färbte sich golden, und im Wind schwankten die Ähren in schweren Wellen. Sarah verspürte Kreuzschmerzen, und das nicht zum ersten Mal. Ihre Nieren waren irgendwie nicht in Ordnung, und ich widersetzte mich kategorisch, ja, sogar erbittert ihrer demütigen Bereitschaft, ihre Leiden zu ertragen, damit jemand da war, der sich um die Eltern kümmerte, für die Kinder kochte und die Dahlien im Garten goß. Im Kreiskrankenhaus in Drogobytsch stellte man der Bürgerin Sarah Dawidowna Blumenfeld ein Attest aus, daß sie in einem Sanatorium behandelt werden müßte, und man gab ihr einen Ferienscheck für irgendein Kurbad im Norden, in der Nähe von Rowno. Sie wollte nicht verreisen. Vielleicht beunruhigte sie der Umstand, daß sie Kolodez nur selten verlassen hatte. Ihr Herz war bedrückt und von unguten Ahnungen erfüllt. Und ich Dummkopf ärgerte mich über sie und bestand darauf, daß sie fuhr. Schließlich willigte sie ein, weil die Kinder ihr anboten, sie dorthin zu begleiten. Es war, wie gesagt, Mitte Juni, und in unserer Gegend begannen die Schulferien wegen der Ernte und aus ähnlichen Erwägungen früh. Schura und Susanna versprachen ihr also, sie ins Sanatorium zu bringen. Wenn du jetzt meinst, sie hätten das ganz uneigennützig getan, gehst du fehl. Obwohl sie ihre Mutter liebten! Aber auf dem Rückweg gedachten sie, ihre Tante

Klara und deren Mann Sabetai Kranz zu besuchen, um ein wenig vom großen Leben in Lwow mit seinen Theatern und Konzertsälen zu kosten. Du erinnerst dich sicher, daß mein Schwager Apothekergehilfe war, und als solcher war er in unserer Familie ein unanfechtbarer Experte für alle Probleme der Gesundheit des Menschen und der Medizin. Ähnlich wie die berühmten und teuren jüdischen Ärzte, die, wenn sie in Österreich leben, Medikamente verschreiben, für die du eine Hypothek auf den Erbbesitz deiner Großmutter, einschließlich ihres Traurings, aufnehmen mußt, und wenn sie in Rußland leben, dann empfehlen sie dir einen Auszug aus irischem Moos, bis du dann, wenn du in allen Apotheken der Region nachgefragt hast, erfahren mußt, daß so ein Heilmittel zum letzten Mal zu den Zeiten von Nikolaus II. eingeführt worden und nichts weiter als eine sentimentale Erinnerung an vergangene Zeiten ist. So wie sie agitierte unser Familienpharmazeut Sabetai Kranz dafür, das Kurbad und alles andere Weibergewäsch durch den Saft von frischen Zitronen, die wir seit langem nicht mehr in Kolodez gesehen hatten, vermischt mit reinem griechischem Olivenöl zu ersetzen. Der einzige uns zugängliche Bestandteil dieser zweifellos wundertätigen Arznei war der sowjetische Atlas, in dem verzeichnet war, wo sich Griechenland befand. Diese Tatsache neigte die Waagschale des Zwiespaltes in hohem Grade zugunsten der Behandlung mit Mineralwasser in einem Sanatorium.

Auf dem Bahnhof füllten sich Sarahs Augen mit Tränen. Unsere beiden Komsomolzen drückten ihre Köpfe im Wagenfenster an den ihren und streichelten sie, erklärten ihr aber auch mit dem unverhohlenen Selbstbewußtsein der jungen Garde des werktätigen Volkes, daß der Mensch bald den Mond betreten würde, während es nach Rowno doch viel näher sei. Ich stand unten auf dem Bahnsteig und versuchte, die Atmosphäre aufzuheitern, indem ich die furchtbar alte Schnurre von Rosa Schwarz erzählte, die mit ihren Kindern in ein Mineralbad fahren wollte und von ihrem Mann Solomon Schwarz auf den Bahnhof begleitet wurde. Er sagte: »Wenn es anfängt zu regnen, müßt ihr sofort zurückkommen!«

»Warum sollen wir zurückkommen?« fragte Rosa Schwarz. »Wenn es dort regnet, wird es auch hier regnen.«

»Ja, aber hier ist der Regen billiger!«

Die Kinder blickten sich an, Sarah lächelte flüchtig: Die Schnurre war offenbar an ihren Ohren vorbeigeflogen und an die Hinterwand des Abteils geklatscht.

Die drei Minuten gingen vorbei, so kurz ist der Aufenthalt des Schnellzuges nach Lwow. Der Zug fuhr an. Ich winkte, sie winkten mir zurück, ich erhaschte Sarahs Blick, und in ihren graugrünen Augen las ich eine tiefe, völlig grundlose Beunruhigung.

8

Das war, wie gesagt, Mitte Juni, einige Tage später wurden 23 Männer aus Kolodez aufgerufen, Unter Den Fahnen zu erscheinen. Ich zeigte dem Rabbi meinen Gestellungsbefehl, er zeigte mir seinerseits seinen und lächelte säuerlich, weil sich die österreichisch-ungarische und die polnische Geschichte wiederholten. Das Schicksal hatte uns aneinander gebunden. Den Rabbi hatte man natürlich weder als Rabbiner eingezogen noch als Vorsitzenden des Klubs des Atheisten, sondern als gemeinen Sowjetsoldaten der Infanterie, die, wie du weißt, die Königin der Schlachten ist. Wohin genau man ihre Majestät schicken würde und in welche Schlacht, das erklärte mir der in der Enträtselung solcher militärischen und anderer Geheimnisse des Lebens erfahrene Rabbi Bendavid.

»Aus Lwow wird man uns zweifellos in den Fernen Osten schicken. Die übermütigen Japaner machen sich wieder an unserer Grenze zu schaffen.«

»Und wohin genauer, damit ich es Sarah schreiben kann?« fragte ich wie ein Vollidiot.

»Kennst du den Walzer ›Auf den Hügeln der Mandschurei‹?« fragte der Rabbi finster. »Irgendwo dorthin. Es gibt ihn auf Grammophonplatte, du kannst sie meiner Schwester schicken.«

Du magst es seltsam finden, aber ich empfand Aufregung, man kann sogar sagen eine innere, tiefe Bewegung: mein Gott, die Mandschurei, am anderen Ende der Welt! In meinen Ohren ertönten die Kampfhörner und Trommeln der Epoche, ihnen schlossen sich die machtvollen Baßbaritone eines orthodoxen Kosakenchors an, der die Kirchenversion der »Internationale«, der damaligen Hymne meiner Heimat, sang.

Natürlich habe ich Sarah nicht meine genaue Anschrift geschickt, ich teilte ihr auch nicht mit, um welchen mandschurischen Hügel es sich genau handelte – einerseits hatte man es uns nicht offiziell mitgeteilt, andererseits war ich nicht von gestern. Ich hatte, wenn du dich erinnerst, mehr als eine soldatische Prüfung durchgemacht und wußte, was ein Militärgeheimnis ist. Ich schrieb Sarah nur, daß es sich wahrscheinlich um Routinemanöver handeln würde oder schlimmstenfalls um geringfügige Grenzzwischenfälle, von denen man wußte, wie sie enden – der Japaner würde mit einer Ohrfeige plattgedrückt werden wie eine sibirische Mücke auf deinem Hals. Zumindest sahen die Dinge im Kino so aus. Ich schrieb ihr weiterhin, sie solle sich keine Sorgen machen und in Ruhe ihr Mineralwasser trinken, denn höchstwahrscheinlich würden wir noch vor Ablauf der dreiwöchigen Kur, die man ihr verschrieben hatte, geschmückt mit Trophäen der Samurai und mit Girlanden aus mandschurischen Blumen nach Kolodez zurückgekehrt sein. In meinem Brief schloß ich auch die Möglichkeit nicht aus, daß die japanischen Proletarier freiwillig auf unsere Seite überlaufen und sich weigern würden, Krieg gegen den Arbeiter- und Bauernstaat UdSSR zu führen. Und einige von ihnen würden sich sicher wünschen, mit uns mitzukommen und sich für immer bei ihren jüdischen Klassenbrüdern in Kolodez niederzulassen. Letzteres war der Versuch, einen Scherz zu machen. Du erinnerst dich hoffentlich noch daran, daß ich schon in meinen jungen Jahren gern blödelte, was Sarah immer sehr gefiel. Bei diesen meinen Auftritten als Spaßvogel lächelte sie stets sanft und tippte dann liebevoll mit dem Finger an ihre Stirn.

Am 22. Juni 1941, um 6.00 Uhr morgens, standen wir auf dem Bahnhof und warteten auf den Personenzug nach Lwow. »Bahnhof« war, ehrlich gesagt, eine etwas hochtrabende Bezeichnung für dieses kleine weiße Haus mit der Aufschrift »Station Kolodez«, umgeben von wogenden goldenen Kornfeldern, zwischen denen der dunkle Streifen der Purpurweiden die launenhafte Route unseres Kolodezer Flüßchens markierte. Ein staubiger Feldweg führte durch die Weiden und Gemüsegärten, und man konnte von hier aus in der Ferne nur den spitzen Glockenturm der katholischen Kirche sehen. Wenn du irgendwelche Fragen zum Platz von Kolodez im weltweiten Eisenbahnnetz hast, so muß ich dir sagen, daß unser Heimatschtetl nicht Paris war und die Züge hier in der Regel abfuhren, bevor sie angekommen waren. Wir überlisteten sie aber, indem wir zuerst unser Gepäck und dann uns selbst durch die Fenster warfen. Und bevor der Lokführer merkte, daß das Kolodez war, hatten es sich die wendigsten von uns bereits im Abteil bequem gemacht und die Flasche mit hausgebranntem Wodka geöffnet.

Der Personenzug, einer der Sorte, von der es heißt, daß sie für drei Sekunden an jedem Dachziegel halten, ratterte also an diesem stillen sonnigen Morgen faul durch die Kornfelder, auf denen sich hier und da grellrote kleine Inseln mit blühendem Mohn auftaten.

Der Schaffner kam vorbei. Die heldenhaften dreiundzwanzig Kämpfer gegen den japanischen Militarismus, die den Zug in Sekundenschnelle angegriffen und erobert hatten, besaßen keine Fahrkarten. Sie zeigten ihre Gestellungsbefehle lässig und mit dem unverhohlenen Stolz vor, daß man sie Zu Den Fahnen gerufen hatte. Als Fahrkarten dienten uns diese kleinen Mobilmachungszettel mit vorgedrucktem Text und Auslassungspunkten, die man handschriftlich mit violetter Tinte ausgefüllt hatte. Außer unserem Zielort Lwow war dort noch vermerkt, daß wir ein zweites Paar Wäsche, Strümpfe, eine Zahnbürste und weitere solcher Alltagsgegenstände für einen allem Anschein nach kurzen, aber siegreichen Krieg, den man in den Kommuniqués gewöhnlich als

Grenzzwischenfall bezeichnete, mitzubringen hatten. Zuerst also nach Lwow und dann eine lange, wie ich hoffte, angenehme und vor allem kostenlose Reise. Ich mußte an Mendel denken, der sich ebenfalls zu einer Reise und einem Besuch in Odessa entschlossen hatte, zum Rosch Aschana, wir haben so einen Feiertag. Und weil er nicht wie wir zu einer kostenlosen Fahrt berechtigt war, stellte er sich in der Schlange vor dem Fahrkartenschalter auf dem Bahnhof Berditschew an. Als die Reihe an ihn kam, informierte er sich ganz höflich bei der Genossin, wieviel eine Fahrkarte zweiter Klasse nach Odessa koste. Das Mädchen antwortete ihm: »Siebzehn Rubel.« Da steckte Mendel seinen Kopf durch das runde Schalterfenster und fragte diskret: »Was würden Sie zu zwölf Rubeln sagen?«

Das Mädchen wurde böse: »Hier ist dieses jüdische Feilschen nicht angebracht. Siebzehn Rubel und keine Kopeke weniger! Machen Sie den Schalter frei, denn hinter ihnen wartet eine ganze Schlange!«

Salopp vor sich hin pfeifend stellte sich Mendel ein zweites Mal hinten an. Als er endlich wieder an der Reihe war, steckte er erneut seinen Kopf durch das Schalterfenster: »Mein letztes Wort, Genossin, fünfzehn Rubel?«

Die Kassiererin brauste regelrecht auf: »Verschwinden Sie umgehend, haben Sie mich gehört?!«

Er stellte sich wiederum ganz hinten an, doch inzwischen war der Zug nach Odessa pfeifend losgefahren.

Da beugte sich Mendel über das Fenster und fragte mit tödlichem Sarkasmus: »Und wer hat jetzt fünfzehn Rubel Verlust gemacht, teure Genossin?«

Es war gegen acht Uhr vormittags, als eine neue fröhliche Meute Eingezogener aus den umliegenden Dörfern zum Zug strömte. Auch sie reisten zu verschiedenen Militäreinheiten mit dem Endziel ferne Mandschurei oder irgendwo dort. Mit ihnen strömte eine Welle von Informationen über die Ereignisse in jenen Gegenden auf uns ein. Ich möchte dir gleich sagen, daß unser Rabbi im Gegensatz zu sonst finster und verschlossen war. Seine freundliche Heiterkeit und seine

Bereitschaft, an jedem Gespräch teilzunehmen, ein genauso jüdischer Charakterzug wie die Bereitschaft, zu allen Fragen einen Rat zu geben, was ich dir bereits erzählt habe, hatten sich verflüchtigt. Er blickte schweigend aus dem Fenster, und ich wußte, daß seine Seele nicht hier war, sondern Esther Katz auf ihrem einsamen und schlimmen Weg durch die Wüste folgte. Dabei berichteten die Neuankömmlinge von den Kämpfen bei Chalchin Gol und dem Hassan-See und davon, daß wir die Samurai dort förmlich zerfleddert hätten, weil unsere furchtbaren T-34-Panzer ganze Arbeit leisteten. Und wenn der Verrat der Marschälle Tuchatschewski und Blücher nicht gewesen wäre, hätten wir unsere Fußlappen schon längst unter den blühenden Kirschbäumen am Fuji-Yama zum Trocknen aufgehängt.

Und genau an dieser Stelle meiner Schilderung werde ich dich an Mohammed erinnern, denn als der nicht zum Fuji-Yama ging, ist der Fuji-Yama schließlich zu Mohammed gekommen. Ich glaube, im Original klingt das ein bißchen anders, aber du wirst mich gleich verstehen. Denn plötzlich überflogen uns ganz tief und mit ohrenbetäubendem Getöse Flugzeuge, und einen Augenblick später ging auf uns ein Bombenteppich nieder. Der Zug hielt an. Die Kornfelder um uns herum gingen in Flammen auf, und jemand rief, so laut er konnte: »Raus aus dem Zug und in die Gräben! Verdammt, springt schnell aus den Fenstern!«

Gott sei Dank beherrschten wir schon seit langem die typisch russische Kunst, die Zugfenster zum Ein- und Aussteigen zu benutzen, denn eine Minute später, beim zweiten Flugzeugangriff, wurden mehrere Waggons zu Kleinholz gemacht.

Es war einfach unwahrscheinlich, daß die Japaner so schnell bis nach Drogobytsch, an das andere Ende unseres riesigen Landes gelangt waren, ohne daß wir auch nur das geringste davon gehört hatten! Heute weiß ich, daß jenen schwarzen Kegelstümpfen, genannt »Reproduktoren«, ein Teil der Schuld an der Überfälligkeit dieser Information zukam, denn sie reproduzierten die Weltnachrichten, wenn überhaupt, oft mit einer Verspätung von mehreren Stunden, manchmal auch mehreren Tagen oder mehreren Monaten.

Was soll ich dir noch darüber erzählen, Bruder, du bist ein aufgeweckter Mensch und hast lange Zeit vor mir begriffen, worum es ging und was auf unsere Köpfe niedergegangen war. Du weißt, daß genau zu der Stunde, da unsere Waggons in ihre Bestandteile zerlegt durch die Luft flogen, Molotow im Rundfunk den wortbrüchigen Einmarsch der faschistischen deutschen Armee bekanntgab und das Sowjetvolk zum heiligen Krieg aufrief. Das konnten wir natürlich nicht wissen. Wir konnten es auch inmitten der brennenden Kornfelder und der schweren Rauchwolken nicht hören. Erst Stunden später wurde uns endgültig klar, daß der Gegner nicht den Fluß Chalchin Gol im Fernen Osten überschritten hatte, sondern den Fluß auf der anderen Seite der Weltkugel. Aus dem gleichen Grund trat an die Stelle des Walzers »Auf den Hügeln der Mandschurei« ganz offensichtlich die Aufforderung zum Tango »Lili Marleen«.

9

Mein erster Gedanke galt Sarah. Ich mußte eine Verbindung nach Rowno finden und ihr helfen, nach Kolodez heimzukehren. Nenne mich bitte nicht einen Dummkopf, was ich ja nicht bestreite, aber ich weiß nicht, ob man sich im Kreml – und auch der Genosse Stalin persönlich – über die Apokalypse im klaren war, die zu dieser Stunde begann. Deshalb verzeih mir die naive Vorstellung, ich hätte mir irgendwie eine Zugfahrkarte kaufen und zu Sarah fahren können. Um so mehr, als man mich Zu Den Fahnen gerufen hatte und Abweichungen von diesem hohen Ziel im Sowjetland streng bestraft wurden. Dabei hätte es genügt, meinem Rabbiner Bendavid in die Augen zu sehen. Sein Blick drückte so starke Ergebenheit in meinen bodenlosen dümmlichen Optimismus aus, daß ich begriff, wie sehr unsere Kinder Unrecht hatten, als sie ihrer Mutter versicherten, daß eine Reise nach Rowno bei weitem leichter sei als die bevorstehende Reise zum Mond, die in den

Vorstellungen der Komsomolzen schon recht bald stattfinden würde.

Wie durch ein Wunder hatten wir bei diesem Luftangriff keine Opfer zu beklagen. Aber die Reisenden, darunter auch die Gruppen eingezogener Männer auf dem Weg zu ihren Militäreinheiten, teilten sich in kleine Grüppchen auf und zerstreuten sich in Panik, hervorgerufen durch die nächste Welle von Tieffliegern, die jenseits des bewaldeten Horizonts eine Serie von aufeinanderfolgenden Explosionen hinterließen – sie hatten offensichtlich Munitionsbunker, Benzindepots oder etwas anderes dieser Art getroffen.

Ich weiß bis heute noch nicht und werde es sicherlich auch nie erfahren, ob jene Gestellungsbefehle, die gerüchteweise mit der vielleicht sogar absichtlich verbreiteten Desinformation über bevorstehende Kriegshandlungen im Fernen Osten verbunden waren, nur Staub für die blauen Augen der Deutschen waren oder irgendeine diskrete Form der Mobilmachung, bei der Hitler einfach bloß den Ereignissen zuvorgekommen war. Oder ob man die sowjetischen Behörden wirklich in Unterhosen überraschte und der deutsche Überfall für sie völlig unerwartet kam? Hatten sie sich vielleicht durch die frischfröhlichen TASS-Erklärungen selbst eingeschläfert und in Ruhe wiegen lassen, daß alles in Ordnung sei, tout va tres bien, madame la Marquise? Ich weiß es nicht, aber wenn letzteres wahr ist – und bei der Erinnerung daran, wie die deutschen Panzer, Flugzeuge und Sturmabteilungen in das zur Verteidigung nicht gerüstete Sowjetland vordrangen wie ein heißes Messer in einen Klumpen Butter –, so frage ich mich: Wie kommt es, daß man im Kreml nicht gewußt oder geahnt hat, was unsere guten Alten in Kolodez wußten oder ahnten, während sie das Knäuel mit den Problemen der Familie Rothschild aufwickelten und wieder entrollten.

Ich schließe auch nicht aus, daß sie es gewußt haben. Denn wie später bekannt wurde, waren sie sowohl von unserem Mann Sorge in Tokio als auch von unseren Kundschaftern in Berlin und einem hochrangigen bulgarischen General gewarnt worden. Letzteren hatte man erschossen, weil er ihnen sogar den Tag und die Stunde des Überfalls mitgeteilt hatte. Ob Stalin wirklich bis zum letzten Augenblick völlig närrisch gehofft hat, der Kollege Adolf würde es sich anders überlegen, den Wunschtraum von Deutschen wie Russen erfüllen und die Drohung wahr machen, gen Engelland zu fliegen? Genauso wie derselbe Adolf bis zum letzten Augenblick, als die russischen Bomben vier Jahre später direkt auf seinen Bunker in Berlin fielen, geglaubt und erwartet hat, daß die Angloamerikaner gegen Rußland fliegen werden und ein Bußgeld für unerlaubtes Parken von Panzern an ungeeigneten Stellen die einzige Vergeltung für ihn sein würde.

Wenn mich mein inneres Gefühl nicht trügt, bin ich ein wenig vom Thema abgekommen, werde aber gleich wieder zu den brennenden Kornfeldern zurückkehren.

Die Panik und das Chaos, die in der ganzen Gegend eintraten, waren unbeschreiblich. Das, woran ich mich erinnern kann, sind nur die Kratzer eines Alptraums, die Fetzen eines zerrissenen Bildes, auf denen man nicht mehr erkennen kann, was was ist und was oben und was unten. Klar war uns nur eines, wir mußten um jeden Preis bis nach Lwow gelangen. Und wir hatten es nur dem Rabbi Bendavid, der die Geistesgegenwart nicht verlor, zu verdanken, daß wir der Feuersbrunst, die uns in schwarzen rußigen Rauch einhüllte und Kornfelder und Dörfer verschlang, unversehrt entkamen. Auf den ausgefahrenen staubigen Landstraßen begegneten uns die ersten Flüchtlingsströme. Sie fluteten nach Osten, immer nur nach Osten, und in die entgegengesetzte Richtung zogen bereits Armeekolonnen von Infanteristen, Pferdegespanne und Kavallerie, immer wieder nicht enden wollende Reihen von Freiwilligen, noch in Zivil und fast ohne Waffen, oder ausgediente Kolchoslastwagen, vollgestopft mit schlecht eingekleideten Verteidigern des Vaterlandes, oft nicht mal in Uniform und nur mit einem roten Band am Ärmel. Es gab keine Musik, keine Märsche, nicht einmal das Lied von den drei Panzersoldaten, den drei fröhlichen Kameraden. Die Menschen zogen schweigend, konzentriert und finster in den Kampf. Von den Flüchtlingen hörten wir Gerüchte, die sich voneinander unterschieden und gegenseitig widersprachen – mal waren die unseren schon auf dem Weg nach Warschau, mal standen die Deutschen vor Kiew, oder ganze deutsche Divisionen hatten sich ergeben und das wegen unserer Überzeugung, daß die Proletarier aller Länder, die sich jeden Morgen über dem Titel der Zeitung »Prawda« vereinigten, nicht ihre Hand gegen den Arbeiter- und Bauernstaat UdSSR erheben würden. In ihrem größeren Teil klangen die Gerüchte jedenfalls optimistisch. Du weißt doch, in so einem Augenblick sind die Leute bereit, eher der unwahrscheinlichsten, aber willkommenen Lüge zu glauben als der bitteren Wahrheit.

In diesem Wirrwar zerfiel unsere Gruppe endgültig. Mein guter Rabbiner und ich übernachteten in einer verlassenen Hütte, sicher war sie für den Feldhüter bestimmt. Alles war wie ein Zitat aus einem anderen, einem Lied aus Friedenszeiten. Auf diesem Feld blühten immer noch leichtsinnig die Kürbisse mit ihren grellgelben Blüten. Die Nacht war voller verliebter Grillen, Glühwürmchen zwinkerten sich kokett zu, und in der Ferne hörte man ab und zu trockene Maschinengewehrgarben, so fern, als sei im Wald ein hartnäckiger Specht am Werk. Der Rabbi verschwand und kehrte eine gute Stunde später mit einer großen Scheibe Bauernbrot und einem Stück Käse zurück. Heute wundere ich mich, daß ich ihn nicht einmal fragte, wo er das aufgetrieben hatte. In dieser alptraumartigen Irrealität hätte ich mich nicht einmal besonders gewundert, wenn der Rabbi auf einem Motorrad zurückgekommen wäre, im Ornat eines Rabbiners zum Passahfest oder auch in der Uniform eines roten Politkommissars der Panzereinheiten. Er fiel entkräftet auf die Pritsche aus geflochtenen Weidenzweigen, die mit einem zerschlissenen ukrainischen Flickenteppich bedeckt war, und gab mir schweigend zu essen. Ich Dummkopf biß heißhungrig in Brot und Käse, ohne ihn zu fragen, an welchen Gittern, Hecken und Stacheldrähten sich der Rabbi die Hände und seine Kleidung zerrissen hatte. Doch auch wenn ich ihn gefragt hätte, was hätte das genutzt? Hier fällt mir Abramowitsch ein, der von einem langen Weg zurückgekehrt war und sich über seine Frau ärgerte, während er sich die Blasen an seinen Füßen besah.

»Du hast nicht mal gefragt, wie es mir geht!«

»Also gut«, sagte seine Frau, »wie geht es dir?«

»Oi, oi, frag mich lieber nicht!«

10.

Mal mit Pferdewagen aus dem Troß, die in unsere Richtung fuhren, seltener mit Armeelastern und meistens zu Fuß auf den staubigen Straßen gelangten wir schließlich völlig erschöpft und am Ende unserer Kräfte nach Lwow. Es war Abend. Die Straßen waren nicht beleuchtet, in der Stadt waren Explosionen zu hören, der Himmel im Norden war von Feuersbrünsten gerötet. Junge sowjetische Soldaten liefen durch die Straße und zerrten an einem schweren Maschinengewehr. Zwei Sanitäterinnen verbanden neben brennenden ölgetränkten Lappen, aus denen mehr Rauch quoll, als sie Licht spendeten, den Kopf eines Verwundeten. Die Mädchen antworteten nicht einmal, als wir sie fragten, was in der Stadt vorgehe.

Wir wußten, daß wir in dieser Abendstunde nur eine einzige Möglichkeit hatten – irgendwie meine Schwester und ihren Apothekergehilfen zu erreichen, bei denen sich vielleicht noch Schura und Susanna, diese naiven Romantiker, aufhielten, die aus dem fernen Kolodez gekommen waren, um Othello zu sehen und Rachmaninow zu hören, ohne zu ahnen, daß man für sie ein anderes Spektakel vorbereitet hatte.

Wir gingen an umgestürzten und ausgebrannten Straßenbahnen vorbei, die sich in ihre eigenen Leitungen verwickelt hatten, und an einem noch rauchenden Auto mit vier offenstehenden Türen, das aus unerfindlichen Gründen in der Mitte eines Springbrunnens stand. Mitten auf dem Boulevard sahen wir ein für ein Galakonzert geeignetes Klavier, »Petroff«, wahrscheinlich hatten Flüchtlinge es mitnehmen wollen, sich es unterwegs dann aber doch wohl anders überlegt. Im Hof des Gymnasiums lag der umgekippte Zementabguß einer Leninstatue, den Daumen der einen Hand im Ärmelausschnitt der Weste, die andere Hand wies in die lichte Zukunft. Ein Teil des Arms mit der erwähnten lichten Zukunft war abgebrochen, und daraus ragte ein recht prosaisches Stück Eisenarmierung. Aus dem Inneren eines ausgebombten und abgebrannten Schuhgeschäftes hörte man ein Telefon wie von Sinnen klingeln. Ein einziges Bild der Verwüstung und der panischen Flucht, Bruder, welches, so könnte ich mir vorstellen, in den TASS-Kommuniqués wahrscheinlich als »planmäßige und organisierte Evakuierung der Bevölkerung« bezeichnet wurde und von Radio Berlin als »überschwengliche, begeisterte Begrüßung der deutschen Befreierarmee«.

Durch eine Querstraße rannten erneut drei junge Soldaten mit einem Maschinengewehr. Sie stellten es auf dem Pflaster ab und legten sich in Stellung. Ich aber rief ihnen höchst freundschaftlich zu: »Sdrawstwujte, Towarischtschi!«

Die Soldaten antworten nicht einmal. Ich wollte sie gerade nach der Situation und diesem und jenem fragen, als mein Rabbi mich schmerzhaft am Oberarm packte und weiterzog.

»Dummkopf«, zischte er mir zu. »Merkst du nicht, daß das Deutsche sind?«

Wie sollte ich das im Dunkeln sehen? Außerdem wußte ich aus dem Kino nur, wie japanische Samurai aussehen, kannte aber keine deutschen Soldaten. Wir entfernten uns schnell, doch hinter unserem Rücken rief uns jemand auf russischdeutsch nach: »He, Russki, halt! Stoj! Stoj!«

Hinter uns ertönte das schwere Poltern eisenbeschlagener Stiefel. Wir blieben stehen und wagten es nicht, uns umzudrehen – wir erwarteten einen Schuß in den Rücken. Doch er kam nicht, dieser unheilvolle Schuß. Statt dessen fragte uns der Soldat, der uns eingeholt hatte, ganz außer Atem: »Habt ihr Streichhölzer? Streichhölzer!«

Um sich deutlicher auszudrücken, strich er mit den Fingern der einen Hand über den Zeigefinger der anderen.

Der Rabbiner griff in seine Hosentasche und gab ihm eine Schachtel. Dabei sagte er auf deutsch mit einer für unser Kolodez ungewöhnlichen, fast galanten Höflichkeit: »Bitte, mein Herr!«

Mir schien es, als zittere seine Hand leicht. Der Junge schien von Hause aus gut erzogen, denn er antwortete mit einem freundlichen »Danke!« und lief ungelenk zu seinen Kameraden zurück, die sich aus unerfindlichen Gründen auf die Straße gelegt hatten.

Schließlich herrschte um uns herum Totenstille. Ich bin mir nicht sicher, aber ich glaube, daß war das erste und letzte Mal im Zweiten Weltkrieg, daß ein Vertreter der siegreichen Hitlerwehrmacht und ein Rabbiner einen höflichen und freundlichen Dialog führten.

Endlich erreichten wir das alte mehrstöckige Haus, in dem meine Leute wohnten. Wir erstiegen das dunkle Treppenhaus mit Mühe. Wir hatten ja nicht einmal mehr Streichhölzer bei uns, um das richtige Stockwerk und die Eingangstür der Wohnung zu finden. Irgendwie konnte ich mich jedoch tastend orientieren, die Klingel funktionierte natürlich nicht, sie schwieg schon seit ewigen Zeiten, und wenn ich mich recht erinnere, erwartete die Familie Kranz in der ganzen sowjetischen Periode ihrer Existenz den Techniker, der sie reparieren sollte, aber offensichtlich bis zum endgültigen Sieg des Kommunismus nicht auftauchen würde. Wir klopften lange an die Tür, bis uns schließlich ein gelbliches Licht übergoß. Die Tür der Nachbarwohnung wurde leicht geöffnet, der Mann auf der Schwelle hielt eine Petroleumlampe, die ihn blendete, hoch über seinen Kopf und fragte, nachdem er uns ausgiebig betrachtet hatte: »Zu wem wollen Sie, meine Herren?«

Ich bemerkte sofort dieses Wörtchen »Herren«, es war dem sowjetischen Leben so fremd, daß es wie ein Satz aus einem Tschechow-Stück wirkte. Wir erfuhren, daß man den Apothekergehilfen Kranz eingezogen und meine Schwester mit der Poliklinik, in der sie als Sanitäterin arbeitete, evakuiert hatte. Und was meine Komsomolzen betraf, »... den jungen Herrn und das Fräulein«, die hier zu Besuch waren, so hätten sie sich, wenn er richtig informiert sei, schon am ersten Kriegstag als Freiwillige gemeldet. Wir schwiegen auf dem

Treppenabsatz vor den Ruinen unserer letzten Hoffnung auf eine Verbindung zu unseren Angehörigen, während der Nachbar, der die Lampe erneut angehoben hatte, um uns zu betrachten, fragte: »Und wer sind Sie?«

Danach saßen wir in einem großen, mit herrlichen alten Möbeln eingerichteten Wohnzimmer, einem von jenen hohen, mit Stuckdecken, wie man sie in den verschwenderischen österreichisch-ungarischen Zeiten baute. In einer Wandnische erhaschte mein Blick ein katholisches Kreuz und darunter eine Marienfigur aus Porzellan.

»Sicher haben Sie einen weiten Weg hinter sich?« fragte der Hausherr.

Man brauchte ihm kaum zu erklären, was uns auf unserem langen Weg in die Mandschurei zugestoßen war, denn im gelben Licht der Lampe blickten uns aus dem großen Spiegel gegenüber zwei zerknautschte, staubige und ziemlich dubiose Subjekte an, während unser Hausherr – auch das möchte ich dir erzählen – eine karierte Hausjacke trug. Sein silbriges, einst sicher hellblondes Haar war über einer hohen, blassen Stirn glatt gekämmt, kurzum, er wirkte wie ein polnischer Aristokrat mit uraltem Stammbaum, der irgendwie die Hiebe der Revolutionsäxte überlebt hatte.

»Und sicher haben Sie Hunger?« fragte er genau so rücksichtsvoll.

Der Rabbi und ich tauschten Blicke aus. Ich war bereit, eine Lüge von der Art »danke, machen Sie sich bitte keine Umstände« zu murmeln, wie es der ungeschriebene Kodex für das gute Benehmen der Einwohner von Kolodez bei Drogobytsch vorschrieb, aber Rabbi Bendavid nickte mit treuherziger Offenheit: »Ja, sehr großen sogar. Ich glaube, wir haben seit gestern nichts mehr gegessen.«

So bekamen wir Spiegeleier und Würstchen, und unser Hausherr beobachtete uns mit unverhüllter Neugierde.

»Sie sind Juden, nicht wahr? Wenn die Familie Kranz Verwandte von Ihnen sind …«

Ich nickte und fragte meinerseits, nachdem ich den Bissen heruntergeschluckt hatte: »Und Sie sind Pole, ja?«

Er lächelte. »Man merkt es am Akzent, nicht wahr? Ich bin Pole, Professor der Ophtalmologie an der hiesigen Klinik. Meine Frau ist ebenfalls Ärztin, momentan macht sie einen Lehrgang in Leningrad, und nur der liebe Gott weiß, wie und wann wir wieder vereint sein werden ... Und welche Absichten haben Sie? Verzeihen Sie, ich will nicht allzu neugierig sein, aber nach den deutschen Rundfunksendern zu urteilen, befindet sich Lwow bereits hinter der Frontlinie, und der Widerstand der Ihrigen in der Stadt wird spätestens morgen gebrochen sein.«

Mein Signalsystem vermerkte auch dieses »der Ihrigen«. Deshalb warf ich dem Rabbi einen Blick zu, als unser Hausherr uns anbot, bei ihm zu übernachten. Ich weiß nicht, ob es nicht sehr leichtsinnig von meinem Rabbiner war, aber er willigte bedenkenlos ein. Ich meinerseits war mir, ehrlich gesagt, nicht sicher, ob dieses sozusagen fremde Element nicht das Fenster öffnen und die Soldaten von unten hochholen würde, jene, die uns eine Schachtel Streichhölzer schuldeten.

Schon sehr bald erhielt ich die Möglichkeit, mich erneut davon zu überzeugen, daß Rabbi Bendavid einen gesunden Instinkt für anständige Menschen besaß, der sich wesentlich von den Klassenvorstellungen der Genossen aus dem Zentrum unterschied. Dieser blasse Ophtalmologieprofessor erwies sich als ein verbohrter, aber gleichermaßen ehrbarer Antikommunist mit einer kaum spürbaren polnisch-antisemitischen Ader – eine Art guter alter Wein mit bitterem Beigeschmack.

Ein Gespräch kam bei dem schnell verzehrten Abendbrot nicht zustande, weil wir todmüde waren. Pan Ophtalmologe brachte uns in dem seit langem nicht mehr benutzten Dienstmädchenzimmer unter, an das sich Erinnerungen an bessere Zeiten knüpften.

Wir schliefen wie Tote, und am Morgen bekamen wir, gut gewaschen, rasiert und nach dem sowjetischen Kölnisch Wasser »Troinoi« duftend, das wir im Bad gefunden hatten, von unserem Gastgeber in der karierten Hausjacke herrlichen Tee mit gerösteten Brotscheiben und Butter. Er entschuldigte sich sogar dafür, daß er keine Milch habe. Er sei zwar am frühen Morgen hinuntergegangen, aber der Milchladen sei nicht geöffnet gewesen. Kannst du dir das vorstellen – unsere Heimat brannte, Millionen Menschen zogen hierhin und dorthin, und der Herr Doktor entschuldigte sich dafür, daß der Milchladen an der Ecke nicht seinen Pflichten gegenüber der Gesellschaft nachkam! Wir frühstückten in der Küche, in der Kupfergeschirr über dem Ofen hing und wo sich auf weißblauen Kacheln Holländerinnen mit Holzschuhen und Windmühlen abwechselten. Unser Hausherr beobachtete uns neugierig, so als hätte er nie in seinem Leben galizische Juden gesehen.

»Und Sie hatten die Absicht, in Ihrer Einheit zu erscheinen und die Sowjetmacht zu verteidigen?« fragte er plötzlich.

»Ja«, sagte der Rabbi sanft.

»Was für einen Beruf haben Sie? Entschuldigen Sie meine Neugierde.«

»Ich bin Rabbiner.«

Der Professor verschluckte sich am Tee und fragte noch einmal, diesmal leiser: »Und Sie hatten die Absicht, für die Sowjetmacht zu kämpfen?«

»Ja. Und diese Absicht haben wir immer noch, wenn es uns mit Gottes Hilfe gelingen sollte, uns zu den Unsrigen durchzuschlagen.«

»Zu den Unsrigen, ja ...«, wiederholte der Professor völlig sinnlos und wandte sich dann mit plötzlichem Interesse mir zu: »Und Sie?«

Ja, was denn ich? Während der Rabbi auf den Balkon ging, um zu rauchen, lag die ganze Bürde auf meinen schwachen Schultern. Nun sollte ich das gesamte jüdische Wirrwarr der verwandtschaftlichen Beziehungen zwischen mir und dem Rabbiner, dem jungen Herrn und dem jungen Fräulein, die sich als Freiwillige bei der Roten Armee gemeldet hatten, und nicht zuletzt ihrer Mutter, der Schwester des Rabbiners und im Nebenberuf, wie es in den Gewerkschaftsberichten heißt, meiner Frau, erklären, die sich in diesem Augenblick in einem

Kurbad irgendwo bei Rowno aufhielt, weil sie es an den Nieren hatte. Und das klipp und klar. Nicht daß es solche verwandtschaftlichen Beziehungen bei den Polen nicht gab, aber bei den Juden verwirren sie sich zu einem geradezu pathologischen Knäuel von Nabelschnuren, gegenseitigen Abhängigkeiten und Anziehungskräften, im Vergleich zu dem der Ödipuskomplex eine kaum wahrnehmbare psychische Abartigkeit ist, eine Art Tick des Augenlides. Die Sache wird noch komplizierter durch den Umstand, daß alle Juden, buchstäblich alle – von der Verkäuferin von Kürbiskernen, Golda Silber, bis zum Baron Rothschild – miteinander verschwägert sind. Ich meine hier jene Rippe Adams, mit der diese ganze verwandtschaftliche Plage begonnen hat.

Ich hatte den Eindruck, daß der Professor meinen genealogischen Miniaturen, die mit der Nachbarwohnung des Apothekergehilfen Sabetai Kranz begannen und bis in das Kurbad bei Rowno führten, nicht sonderlich aufmerksam zuhörte, denn er unterbrach mich sachlich: »Haben Sie Rowno gesagt?«

Ich nickte stumm. Er sah mich mit seinen durchsichtigen blauen Augen an, schwieg eine Weile und sagte erst dann: »Rowno befindet sich seit gestern in deutscher Hand. Das tut mir leid.«

Im gleichen Augenblick stürzte die ganze sorgfältig errichtete Verwandtschaftspyramide ein, die Welt Abrahams mit der Sorge um alle Verwandten – von Rothschild bis Golda Silber und Albert Einstein – brach entzwei, was übrigblieb, war nur Sarah, die mich schweigend mit ihren graugrünen Augen anblickte. Mein Gott, Sarah, ich hatte sie gedrängt, dorthin zu fahren! Ich mußte zu ihr gelangen, zu jenem unbekannten Ort irgendwo bei Rowno, und sie herausholen – trotz allem, trotz aller Armeen, Divisionen und SS-Sturmeinheiten dieses Schicklgruber!

II

Das war selbstverständlich meine erste Aufwallung. Der Rabbi brauchte nicht viel Mühe aufzuwenden, um mich zu überzeugen, wie hoffnungslos die Idee war, in das von den Deutschen besetzte Gebiet einzudringen, um irgendein Sanatorium irgendwo im Raum Rowno zu finden. Die einzige Hoffnung, die der Rabbi mir einflößte, war die Möglichkeit, daß man die Heilungssuchenden rechtzeitig ins Landesinnere evakuiert hatte. Dann verschob sich das Problem von Sarah auf uns selbst, die sich als Dummköpfe erwiesen, den Weg in den Fernen Osten verfehlt hatten und von allein in die Falle des nahen Westens geraten waren.

Jetzt, da gerade die Rede von einer Falle ist, fällt mir ein, daß der Professor von der Straße ein Flugblatt in drei Sprachen – auf deutsch, ukrainisch und polnisch – mitgebracht hatte, in dem kundgegeben wurde, daß sich dank der siegreichen deutschen Waffen unser Traum erfüllt und man Lwow und das Umland vom bolschewistischen Joch befreit und in die Ostgebiete des Reiches aufgenommen habe. Außerdem wurde uns höflich mitgeteilt, daß sich alle kommunistischen Funktionäre, Juden und sowjetischen Offiziere, die sich versteckt hielten, binnen dreier Tage in der Kommandantur zu melden hatten, andernfalls erwarte sie gemäß dem Besatzungsbefehl ... Nun, soll ich es dir sagen, oder kommst du selbst darauf?

»Lwow und das Umland«! Fielen darunter nicht auch unser Schtetl Kolodez bei Drogobytsch, meine alten Eltern und das ständige Synedrion in unserem Atelier, meine lieben Nachbarn und Bekannten, Ukrainer, Polen und Juden, einschließlich des Cafés von David Lejbowitsch mit dem verwaisten Klub des Atheisten und den einstigen leidenschaftlichen Befürwortern der jüdischen Sozialdemokratie?!

Ja, mein Bruder, man hatte meine Heimat also zum vierten Mal ausgewechselt, und jetzt gehörte ich zu der großen deutschen Familie, allerdings mit einer kleinen Einschränkung, die den Feiertag etwas trübte – als Person jüdischer

Herkunft hatte ich mich binnen dreier Tage in der Kommandantur zu melden. Und ich zweifelte daran, daß das geschehen sollte, um mir dort Glückwünsche und Blumen zu überreichen.

»Ich weiß nicht, was ich Ihnen raten soll«, sagte unser Professor besorgt. »Mein Metier sind kurzsichtige Augen und nicht kurzsichtige soziale Utopien. Deshalb empfinde ich keinerlei Sympathien für die Russen und ihre Sowjetmacht. Ich muß zugeben, bitte, fassen Sie das jetzt nicht als Kränkung auf, daß ich auch für die Juden kein besonderes Zartgefühl hege, besonders für Ihre verschiedenen Karl Marx, Rosa Luxemburgs, Leo Trotzkis oder alle diese Kaganowitschs, die, ob sie nun noch leben oder bereits tot sind, eine große Schuld an unserem jetzigen Debakel tragen.«

Rabbi Bendavid wollte etwas entgegnen, aber der Professor hob die Hand.

»Bitte, mir steht der Sinn jetzt nicht nach politischen Disputen. Aber da ich als Pole auch die Deutschen und besonders die heutigen gleichermaßen nicht vertrage, sehe ich für Sie keinen anderen Ausweg, als sich irgendwie nach Osten durchzukämpfen, zu denen, die Sie ›die Ihrigen‹ nennen.«

»Genau diese Absicht haben wir auch«, sagte der Rabbi friedlich.

Der Professor schwieg eine Weile, ließ seinen nachdenklichen Blick vom Rabbi zu mir und von mir zum Rabbi schweifen und sagte schließlich: »Trotz allem verstehe ich nicht, ich begreife ganz aufrichtig nicht, was Sie mit dieser Idee verbindet, wo Sie doch wissen, was für Schandtaten in Rußland begangen werden? Oder wissen Sie das nicht? Haben Sie nie davon gehört?«

Der Rabbi lächelte traurig.

»Ein Mensch, der mir sehr teuer ist, wahrscheinlich der mir teuerste Mensch von allen, eine Frau, befindet sich jetzt in der eisernen Zange derer, die das tun, was Sie als Schandtat bezeichnen. Ich weiß nicht einmal, ob sie noch lebt oder noch lange leben wird. Und trotzdem werde ich kämpfen, um den Sowjetstaat gegen den Faschismus zu verteidigen. Das ist eine andere Frage, ich weiß nicht, wie ich Ihnen das erklären soll. Sie aber, das wage ich zu behaupten, verwechseln die Idee mit dem System, und das ist dem System gerade recht. Es hat es gern, mit der Idee identifiziert, ja, sogar als ihre einzige materialisierte Umsetzung aufgefaßt, ihr als austauschbar gleichgestellt zu werden. Wie soll ich mich klarer ausdrücken? ... Soweit ich Sie begriffen habe, sind Sie gläubiger Christ. Legt die christliche Kirche etwa keinen Wert darauf, mit dem Christentum gleichgestellt zu werden? Doch die Idee ist das eine, das andere ist das System, das sie verwirklichen will. Und so kommt der Tag, an dem die Verteidigung des christlichen Ideals von Brüderlichkeit, Nächstenliebe und Vergebung in die Hände der Inquisition, der Kreuzzüge und der Technologien für Hexenverbrennungen und Teufelsaustreibungen gelegt wird. Anstelle des geistlichen Glanzes Ihrer christlichen Idee tritt unmerklich der Glanz des kirchlichen Rituals, anstelle der Askese und der Selbstverleugnung der frühen Christen die Völlerei und Sittenverderbtheit von Äbten und Kardinälen. Ist es nicht so? Das System besitzt Lebensbedürfnisse und eine Logik, um überleben zu können, und wenn sich die Idee dem widersetzt, um so schlimmer für sie, sie kann stillschweigend begraben und durch eine Kopie oder ein Modell ersetzt werden. Aber Sie bleiben der ureigensten Idee treu, trotz allem. Sie beheben die Kurzsichtigkeit, aber mit der Farbenblindheit kommen Sie nicht zurande. Und gerade das ist die Zone, in der sich die Idee und das System bis zur Unkenntlichkeit vermengen, daß man nicht mehr weiß, wem man eigentlich dient: den Ideen Christi oder dem Kanon der Kirche.«

Hätte der Rabbi zum Schluß ein »Amen und Schabbes Schalom!« gesagt, wäre das eine seiner gewöhnlichen Samstagspredigten über die Fragen des Geistes und des Seins gewesen.

Der Professor lachte jetzt lautlos.

»Sie halten mich also für einen Mann, der von politischer Farbenblindheit geschlagen ist?«

»Ich halte Sie für einen anständigen Menschen, der nicht verpflichtet ist, ein fremdes Kreuz im Namen fremder Ideen zu tragen. Jeder durchquert auf der Suche nach seinem Kanaan seine eigene Wüste! Aber Sie haben etwas über die Juden, Marx und die Schuld gesagt. Ich möchte Sie daran erinnern, daß Karl Marx kein Marxist und Christus kein Christ gewesen ist. Die Ideen sind eine Frucht ihrer Zeit, und diese beiden, genau so wie Apostel Paulus, Baruch Spinoza oder Sigmund Freud, tragen keine Schuld daran, daß man sie entstellt hat, so wie sie keine Schuld daran tragen, daß sie als Juden auf die Welt gekommen sind. Hitler und Stalin und der Großinquisitor Torquemada sind übrigens keine Juden, doch das ändert nichts an den Tatsachen!«

Am gleichen Abend brachte der Professor zwei alte polnische Kennkarten mit und gab verlegen zu, daß er sie aus dem Archiv der Klinik gestohlen hatte. Ich bekam das Ausweispapier eines Hendryk Brzegalski, den man in der Klinik als den Portier Pan Heniek gekannt hatte und der noch vor der sowjetischen Ära an einem Schlaganfall gestorben war. Der Rabbi verwandelte sich in nicht mehr und nicht weniger als den Hauptordinator Karel Mieczkowski, der zur Beerdigung seiner Mutter nach Gdansk gefahren war und vergessen hatte zurückzukommen. Ich ähnelte dem Portier Pan Heniek auf dem aufgeklebten Foto so wenig wie der arme Awramczyk Ramon Novarro. Den Unterschied hätte sogar der blinde Jossel bemerkt.

Als ich das dem Professor sagte, antwortete er: »Machen Sie sich keine Sorgen, Herr Blumenfeld. Für den Bürokraten und besonders für den deutschen Bürokraten ist es wichtig, daß die Kennkarte eine Nummer, ein Foto und einen Stempel hat. Hier ist die Nummer, hier der Stempel, und Sie müssen sich eben Mühe geben, daß man den Unterschied zwischen dem Foto und Ihnen nicht bemerkt.«

»Verstehst du, das Foto wurde gemacht, bevor du Typhus und eine Enzephalitis bekommen hast!« fügte der Rabbi nervös hinzu.

»Wieso denn Typhus ...«, setzte ich an. Aber als ich seinen Gesichtsausdruck sah, begriff ich, daß es besser war, den Mund zu halten.

Jetzt waren wir also zwei vom bolschewistischen Joch befreite polnische Bürger, die durch die Straßen von Lwow gingen und die Adresse suchten, wo sich den Worten des Rabbiners Karel Mieczkowski zufolge Esther Katz' früherer Treffpunkt befand. Dort, so hoffte der Rabbi, würden wir Kontakt aufnehmen können und alles weitere sehen.

Ich bemühte mich, ruhig und sorglos auszuschreiten, und sah den zahlreichen von Hunden begleiteten deutschen Patrouillenpaaren tapfer ins Gesicht, die uns, wie es mir schien, verdächtig beäugten. Manchmal nickte ich ihnen sogar höchst freundlich zu.

Wie Mendel, der seinem Freund erzählte: »Gestern stieg ein Kontrolleur in die Straßenbahn ein, und stell dir vor, er blickte mich an, als hätte ich keinen Fahrschein!«

»Und du?«

»Ich erwiderte seinen Blick, so als hätte ich einen!«

Wir gingen also durch die Straßen und betrachteten die Hausnummern, bis der Rabbi vor einem Haus sagte: »Warte hier und rühr dich nicht vom Fleck.«

Er überquerte die Straße und verschwand in einem Eingang.

Und genau in diesem Augenblick meiner Schilderung passierte etwas, das mein Schicksal auf mehrere Jahre hinaus entscheiden sollte. Oder, wie sich die Schriftsteller ausdrücken, es kam zu einer dramatischen Wende im Ablauf der Handlung.

Die dramatische Wende bestand darin, daß plötzlich Lastwagen mit Soldaten wie aus dem Boden gestampft auftauchten. Die Soldaten sprangen ab und bildeten in Sekundenschnelle eine dichte Kette um uns friedliche Bürger. Panik brach aus, die deutschen Schäferhunde bellten bis zur Heiserkeit und zerrten an ihren Lederleinen, und die Soldaten drängten uns mit den Kolben ihrer Karabiner zu den Lastautos: »Los, los, los ...«

Ich holte verwirrt die, wie ich meinte, rettende Kennkarte des Pan Heniek heraus, und da mir das Deutsche, wie du weißt, geläufig ist und ich sogar in Wien gewesen bin, teilte ich dem Militärpolizisten mit, daß man in der Augenklinik auf mich warte und noch mehr dieses dummen Zeugs. Der aber stieß mich nur mit dem Gewehrkolben an, damit ich die Plattform schneller besteige.

Das letzte, was ich sah, als die Lastautos anfuhren, war mein Rabbi Schmuel Bendavid, der auf die Straße gelaufen kam. Er sah blaß wie die Marienfigur aus Porzellan aus. Als der Lastwagen an ihm vorbeifuhr, schloß er die Augen – um mir Mut zu machen. Oder als letzten Abschiedsgruß.

Wie man sieht, dauerte mein Leben unter fremdem Namen in Lwow kürzer als das Leben einer Eintagsfliege. Aber was einem von Jahve bestimmt ist, daß man erleben soll, dem entgeht man nicht. Das ist eine bewiesene Tatsache.

Als man uns in die mit stinkendem Stroh ausgelegten Viehwaggons gestopft hatte, konnte ich durch eine kleine vergitterte Lüftungsklappe ein Gespräch zwischen für mich unsichtbaren Eisenbahnern hören, und ich erfuhr, daß man uns über Warschau nach Berlin bringen würde. Kannst du dir das vorstellen?

So wurde ich zusammen mit weiteren 399 Einwohnern von Lwow komfortabel auf dem Stroh von zehn Pferdewagen untergebracht und nach Berlin, ins Herz unserer neuen Heimat, des Deutschen Reiches, abkommandiert, das in den Schulbüchern als Drittes oder, wissenschaftlich fundierten Prognosen zufolge, als Tausendjähriges bezeichnet wurde.

יוסף וימלאו את
איש אל
וילכו משם:
והנה הוא
אחיו הושב כסף
אלהים

»Jedem das Seine« oder den Konzentrationslagern in Liebe

I

In unserem Kolodez erzählte man sich die Geschichte von drei Juden aus drei galizischen Gegenden, die sich kraft des Schicksals, das man in einer bestimmten Zeitspanne »Sowjetmacht« nannte, in einer gemeinsamen Zelle wiederfanden, von wo aus jeder je nach seinen Verdiensten in die fernen sibirischen Lager gebracht werden sollte.

»Man hat mich zu fünfzehn Jahren verurteilt«, stellte sich der eine vor, »weil ich für Moische Liebermann war.«

»Ich habe auch fünfzehn Jahre bekommen«, sagte der zweite, »weil ich gegen Moische Liebermann war.«

»Auch mir hat man fünfzehn Jahre aufgebrummt«, sagte der dritte, »weil ich Moische Liebermann bin.«

Ich ziehe keine direkten Parallelen, Gott behüte, aber in unseren Viehwaggon hatte man auf dem dreckigen feuchten Stroh Anhänger der Sowjetmacht, Gegner der Sowjetmacht und diese Macht selbst, letztere in der Person anständiger sowjetischer Werktätiger aus Behörden und Betrieben zusammengepfercht, die sich alle genau zu dieser Stunde in genau diesem Stadtviertel befunden hatten. Niemand von uns konnte sagen, warum man uns in den Straßen von Lwow wie Hasen eingefangen hatte, worin unsere Schuld bestand, ob wir überhaupt irgendeine Schuld auf uns geladen hatten, und vor allem, wohin man uns transportierte. Die Hypothesen der aufgeweckteren Köpfe, zu denen ich mich keinesfalls zu zählen wage, waren widersprüchlich und von der Praxis nicht bestätigt. Denn der Krieg war sozusagen noch viel zu jung, und Europa begann erst jetzt, reiche und nutzbringende Erfahrungen zu sammeln. Die einen meinten, man hätte uns arretiert, um uns gegen deutsche Kriegsgefangene auszutauschen, was ich für wenig wahrscheinlich hielt. Die Deutschen verfügten für einen solchen Tauschhandel bereits über ein reichhaltigeres Sortiment in Form von ganzen gefangenen Armeeverbänden, unter denen es hier und da auch fettere Achselklappen gab. Anderen zufolge transportierte man uns ins Innere unserer neuen Heimat, um die an die Front geschickten Fachleute in den verschiedenen Bereichen des deutschen Lebens zu ersetzen. Das war wahrscheinlicher, obwohl ich nicht glaubte, daß in Berlin oder, sagen wir mal, in Baden-Baden ein Defizit an Schneidern herrschte, die Erfahrungen im Wenden von alten jüdischen Kaftanen besaßen.

Wie dem auch sei, unsere Reise erwies sich als sehr lang. Ich weiß es nicht mehr genau, sie dauerte fünf oder sechs Tage, in denen man uns nur Brot oder Pellkartoffeln in homöopathischen Mengen zuwarf, von denen sogar eine Familie Kakerlaken spontanen Muskelschwund bekommen hätte. Was einige physiologische Details betrifft, so erspare mir bitte die Erinnerung daran!

Der Zug bewegte sich langsam. An manchen Stellen, vermutlich Eisenbahnknotenpunkten, wurden unsere Waggons stundenlang vorwärts und rückwärts rangiert. Man hörte Eisenbahnerpfeifen, Zurufe und Hundegebell. Einmal donnerte sogar eine Blasmusik los, jemand wurde empfangen oder verabschiedet. Aber mit Sicherheit galten diese Ehren nicht uns.

Auf dem Stroh liegend, dachte ich mit Sorge und Zärtlichkeit an alle und an alles – an Sarah und die Kinder, die so plötzlich in den Kriegswirbel geraten waren, an meinen Vater Jakob und meine Mutter Rebekka, an Onkel Chaimle und die anderen, die dort in dieser jenseitigen Welt verblieben waren, in die ich wahrscheinlich kaum zurückkehren würde. Und was ist wohl, fragte ich mich, aus meinem Rabbi geworden, der auf dem Bürgersteig in Lwow dem davonfahrenden Lastauto blaß und starr nachgeblickt hatte? Und wo waren jetzt wohl Esther Katz, Ljowa Weissmann, Awramczyk, Pan Woitek und der katholische Ksiadz? Ob das gemeinsame Schicksal, das uns heimgesucht hatte, nicht vielleicht jene milder gestimmt hatte, die Bendavid als »das System« bezeichnete?

Ob das erwähnte System im Angesicht der Todesgefahr, die ihm drohte, nicht vielleicht seinen eisernen Griff gelockert und sie in die Freiheit ausgespuckt hatte, nachdem es sich bei ihnen für das etwas bedauerliche Mißverständnis entschuldigt hatte? Traka-trak ... Traka-trak ...

Es muß weit nach Mitternacht gewesen sein, als ich durch die plötzlich eingetretene Stille aufwachte. Unser Transport hatte angehalten, und das war kein Bahnhof und keine Haltestelle mit dem bekannten asthmatischen Fauchen von Lokomotiven, mit Pfiffen beim Rangieren und jenem geheimnisvollen Ritual, bei dem die Räder der Waggons mit Hämmern abgeklopft werden, was mich immer an unseren alten Eisenbahner Schmoile Abramowitsch von der Eisenbahnstation in Drogobytsch erinnert. Entschuldige, daß ich kurz von der Fahrt zum Herzen des Reiches abweiche, aber ich möchte dir erzählen, wie der gute alte Schmoile voller Geduld und Sorgfalt die Räder der Waggons abgeklopft hat, sowohl zu österreichisch-ungarischen als auch zu polnischen und auch zu sowjetischen Zeiten. Und als er in Rente ging, hat man ihm sogar den Orden des Roten Banners der Arbeit verliehen. Zutiefst gerührt hatte Schmoile folgende Rede gehalten:

»Werte Genossen und Kollegen Eisenbahner! Ich möchte für alle guten Worte danken, die ich gehört habe. Ich danke auch für den hohen Orden anläßlich meines fünfzigjährigen treuen Dienstes auf dem Bahnhof Drogobytsch mit jenem Hämmerchen mit dem langen Stiel. Doch bevor ich mich jetzt in den Ruhestand zurückziehe, bitte ich Sie, teure Genossen und Kollegen, mir zu erklären, warum die Wagenräder eigentlich abgeklopft werden müssen und wozu das nutze ist?«

Wie gesagt, wir hörten weder das Klopfen noch Pfiffe. Seit vielen Tagen herrschte um uns herum zum erstenmal völlige Stille, als sei die Lokomotive fortgefahren und habe die Wagen in einem endlosen Tunnel stehenlassen. Erst am Morgen, als graues Licht durch die Lüftungslöcher drang, wurden die Schiebetüren der Waggons krachend geöffnet, und mit einer Grobheit, die wir nicht verdient hatten, ordnete man an auszusteigen. Ringsum wuchs Kiefernwald, in dem die Vögel sangen. Hier endeten die Schienen mit zwei Puffern und einem Wall aus Holzschwellen. Nach der stickigen Luft im Waggon hatte ich im ersten Augenblick das Gefühl, daß wir durch ein Mißverständnis ins deutsche Paradies geraten waren: Es duftete nach Harz und feuchter Erde, durch die Zweige hoch oben zwängten sich im Morgendunst die Sonnenstrahlen in diesigen Bündeln, und in ihnen führten drei Millionen kleine Fliegen einen rauschenden Reigen auf. Dieses Bild hätte ganz friedenszeitlich und wie ein Kurort gewirkt, wären da nicht die Soldaten mit ihren Hunden und die gekalkten hölzernen Hinweisschilder gewesen, die zwar unterschiedliche Aufschriften trugen, auf denen sich aber zwei Worte immer wiederholten: »Streng verboten«. Es würde einige Zeit vergehen, ich würde meine neuen Landsleute, die Deutschen, besser kennenlernen müssen, um zu begreifen, wie zärtlich, ich muß sogar sagen wollüstig sie an diesem Wörtchen »verboten« hängen und wie respektvoll das hinzugesetzte »streng« wirkt. Wie das Klicken eines Schlosses oder das Aneinanderschlagen von Handschellen. Auf allen Schildern war mit einer Schablone ein Totenkopf mit darunter gekreuzten Knochen aufgetragen, was bei mir nostalgische Erinnerungen an meine Jugendjahre weckte, die ich mit Kapitän Morgan auf den Tortugainseln verbracht hatte. Hier ging es natürlich nicht um die Flaggen von Piraten und das Jo-ho-ho mit einer Flasche Rum, sondern um Minenfelder und das Schießen ohne Vorwarnung unter bestimmten, genau aufgeführten Bedingungen.

Unsere Nadelbaumumgebung bestand aus sehr hohen, rötlichen Kiefern, deren Stämme fast bis zu ihren Spitzen sorgfältig abgeästet waren und dunkle grüne Hüte aus den verbliebenen Zweigen trugen. Man bekam den Eindruck, daß der Wald in einer Kaserne intensiv gedrillt worden war. Hier mußten die Bäume, im Gegensatz zu der Zuchtlosigkeit und Willkür der Wälder in den Karpaten, alle gleich hoch sein. Sie standen in geraden Reihen, und kein einziger Baum war auch nur einen Schritt vorgetreten oder hatte seinen Bauch oder Hintern vorgestreckt. Dieses beruhigende Gefühl für Ordnung wurde noch dadurch verstärkt, daß jeder Baum Achselklappen hatte, die in Form von Fischgräten in die Rinde geschnitten waren. Also so etwas wie die Litzen auf den Ärmeln unserer sowjetischen Offiziere und Politkommissare aus jener Zeit, als man die zaristischen Schulterstücke der Offiziere noch nicht wiedereingeführt und die »Internationale« noch nicht abgeschafft hatte. Aber das ist ein ganz anderes Thema. Ich erfuhr bald, daß in den kleinen Tonschalen unter den Leutnants- oder sogar Feldmarschallslitzen der Kiefern Harz aufgefangen wurde, und daraus würden wir, das teile ich dir höchst vertraulich mit, Terpentin für Kriegszwecke herstellen. Und wenn du dir jetzt die zum Morgenappell angetretenen Kiefern gut anschaust, wirst du in der Ferne die schachbrettartig aufgestellten Baracken mit Tarnflecken auf ihren Dächern sehen. Wahrscheinlich hast du nun die Geduld verloren und möchtest wissen, wo wir uns befanden. Ich werde es dir sagen: Dieser Ort lag irgendwo in den Brandenburger Wäldern und trug die geheimnisvolle Bezeichnung »Sonderobjekt A-17«.

Da standen wir also, Bruder, zerknautscht, unrasiert und mit Strohhalmen im Haar in zwei Reihen auf dem weiträumigen, quadratischen Appellplatz, der von den grünen Baracken gesäumt wurde. In den Lücken zwischen ihnen, einer Art sauber gefegter und mit großen schwarzen Zahlen gekennzeichneter kleiner Straßen, sah man die zweite Reihe Baracken und sogar die Dächer der dritten Reihe. Man hörte rhythmischen Maschinenlärm. Drehmaschinen waren in Betrieb und noch etwas, das kreischte. Irgendwo hinter den Baracken schien sich ein vorsintflutliches Ungeheuer ausgestreckt zu haben, das röchelte und in bestimmten Abständen einen tiefen Seufzer ausstieß. Und hinter den staubigen Fenstern einer langen Baracke leuchteten die bläulichen Blitze von elektrischen Schweißgeräten auf.

Die Soldaten in unserem Rücken – in voller Kampfausrüstung, mit Stahlhelmen, Maschinenpistolen und Hunden, deren lederne Leinen sie kurz faßten – sahen so martialisch und grimmig aus, als befürchteten sie, daß wir, die erschöpften Reisenden ins Unbekannte, die sich auf den Straßen von

Lwow hatten einfangen lassen, uns jeden Moment mit Messern auf sie stürzen würden. Natürlich hatte niemand von uns derartige Absichten, wir verfügten ja nicht einmal über Messer. Wir waren sogar ziemlich verängstigt, aber du weißt ja, Soldaten und Polizisten nehmen die Situationen immer ganz ernst. Das hebt das Selbstbewußtsein. Und wenn diese hier auch noch Gasmasken aufgehabt hätten, ich weiß nicht, sie hätten mich vollends an unsere sinnlosen mitternächtlichen Gefechte mit Phantomen in einer angeblich von den Franzosen mit Giftgas verseuchten Gegend erinnert. Du weißt sicher noch, was ich meine.

Wir standen lange Zeit und wagten nicht, uns zu rühren, bis die Tür einer Baracke, über der »*Kommandant*« stand, geöffnet wurde. Von der Holzveranda mit den drei Stufen kullerte ein kugelrundes Wesen in Offiziersuniform auf gewienerten Stiefeln herunter. Das Wesen ging das Quadrat behende, mit raschen und kleinen Schritten ab, wobei es uns mit seinen lebhaften Äuglein aufmerksam betrachtete, als suche es nach einem bestimmten Bekannten. Ich habe keine Ahnung von Rassentheorien und von der authentischen arischen Schädelform. Aber wenn die Vorstellung von den Nachkommen Siegfrieds als blauäugige, männliche, blonde und zwei Meter große Recken stimmt, dann hatte die Großmutter dieses Nibelungen ein Techtelmechtel mit irgendeinem ungarischen Zigeuner oder, Gott bewahre, mit dem Krämer an der Ecke, Aaron Rabinowitsch.

Der Nibelung sagte: »Versteht ihr Deutsch, oder braucht ihr einen Dolmetscher?«

In den Reihen kam ein undeutliches Murmeln auf, das das ganze Spektrum an Nuancen von »ja« über »ein wenig« bis »nein« umfaßte. Das befriedigte den Chef vollauf, und er fuhr fort.

»Ich bin Oberleutnant Brückner und euer Vorgesetzter. Das hier ist kein Konzentrationslager, sondern ein Arbeitslager, merkt euch das. Und ihr seid keine Lagerinsassen, sondern Arbeiter. Nach dem Blitzkrieg, den unsere unbesiegbare Armee vom Atlantischen Wall bis zu den russischen Steppen führt und der in wenigen Monaten beendet sein wird, werdet ihr nach erfüllter Pflicht am Reich wieder heimkehren. Für eure Arbeit wird man euch bezahlen, nach Abzug der Kosten für die Entlausung, die Arbeitskleidung, die Verpflegung und die Unterkunft. Hier herrscht eine eiserne Disziplin, merkt euch auch das. Und man wird euch für jeden Versuch, sich ihr zu entziehen, als Deserteure oder Saboteure bestrafen. Da das Militärgeheimnis strengstens gewahrt werden muß, ist jegliche Korrespondenz verboten. Habe ich mich bis hierher klar ausgedrückt?«

Bis hierher hatte er sich klar ausgedrückt. In seiner Intonation konnte man tatsächlich entfernte Noten familiärer Jovialität wahrnehmen. Ich weiß nicht, ob sie ihren Ursprung in der Erblast seitens Siegfrieds oder seitens der sündhaften Neigung der Großmutter für ungarische Zigeuner oder jüdische Krämer hatte, aber so war es. Und diese Jovialität würde sich noch mehrfach zeigen und auch eine Rolle in meinem Schicksal spielen.

Der Oberleutnant rollte noch einmal an dem angetretenen Gesindel vorbei, das wir zweifellos in diesem Augenblick darstellten. Dann blieb er in der Mitte des Appellplatzes stehen und fragte: »Gibt es hier jemanden, der gut Deutsch spricht? Nicht einen, der es wie ein galizischer Jude stümpert, sondern der es mündlich und schriftlich gut beherrscht, wenn ihr versteht, was ich meine. Wer das kann, soll einen Schritt vortreten!«

Ich war zutiefst beleidigt: Angesichts der Situation, in der wir uns befanden, magst du das für einen Leichtsinn meinerseits halten, aber wieso bildete sich dieser Eber, der sein Sächsisch so redete, daß man sein Deutsch kaum verstand, ein, daß wir es stümpern würden! Während es für die anderen, die Polen und die Ukrainer, beispielsweise die Sprache war, die sie in österreichisch-ungarischen Zeiten nur manchmal und im äußersten Fall benutzten, war unsere Sprache, wenn auch veredelt durch russische Wünsche mütterlicherseits und, wie ich dir bereits sagte, durch einige assyrobabylonische Beimengungen, im wahrsten Sinne des Wortes ein

Vetter ersten Grades des Deutschen. Es war dieser mein verletzter Nationalstolz, der mich einen Schritt vorwärts machen ließ, sozusagen einen philologischen Schritt zur Verteidigung der Muttersprache.

Der Chef näherte sich mir, betrachtete mich, die Hände auf dem Rücken gekreuzt, und fragte schließlich: »Wie heißt du?«

Um ein Haar hätte ich ihm »Rekrut Isaak Blumenfeld« geantwortet, aber etwas zerrte mich an den Rockschößen meiner Seele. Ich verkniff mir diese Antwort und ersetzte sie im Laufschritt durch »Hendryk Brzegalski, Herr Oberleutnant!«

Er betrachtete mich skeptisch, und dafür hatte ich volles Verständnis: Mein Äußeres, das eines ziemlich schauderhaften Schwächlings und suspekten Nachfahren der Makkabäer, hatte so viel Ähnlichkeit mit den ehrwürdigen blondhaarigen Polen wie mein neuer Kommandant Brückner mit Tannhäuser. In diesem Sinne waren wir zweifellos quitt.

»Was hast du in Lwow gearbeitet?« fragte er.

»In der Augenklinik«, sagte ich.

»Als Doktor?« fragte er.

»Als Portier«, sagte ich.

»Als Portier? Und du hast Deutsch gelernt?« Er hob seine Augenbrauen.

»Sehr wohl, das habe ich«, sagte ich.

»Und wer hat deiner Meinung nach den ›Faust‹ geschrieben?«

»Johann Wolfgang Goethe, Herr Oberleutnant. 1749 bis 1832.«

Tannhäuser war perplex. Ich meinerseits richtete einen stillen Dank an meinen Lieblingslehrer Eliezer Pinkus, Friede seiner Asche.

2

Da gibt es doch Leute, die meinen, das Studium der Literatur in der Schule werde sich nicht in der Praxis anwenden lassen und diene nur dazu, die Zeit zwischen zwei Pausen auszufüllen. So ist es bei weitem nicht. Bei seinen Bemühungen, uns elementare Kenntnisse in diesem scheinbar überflüssigen Fach zu vermitteln, erzählte uns Eliezer Pinkus im Zusammenhang mit dem bereits erwähnten Patriarchen der deutschen Literatur sogar die Geschichte vom Dummkopf Mendel, der unsere damalige Hauptstadt Wien besuchte, vor dem Goethedenkmal am Ring stand und sich aufregte: »Dieser Mann ist weder ein Kaiser gewesen noch ein Feldherr oder sonst etwas Bedeutendes. Nur daß er ›Die Räuber‹ geschrieben hat!« – »›Die Räuber‹ sind nicht von Goethe«, erklärte man ihm, »sondern von Schiller.« – »Na bitte, da sehen Sie es«, sagte Mendel, »nicht einmal ›Die Räuber‹ hat er geschrieben, und trotzdem hat man ihm so ein Denkmal gesetzt!«

Daß mir die Bruchstücke von Erinnerungen an den Literaturunterricht, die in meinem Gedächtnis hängengeblieben waren wie Büschel Schafwolle an einer Distel, bei meinen Schneiderarbeiten in Kolodez viel geholfen hätten, würde ich nicht behaupten. Doch jetzt begriff ich zum ersten Mal, wie man das in den Literaturstunden Erlernte in der Praxis anwenden konnte, ein unbestreitbarer Nutzen, vergleichbar zum Beispiel mit dem im Geometrieunterricht erworbenen Wissen darüber, wie man mit Hilfe des alten Euklid die Quadratzentimeter Stoff berechnen kann, die für die Anfertigung einer zusätzlichen Weste notwendig sind. Im konkreten Fall fand ich mich aufgrund meiner Bekanntschaft mit Goethe (1749 bis 1832) nicht an einem Arbeitsplatz mit schwerer Lagerarbeit wieder, sondern in der Amtsstube, unter der unmittelbaren Anleitung des Vorgesetzten Brückner. Ich weiß nicht, ob du in einer Kaserne, einem Gefängnis oder einem Lager gewesen bist, aber das sind die Orte, wo die Vorgesetzten spontan ihre Spitznamen erhalten. Sie kommen aus den Tiefen des Volksseele und bleiben für alle Zeiten an ihnen kleben, wie ein Leberfleck auf der Nase. Welche poetische Natur unserem Chef den Spitznamen »Radieschen« verpaßt hatte, ist unbekannt. Doch der Betreffende hatte voll ins Schwarze getroffen, denn sowohl sein gerötetes Gesicht als auch die harmonische Ausgeglichenheit seines Körpers zwischen Breite und Höhe erinnerten tatsächlich an dieses herrliche Naturprodukt. Obwohl ich persönlich in Kolodez nie Radieschen mit Stiefeln und einer spiegelglatten Glatze gesehen hatte.

Trotz des Verbotes, über dieses Thema zu reden, ist es an der Zeit, dir mitzuteilen, was dieses »Sonderobjekt A-17« darstellte und was das Besondere an ihm war. Es existierte, um Hülsen für Artilleriegeschosse, Kapseln für Eier- und Flugzeugbomben sowie Landminen als auch andere, äußerst notwendige Halbfabrikate dieser Art zu produzieren. Der frische Geruch von Kiefernharz und Terpentin, den der Wind herüberwehte, war ein überzeugender Beweis dafür, daß die Kanister, die zusammen mit den anderen Erzeugnissen in Loren zu jenen Puffergleisen im Wald gekarrt wurden, auch ein chemisches Derivat mit unbekannter Bestimmung enthielten.

Diese Produktion aus den verschiedenen Baracken, die in den Unterlagen als numerierte oder kodierte Werkhallen geführt wurden, verwandelte sich in Zahlen, Aktennotizen und Berichte, und meine historische Mission bestand darin, sie rein mechanisch in die entsprechenden Tabellen und Register einzutragen sowie die Dokumente aus der Wirtschaftsverwaltung über die verwendeten Mengen von Kartoffeln, Rettichen, Rüben und Hafermehl für die Verpflegung von rund 2000 Personen zu systematisieren. Ich sagte dir bereits, weder damals noch später habe ich verstanden, warum dieses »Sonderobjekt« trotz des milderen Regimes nicht in der Kategorie gewöhnlicher Lager geführt wurde. Bedenke doch, daß die armseligen Schatten vornehmlich polnischer Abstammung in ihren grauen Drillichklamotten nach den schrillen Schlägen an ein Stück Schiene, das an einem Baum hing, noch vor Sonnenaufgang antreten mußten. Danach hatten sie sechzehn Stunden am Tag zu feilen, zu hämmern, Loren zu schieben, Werkstücke aus Gußeisen zu schleppen und jedwede andere Arbeit zu verrichten, bis zum nächsten Schlag auf die Schiene um neun Uhr abends. Und das alles unter den strengen Blicken deutscher Schlosser. Letztere wohnten von uns getrennt, sie hatten Passierscheine und durften in die Stadt gehen und Bier trinken. Ich würde nicht sagen, daß sie grob zu den evolvierten Ebenbildern ägyptischer Sklaven waren. Sie behandelten sie einfach mit derselben gewissenhaften Gleichgültigkeit, mit der ein Meister mit der Zange, dem Reibeisen oder der Feile umgeht, ohne Mitgefühl oder Zärtlichkeit, aber auch ohne Verbitterung, die ein unbelebter Gegenstand in der Regel ja nicht wecken kann.

Anfangs schlief ich bei den anderen, in den Schlafbaracken mit jeweils zwei Reihen zweistöckiger Pritschen. Aber mit der Entwicklung der Dinge, von denen du jetzt erfahren wirst, gewann mich der Kommandant lieb, und er verlegte mich in die Amtsstube, wo es ein eisernes Bett gab, dem das Schicksal im Verlauf des Zweiten Weltkrieges eine bescheidene Rolle bestimmt hatte. Daß ich über Radieschens Anordnung, die Baracke zu verlassen, begeistert war, würde ich nicht sagen. Obwohl die neue, privilegiertere Stellung zweifellos ihre Vorteile hatte. Aber anfangs brachte sie die Leute gegen mich auf und erfüllte sie mit dem Verdacht, ich könnte nationalen Verrat begehen. So ist es gewöhnlich in der Kaserne, im Lager oder im Gefängnis. Die Leute mögen die Privilegierten nicht, sie halten sie für Denunzianten oder Provokateure. Was auch eine Erklärung für das Veilchen unter meinem Auge war, das mir im Dunkeln rein zufällig verpaßt wurde. Ich litt aufrichtig darunter, daß ich meinen Schicksalsgefährten nicht erklären konnte, daß ich dem Schoß Israels angehörte und schwerlich dazu gebracht werden könnte, ein geheimer Komplize der Nazis zu werden. Obwohl die Geschichte auch solche in jeder Hinsicht befremdlichen Fälle kennt. Es fiel mir auch nicht leicht, mich jenem samstagabendlichen Ritual zu entziehen, bei dem meine Schicksalsgefährten das Recht hatten, in einem niedrigen Backsteingebäude, genannt »Badestube«, unter zwei parallel laufenden Wasserrohren mit aufgeschraubten Duschköpfen zu duschen, aus denen mal heißes Wasser floß, das einem Nashorn die Haut abgezogen hätte, mal eiskaltes, gut für eine doppelte Lungenentzündung. Meine Ausflüchte mit anstehenden Verpflichtungen in der Amtsstube, um solchen kollektiven Hygienemaßnahmen zu entgehen, waren, du kannst es dir sicher denken, mit jenem Etwas verbunden, das unter meinem Bauchnabel hing und das, wenn du dich erinnerst, auch den Polizeichef einst dazu veranlaßt hatte, es mit seinem Stöckchen anzuheben und durch seine Dioptrien zu betrachten. Denn der Mensch kann seinen Glauben oder seine Herkunft verbergen. Wie aber soll man das großartige Werk jenes Dieners Jehovas verstecken, der mich beschnitten hat, damit ich in den Schoß Abrahams aufgenommen werden kann?

Das Radieschen machte übrigens nicht einmal den Versuch, mich zu irgendwelchen Zuträgerdiensten zu bewegen. Er erwies sich als sentimentaler Nazi, der wie jedes menschliche Wesen Wärme und Nähe brauchte. Das äußerte sich darin, daß ich mir in den späten Abendstunden seine verbalen Ergüsse über die Einsamkeit und die Liebe anhören mußte, woraus ich schon bald den Schluß zog, daß Oberleutnant Immanuel-Johannes Brückner, der Chef des »Sonderobjektes A-17«, auch als Radieschen bekannt, ich meine hier den Oberleutnant und nicht das Objekt, litt und unsterblich verliebt war. In wen und wie, das würde ich später erfahren.

Die erwähnten Ergüsse wurden vor allem nach einer geleerten Flasche Korn in ihrer ganzen Breite und Tiefe ausgewalzt. Bei uns hieß dieser Schnaps einfach Getreidewodka. Wie du weißt, halte ich nicht viel vom Trinken. Doch er befahl mir, ihm auf seinem Weg durch die nassen Kornfelder zu folgen. Und obwohl ich ihm vormachte, daß ich schon größere Mengen getrunken hatte, als es tatsächlich der Fall war, hatte mich die Trunkenheit gewöhnlich früher als meinen Chef eingeholt, und wir weinten beide – jeder um sein Eigenes. Natürlich ging es nicht immer so romantisch zu. Manchmal bekam der Oberleutnant rasende Wutanfälle und drohte damit, alle Polen im Objekt aufzuhängen, weil sie eindeutig Saboteure und Feinde des Führers seien. Danach strich er zur Strafe dem ganzen Lager, also auch mir, für zwei Tage die Rationen. Das geschah meistens, wenn die Fabriken, für die unsere Produktion bestimmt war, schriftlich reklamierten – Risse und Poren in den Gußstücken, mangelnde Sorgfalt bei der Einhaltung der Abmessungen oder ganz gewöhnlichen Sand im Bodensatz jenes Derivates in den Kanistern, bei dem das Terpentin aus unserer eigenen Produktion die Hauptrolle spielte. Ich glaube nicht, daß all diese Mängel, die das Ansehen des »Sonderobjektes A-17« und seinen guten Ruf schädigten, zufällig zustande kamen. Wenn es aber vorsätzliche Sabotage war, so wurde sie so gekonnt ausgeführt, daß ihr Urheber niemals entdeckt werden konnte. Die Zahl der erwähnten Risse und Poren erhöhte sich drastisch, als mit den nächsten Menschentransporten Leute aus den besetzten sowjetischen Gebieten ankamen. Doch es steht mir nicht zu, dieses Problem zu kommentieren. Denn vielleicht war der Grund auch die niedrige technologische Kultur in Sowjetrußland, infolge derer man nun nicht mehr nur in den Kanistern, sondern auch im Schmieröl der Dreh- und Fräsmaschinen Sand fand.

Bei solch einem Anfall berechtigten Zorns meines Chefs und Wohltäters, den er mit einer Partie Schach beschwichtigen wollte, setzte ich ihn mit den schwarzen Figuren höchst undankbar schon mit dem neunten Zug matt, was dazu führte, daß ich für drei Tage in den Karzer kam. Anscheinend ertrug das Radieschen meine Verbannung schwerer als ich selbst, der ich mich einfach in der dunklen und feuchten Kammer ausgestreckt hatte. Diese war an das Badehaus angebaut und diente als Strafstätte. Schon gegen Mitternacht des zweiten Tages holte mich die Wache heraus und lieferte mich unter Waffen in der Amtsstube ab, wo die Flasche Korn bereits entkorkt war. Nach dieser späten Nacht gegenseitiger Reuebekenntnisse lernte ich es, die Schachpartien überzeugend und glaubwürdig zu verlieren, so daß ich kein zweites Mal in den Karzer mußte.

Die Beschreibung der Situation im Lager wäre unvollständig ohne die Erwähnung des Vorarbeiters Stachowicz, eines Drehers aus Lodz, den man nicht wie uns, dieses Gesindel, das man rein zufällig bei einer blinden Razzia aufgegriffen hatte, in die Brandenburger Wälder transportiert, sondern gezielt als erfahrenen Meister seines Gewerbes gesucht hatte. Er konnte alles, er war sozusagen ein technisches Universalgenie, das die Maschinen, die Elektrogeräte, die Motorräder der Wachmannschaft und einmal sogar den Radioapparat des

Chefs reparierte. Dieser Stachowicz, der auf dem linken Bein stark hinkte, eine Folge von Kinderlähmung, durfte sich in seiner Eigenschaft als Vorarbeiter frei in den Grenzen des Lagers bewegen. Und er war es, der mir die verschiedenen Berichte aus den Werkhallen brachte, damit ich die Angaben in ein jeweils angelegtes Heft eintragen konnte.

Einmal, als sich der Chef nach Brandenburg verkrümelt hatte, von wo er wahrscheinlich erst am späten Abend und noch wahrscheinlicher betrunken zurückkehren würde, brachte mir Stachowicz wieder solche Unterlagen. Ich bot ihm einen Stuhl an und eine Zigarette aus Radieschens Beständen. Bei unseren dienstlichen Kontakten redeten wir Deutsch, was er einigermaßen beherrschte. Der Pole zog den Rauch tief und gierig ein. Zigaretten waren eine Seltenheit und teuer. Am Kiosk, der vor allem für das deutsche Personal bestimmt war, wurden sie einzeln und nur unter dem Ladentisch verkauft. Ich betrachtete seine großen groben Hände mit aufgeplatzter Haut, die mit einem dünnen, nicht abwaschbaren schwarzen Spinngewebe bedeckt war. Ich betrachtete sie mit Hochachtung und Neid, denn diese Hände konnten all das, was ich nicht konnte. Plötzlich sprach er mich auf polnisch an: »Du bist kein Pole, und du bist auch nicht aus Lwow.«

»Wie meinst du das?« Ich bemühte mich, den Verblüfften zu spielen.

»Einfach so. Du bist Jude, das habe ich schon längst an einigen Wörtern gemerkt, die kein Schwabe gebrauchen würde. Du kommst irgendwo aus Südgalizien, oder etwa nicht?«

Ich war völlig platt über sein feines ethno-phonetisches Gespür. Nach einigem Zögern gab ich zu: »So ist es.«

»Mach dir keine Sorgen, niemand wird es erfahren.«

In gewissem Sinne war ich erleichtert, denn zumindest in diesem einen Fall war ich nun frei vom Verdacht auf Zusammenarbeit mit den Nazis.

Stachowicz sah mich prüfend an, überlegte eine Weile und fragte dann: »Möchtest du mir einen großen Dienst erweisen?«

»Und der wäre?«

»Du darfst das Lager bis zur Laderampe verlassen. Mir ist das verboten. Während du die Nummern der Kisten und anderes dieser Art aufschreibst, könntest du da den Lokführer von mir grüßen? Er ist Deutscher, aber rede ihn auf polnisch an. Sag ihm: ›Viele Grüße von Stachowicz.‹ Und wenn er dir ein Päckchen gibt, kannst du es mir dann unbemerkt bringen? Ich warne dich, es ist gefährlich. Sogar sehr gefährlich. Du kannst es mir auch abschlagen.«

Mein Herz rutschte mir in die Hosen.

»Und was ist in dem Päckchen?« fragte ich dumpf.

Auf meine an und für sich höfliche Frage antwortete er mir ziemlich grob: »Für dich ist es besser, wenn du das nicht weißt. Wenn du willst, tu es, wenn nicht, dann vergiß es und Punkt.«

Ich tat es. Stachowicz dankte mir nicht und machte nicht einmal mehr eine Andeutung darüber.

In meiner Seele führte ich meinerseits stille nächtliche Gespräche mit meinem Rabbi. Ich hatte das Gefühl, daß er irgendwo ganz nahe bei mir wäre, ja, sogar, daß ich ihn im Dunkeln sähe – blaß und mit jenem funkelnden Blick eines Wahnwitzigen oder Besessenen, mit dem er seine Sabbatpredigten hielt.

»Das, was du getan hast, ist gut«, sagte der Rabbi, »aber halte dich jetzt nicht für einen Helden, weil jeder es an deiner Stelle getan hätte. Deine Kinder, mein Neffe Schura und meine Nichte Susanna, kämpfen jetzt irgendwo auf Leben und Tod. Und weißt du, wo meine Schwester und deine Frau Sarah, dein anderer Sohn Jascha, dein Vater, deine Mutter und Chaimle und alle anderen sind?«

»Und Esther Katz?« fragte ich ziemlich spitz.

»Ja, auch Esther Katz, wo sie auch sein mag, was auch mit ihr geschehen ist, ihre Seele ist derzeit ebenfalls bei denen, die die deutschen Panzer jetzt mit der Brust aufhalten! Kapierst du das?«

»Ich kapiere es«, sagte ich.

»Und du, was bildest du dir ein – daß du bis Kriegsende mit den schwarzen Figuren Schach spielen und so tun wirst, als seist du der Schwächere, während die anderen umkommen? Und daß der bittere Kelch der Prüfungen an dir vorübergehen wird, weil du der Liebling und Seelentröster des Chefs eines Nazilagers bist? Soll ich dich an Joseph vom Stamme Israel und Sohn des Jakob erinnern, den man als Sklaven nach Ägypten verkauft hat, der Liebling des Pharaos wurde, der aber seine Brüder nicht vergessen hat? Bist nicht auch du ein Sklave, der Liebling seines Herrn geworden ist? Nun ja, Itzik, du bist kein weiser Seher wie Joseph, sondern ein absoluter Dummkopf. Aber dein Radieschen ist auch kein Amenhotep! Denk an deine Brüder, denk an sie. Ich sagte dir bereits, wer sie sind: alle Menschen aller Hautfarben, aller Stämme und Sprachen, aus allen Ländern und hinter allen Meeren, denn ihnen allen droht eine Todesgefahr, und das Siebte Jahr der Plagen bricht an, und sein Name ist Faschismus. Denk an deine Brüder und sei ein Joseph!«

»Ich habe dich verstanden, ich werde an sie denken«, sagte ich. »Aber was war in jenem Päckchen?«

»Woher soll ich das wissen«, sagte der Rabbi, »wenn du es nicht weißt? Denn du träumst von mir und nicht ich von dir!«

Ich erwachte von einem gewaltigen Donnern. Es war massiv und dicht wie ein Teppich, den man über den Wolken ausgebreitet hatte. Das waren erneut die fliegenden Festungen der Angloamerikaner ...

3

Sie, diese Festungen, überflogen uns in letzter Zeit in fast jeder bewölkten Nacht. Dann krochen die hellen Flecken der Scheinwerfer über die Wolken, trafen sich, überdeckten sich und trennten sich wieder. Und jenseits des Waldes, in Richtung Brandenburg, begann das Nähmaschinenrattern der Flakbatterien. Die Leuchtgeschosse hefteten mit großen Stichen Nähte auf den Himmel. Aber die durch die Wolken unsichtbar gewordenen Flugzeuge flogen wie bombenschwangere Kühe an uns vorbei, als hätten nur erbärmliche Mücken versucht, sie von ihrem Weg abzubringen. Die Kühe kalbten irgendwo in der Ferne und kehrten erleichtert und frisch auf dem gleichen Weg zurück. Und wieder die Scheinwerfer, wieder die Nähmaschinen, wieder die leuchtenden Nähte, die an die Wolken und den Himmel geheftet wurden, bis schließlich völlige und erschöpfte Stille eintrat.

In solchen bewölkten Nächten heulten lange vor dem ersten Dröhnen der Flugzeuge aufgeregte Sirenen auf, und Minuten später ging das Licht im Lager aus. Das war der Zeitpunkt für die wundersame Verwandlung des Oberleutnants Immanuel-Johannes Brückner aus dem Kommandanten des »Sonderobjekts A-17« in einen zärtlichen Liebhaber, ich würde sogar sagen, in einen Priester im Tempel des Eros. In solchen Stunden setzte er sich auf sein Fahrrad, und sein kleiner elektrischer Scheinwerfer, vorschriftsmäßig verdunkelt, so daß nur ein dünner heller Strahl übrigblieb, der an einen zwinkernden Chinesen erinnerte, markierte mit seinem zittrigen, auf und ab springenden Licht die Route zum Portal und von dort in den Wald. Jenseits des Waldes befand sich irgendwo in der Niederung jenes Dorf, das ich niemals zu sehen bekam und in dem sich seine Berliner Liebste vorübergehend eingenistet hatte. Und ich, der Lagerinsasse Hendryk Brzegalski, vormals Portier in der Lwower Augenklinik und nun Leiter der persönlichen Kanzlei des Oberleutnants, ließ das aufgerollte schwarze Verdunklungspapier vor den Fenstern herunter und zündete die Petroleumlampe an, um das nächste Kapitel eines der Groschenromane zu lesen, mit denen die erwähnte persönliche Kanzlei gut ausgestattet war. Damit begann mein verläßlicher Dienst am Telefon, ein Akt der Solidarität mit meinem Chef. Wenn ein Vorgesetzter aus der Stadt aus irgendeinem Grund anrief, zum Beispiel, um unsere Kampfbereitschaft zu kontrollieren, so informierte ich ihn höflich über meinen Namen und meinen Posten und daß der Herr Oberleutnant irgendwo in der Nähe sei und einen Rundgang durch das Lager mache – kann ich ihm etwas ausrichten, mein Herr? – und andere Manöver dieser Art für die Irreführung des Gegners. Das Radieschen kam immer vor Sonnenaufgang zurück, keuchend von der Steigung, aber glücklich und ermattet. Und dafür, daß ich die Nacht über wach geblieben war, gab er mir jedesmal eine Reichsmark. Eine Reichsmark war für einen Lagerinsassen, den man nach Ende des Krieges und nach Abzug der Kosten für die Entlausung und alles andere auszahlen würde, viel Geld, denn damit konnte man sich am Kiosk immer noch eine Menge Dinge kaufen, die auf geniale Weise ausschließlich aus Sojabohnen hergestellt wurden: Wurst, Kaffee, Schokolade oder zum Beispiel Zwiebelbrötchen, in denen einzig die Zwiebeln authentisch waren.

So plätscherte also das Leben dahin, mal gab es klare Mondnächte, die mich zu Tagen ohne Sojawurst und Zwiebelbrötchen verurteilten, mal waren die Nächte durch die tief hängenden Winterwolken undurchdringlich finster, und ich saß wach am Telefon, während die Angloamerikaner und Oberleutnant Brückner ihren Pflichten nachgingen.

Alles wäre so weitergegangen, wenn es sich das Leben, das prinzipiell zu überraschenden Aperçus und Pointen neigt, nicht anders überlegt hätte: Eines Nachts, in der Stille zwischen zwei Kanonaden, als die Flugzeuge uns hinter sich gelassen hatten und noch nicht zurückgekehrt waren und ich im rachitischen Licht der Petroleumlampe etwas vom Dresdener Indianer Karl May las, ging die Tür auf, und eine aufgebrachte Walküre, eine von den molligeren, stürzte in die Amtsstube.

»Wo ist er?!« fragte wütend diese Brunhild, wie wir sie nennen wollen. Dabei winkte sie hinter ihrem Rücken ab, und der Wachposten, der sie hergebracht hatte, machte brav die Tür von außen zu, was einen gewissen Aufschluß darüber gab, um wen es sich bei dieser Dame handelte.

Ich stand artig auf, wie es sich für einen Kavalier in Anwesenheit einer Dame gehört, um so mehr, wenn der Kavalier ein Lagerinsasse und die Dame eine Deutsche ist.

»Wen meinen Sie, verehrte Dame?« fragte ich.

»Stell dich nicht blöd! Ich meine Oberleutnant Brückner!«

»Er ...«, druckste ich herum »ich meine Oberleutnant Brückner ...«, druckste ich weiter, »im Augenblick ist er, wie Sie sehen ... irgendwo auf dem Gelände des Objektes sozusagen ...«

»Jetzt hör mal gut zu, bist du ein Idiot, oder willst du mich zur Idiotin machen? Er ist im Dorf bei seiner Geliebten, und du deckst ihn! Ich weiß alles, man hat mir alles berichtet!«

»Entschuldigen Sie, aber wer gibt Ihnen das Recht ...«, hob ich heldenhaft an, aber sie unterbrach mich erregt: »Ich bin seine angetraute Ehefrau!«

Hoppala, was nun, wo mich doch niemand vor einer solchen Variante gewarnt hatte?

Sie setzte sich und trommelte mit ihren langen, lackierten Fingernägeln auf den Tisch.

»Ihre Adresse!« befahl sie plötzlich. »Ihre genaue Adresse im Dorf, oder ich reiße dir den Kopf ab! Ich werde dich nach Buchenwald schicken, weißt du, was das bedeutet?«

Ich wußte, was das bedeutete, der Ruhm dieses malerischen Winkels bei Weimar war auch bis hierher gedrungen. Sicher wirkte ich sehr überzeugend, als ich ihr sagte, daß ich weder die Adresse, hochverehrte Frau Brückner, noch die erwähnte Dame im Dorf kenne und nicht das geringste über die ganze Angelegenheit wüßte, denn sie glaubte mir auf Anhieb und verlangte eine Zigarette. Vom Chef geklaute Zigaretten hatte ich immer, obwohl ich kein Raucher war, aber immer wieder mal kam ein Lagerinsasse, der um eine Kippe bettelte.

»Ich werde hier auf ihn warten«, sagte sie entschlossen, zündete die Zigarette elegant an und wedelte sich dann den Rauch mit der Hand aus dem Gesicht, als sei sie die schärfste Konkurrentin von Marlene Dietrich. Durch das Nikotin wurde der Adrenalinstoß in ihrem Blut offenbar gedämpft. Sie beruhigte sich und heftete ihre neugierigen Augen auf mich. Ich meinerseits stand neben ihr im Raum, wie es sich gehörte.

»Wie heißt du?« fragte sie.

»Brzegalski. Hendryk Brzegalski, meine Dame.«

Sie musterte mich von Kopf bis Fuß mit einem Blick, in dem ich eine leichte Verachtung erkennen konnte.

»Die Polen«, sagte sie, »sind gewöhnlich schöne Männer.«

Ich zuckte schuldbewußt mit den Achseln. »Es gibt eben auch Ausnahmen.«

Sie trommelte erneut mit ihren Fingernägeln auf den Schreibtisch. Dann fragte sie plötzlich: »Wo ist der Schnaps?«

»Wie meinen Sie das, verehrte Dame?«

»Hör mal, ich sagte dir bereits, du sollst dich nicht blöd stellen! Meinst du, ich weiß nicht, wie du dich zusammen mit dieser geilen Promenadenmischung von meinem Mann jeden Abend vollaufen läßt? Also, wo ist er?«

Ich war entschlossen, wenn nötig, auf dem Schafott zu sterben, aber meinen Schutzherren nicht zu verraten. Ein heroischer, doch sinnloser Beschluß, denn die Walküre ertappte mich bei einem ungewollten Blick und öffnete das Schränkchen unter den Aktenordnern, wo drei Flaschen standen, die eine halb geleert, die anderen beiden noch unangetastet wie Jungfrauen, und unsere beiden Gläser, mit denen uns so angenehme Erinnerungen verbanden.

Die Dame füllte schweigend die Gläser, trank das eine auf einen Zug aus und zeigte mit ihrem anmutigen kleinen Finger gebieterisch auf das andere Glas: »Trink!«

Ich tat es, was denn auch sonst, schließlich war ich Lagerinsasse und sie eine Deutsche. Sie goß erneut ein, und ich trank wieder. Ich sagte dir bereits, für König Alkohol, es gibt so einen Roman, war ich eine leichte Beute. Meine Augen begannen zu glänzen, ich verspürte eine seltsame und himmlische Mattigkeit. Die Frau stand auf und lachte kurz, mit einer kehligen Stimme, in der Noten zu vernehmen waren, deren innigen und seit Millionen Jahren kodierten Sinn tatsächlich nur ein wirklicher Idiot nicht verstanden hätte.

»Komm«, befahl sie mir mit fast zärtlicher Bestimmtheit.

Ich wagte nicht, es zu tun, bevor ich mich nicht umgedreht und davon überzeugt hatte, daß dieser Befehl nicht jemand anderem galt. Hinter mit befand sich jedoch nichts außer dem Bild des Führers. Und in diesem konkreten historischen Moment war er es wohl nicht, den die Vorsehung zum Instrument weiblicher Rache berufen hatte.

Mein Gott, was für Überraschungen das Leben für einen bereithält! Ich war Sarah treu, das schwöre ich. Aber wenn ich ganz aufrichtig sein soll, so muß ich sagen, daß es auch nie einen Anlaß gab, diese meine Treue zu bestätigen oder in Frage zu stellen. Was eine solche Lebenslage betrifft, so rate ich dir, niemals jemandem zu glauben, der schwört, er würde nie im Leben eine Languste in Sauce tartare anrühren, bevor du dich davon überzeugt hast, ob man ihm so etwas eigentlich schon mal angeboten hat.

Ich wußte, daß das, was bevorstand und unabwendbar war wie das Gesetz der Anziehungskraft der Erde, nicht gestattet und sündhaft war und daß mich finstere Satanskräfte dazu drängten. Aber du wirst einen an und für sich normalen Mann, auch wenn er in gewissem Sinne des Wortes ein tugendhafter Trottel ist, sicher verstehen, denn er hatte fast seit biblischen Zeiten keinen Weiberrock mehr gesehen. Du wirst ihn verstehen und ihm den Sündenfall vergeben!

Kurzum, ich weiß wirklich nicht, wie es dazu kam, daß ich mich auf einmal zusammen mit der blonden Walküre auf jenem eisernen Bett wiederfand, jener höchsten Gnade, die mir Oberleutnant Brückner beschert hatte. Jetzt hatte man mich auch noch mit dem Privileg beglückt, seine Frau zu trösten. Danke für diese Ehre.

Ich bin von Natur aus ein schüchterner Mensch, überspringen wir also die Einzelheiten und gehen wir direkt zu jenem Moment über, in dem sich Brunhild in Ordnung brachte, eine dicke Schicht Lippenstift auf ihren Mund auftrug, ihre zweite Zigarette rauchte und mich dabei erneut musterte.

»Merkwürdig«, sagte sie. »Ich halte die Polen tatsächlich für schöne Männer, habe aber immer geglaubt, daß sie im Bett ziemliche Schlappschwänze sind. Jetzt finde ich, daß ihr auch hierfür beachtlich gut beschaffen seid!«

In meiner Seele dankte ich im Namen der Republik Polen und ihres unsterblichen Wahrzeichens Josef Pilsudski.

4

Seit jenem Abend empfand niemand eine größere und zärtlichere Zuneigung zu den angloamerikanischen Bombern als ich. Denn die Geschichte wiederholte sich wie ein Stück Melodie von einer gesprungenen Schallplatte: Nach dem Fliegeralarm und dem Abschalten des Stroms fuhr der Nibelung zu seiner Geliebten und zahlte mir dafür eine Reichsmark. Wenige Minuten später tauchte seine Brunhild auf dem Fahrrad auf und gab mir hinterher ebenfalls eine Reichsmark. Vom Standpunkt der kaufmännischen Ethik, auf die man in Kolodez so viel Wert legte, war das ein ehrbares Geschäft, bei dem alle Gewinn machten und niemand benachteiligt wurde. Ein ähnliches Geschäft hatte auch unser Mendel dem Bankier Abraham Rosenbaum vorgeschlagen: »Herr Rosenbaum«, sagte Mendel, »wir könnten ein großartiges Geschäft machen, bei dem jeder von uns 300 000 Rubel verdient.« – »Das ist ja interessant. Und das wäre?« – »Wie ich gehört habe, wollen Sie Ihrer Tochter 600 000 Rubel Mitgift geben.« – »Na und?« – »Nun, ich bin bereit, sie zum halben Preis zu nehmen!«

Soweit über die Geschäfte zum gegenseitigen Vorteil. Was meine bei jedem angloamerikanischen Bombenangriff ehrlich erarbeiteten zwei Reichsmark betrifft, so sag mir doch bitte, welcher Jude in welchem Lager im Zweiten Weltkrieg üppiger gelebt hat?

Doch jeder Anfang hat auch mal ein Ende, sagte meine Mutter Rebekka Blumenfeld immer. Und ein guter Anfang, so meine Mutter, bedeutet in den meisten Fällen leider nicht, daß auch das Ende gut sein wird. Das schlechte Ende begann damit, daß eines Morgens nach dem Appell vier Zivile in langen Ledermänteln aus zwei Armeeautos Marke »Steyr« stiegen und im Laufschritt die wenigen Stufen zur Amtsstube hinaufeilten. Es war ein eisiger Februar, jener gleiche Februar, in dem in der ganzen Welt die geographischen Begriffe Wolga und Stalingrad am häufigsten genannt wurden. Ich stand in meinen grauen Drillichsachen still in der Ecke. Die Leute warfen mir einen kurzen Blick zu, wechselten im Flüsterton ein paar Worte mit Radieschen, der sichtbar blaß wurde, und gingen wieder hinaus.

Kurze Zeit später wurden drei Personen verhaftet: der Vorarbeiter Stachowicz und zwei Russen. Als die Verhafteten abgeführt wurden, stand ich frierend draußen auf der kleinen Veranda vor der Amtsstube. Der hinkende Stachowicz warf mir einen kurzen, gleichgültigen Blick zu, so als hätte er mich niemals früher gesehen. Dann krümmte er sich zusammen, um seinen stämmigen Körper in das Auto zu zwängen.

Aus Satzfetzen des Oberleutnants Brückner, der sich vor dem ganzen Reich – vom Atlantischen Wall, wie er sich ausdrückte, bis zu den russischen Steppen – entehrt und kompromittiert fühlte, konnte ich mir erst einige Zeit später ein Bild vom Geschehen machen. Und das, was geschehen war, war einfach unglaublich: Es erwies sich, daß in dem streng geheimen und nicht weniger streng bewachten »Sonderobjekt A-17« ein geheimer Rundfunksender funktioniert hatte, der eine regelmäßige Verbindung mit Berlin, natürlich nicht mit dem Stab der Wehrmacht, sondern mit anderen Stäben, du verstehst, was ich meine, unterhalten hatte. Das Gerät in Form eines Werkzeugkastens mit elektronischem Inneren war eine Eigenproduktion von Stachowicz mit den goldenen Händen. Man hatte es im Kokshaufen der Schmiedewerkstatt versteckt gehalten. Nach mehreren Monaten erfolgreicher Arbeit hatte man es jedoch mit der neuen deutschen Erfindung »Peilgerät« erfaßt und mit genialer Genauigkeit bestimmt, wo es sich befand. Den Rest kennst du. Was mein blamierter Vorgesetzter Brückner nicht begreifen konnte, war die Art und Weise, wie die Bauteile, die Lampen und die verschiedenen Kondensatoren und Widerstände ins Lager gelangt waren. Was den Widerstand, nicht im elektrischen, sondern im politischen Sinn des Wortes betrifft, so wußte ich zumindest über ein Päckchen Bescheid, das mir ein deutscher Lokführer übergeben hatte. Der Gedanke daran ließ das Blut in meinen Adern erstarren. Denn falls die Verhafteten den Mund aufmachten, so dachte ich, würde ich erledigt sein. Und bei der Gestapo hätte ich mir zweifellos in die Hosen gemacht.

Kurze Zeit später erhielt ich in einer meiner schlaflosen und von Ängsten erfüllten Nächte erneut Besuch von Rabbi Bendavid.

»Hast du Angst?« fragte er.

»Ja, ich habe Angst«, gab ich zu.

»Daran zweifele ich nicht im geringsten. Hoffen wir, daß

sie den Mund nicht aufmachen werden. Und dann wird man dich nicht verhaften, wodurch dir die einzige Möglichkeit deines Lebens entgehen wird, ein Held zu werden. Auch du würdest in der Gestapo nicht den Mund aufmachen, mach dir da keine Sorgen, aber nicht, weil du stark bist, sondern weil es nichts gibt, was du ihnen sagen könntest. Schließlich läßt sich der Lokführer nicht mehr an der Rampe blicken. Hoffentlich hat er sich rechtzeitig aus dem Staub gemacht. Ihn kannst du folglich auch nicht verraten. Du kannst also ruhig schlafen.«

»Hat es sich wirklich gelohnt«, sagte ich, »daß sich drei Menschen für etwas mit zweifelhaftem Nutzen opfern, etwas, was nicht einmal einen Kratzer auf der Farbe eines ihrer Panzer hinterlassen und auf keine Weise über den Ausgang des Krieges entscheiden wird?«

»Wer hat dich belogen«, sagte der Rabbi, »daß es nicht darüber entscheiden wird? Dieser Werkzeugkasten ist die Überwindung der Angst, ein Aufbegehren gegen die sklavische Schicksalsergebenheit, ein Widerstand gegen die Versuchung des Konformismus. Sind diese Leute, die Verhafteten oder der deutsche Lokführer, nicht die Säer des Glaubens daran, daß das Licht nicht für immer verloschen ist und die Männer in Europa nicht ausgestorben sind?«

»Ich weiß, daß ich schwach bin, und bin bereit, dafür zu büßen«, sagte ich. »Aber sind das nicht nur Säer von Wind? Was bedeutet ein kläglicher Rundfunksender Marke Eigenbau, vergraben im Kokshaufen der Schmiedewerkstatt, im Vergleich zur Macht ihrer Armeen?«

»Soll ich dir sagen, was er bedeutet: Er ist der Starrsinn des Sklaven und eine Herausforderung des nicht personifizierten tötenden Stahls. Ich will es dir sagen: Er ist nichts und alles, ein Stinkefinger gegen den Führer, aber auch ein Beispiel, das der Schwache braucht, um zu glauben, daß die Welt verändert werden kann. Dann wird das, was an den Toren der Konzentrationslager geschrieben steht, ›*Jedem das Seine*‹, einen neuen Sinn bekommen und in Erfüllung gehen. Amen und Schabbes Schalom, Itzik!«

Trotz des Gefühls, die ganze Nacht kein Auge geschlossen

zu haben, wurde ich durch das erbarmungslose Scheppern des Stücks Eisenbahnschiene geweckt, das die Geburt eines weiteren Lagertages bekanntgab.

5

Es gibt ein Naturgesetz, das sowohl von der Wissenschaft als auch von den Wahrsagerinnen bestätigt wird. Demzufolge kennt die allumfassende Gemeinheit keinen Ruhetag. Mit anderen Worten, wenn dir ein Unglück zustößt, so wisse, daß es nicht allein kommt, ihm werden andere folgen, so wie die Entlein hinter ihrer Mutter hertrippeln. In unserem Fall war es anscheinend ein besonderes Fiasko, weil unser »Sonderobjekt« als ein Hauptfaktor der nationalen Sicherheit angesehen wurde, die solide auf dem Fundament des streng bewachten Geheimnisses steht. Von einiger Bedeutung war ebenfalls eine einsame Flugzeugbombe, von der man nicht wußte, ob der zerstreute Amerikaner sie zufällig oder absichtlich hatte fallen lassen, und die an die zwanzig Meter neben der Dreherwerkstatt einschlug, die Glasscheiben der umliegenden Baracken bersten ließ und, militärstrategisch gesehen, ein Loch ins Meer bohrte. Die entsprechenden Instanzen erblickten auch in dieser Bombe ein schlechtes Vorzeichen und einen Verrat, was die Bereinigung unseres Kollektivs von giftigem Unkraut dringend notwendig machte.

So kam es, daß die polnische Volksgruppe, also fast die Hälfte der Insassen des Lagers, auf dem Appellplatz vor der Kommandantur antreten mußte, während die andere, die sowjetische Hälfte, in den Werkhallen blieb, um die Produktionstätigkeit aufrechtzuerhalten. Da ich zumindest laut Dokumenten ein reinrassiger Pole war, fand ich mich unter den Angetretenen wieder. Zu meiner Verwunderung wußte nicht einmal Oberleutnant Brückner, welchen Sinn der telefonisch durchgegebene Befehl hatte und welchen Zweck er verfolgte.

Wir standen also auf dem Appellplatz, und es schien, als würde das Radieschen auf der Holzveranda vor der Baracke die Siegesparade abnehmen. Er blickte häufig auf seine Armbanduhr, selbst irritiert über die Verspätung der Parade, simulierte dabei aber Informiertheit und Selbstbewußtsein, indem er uns von Zeit zu Zeit dazu anhielt, still zu sein. Die Gerüchteagentur, über die jedes ordentliche Lager verfügt, hatte selbstverständlich unverzüglich ihre Tätigkeit aufgenommen. Und wer sich dafür interessierte, konnte dem Flüstern, das sich in den Reihen breitmachte, entnehmen, daß man uns wahrscheinlich freilassen würde.

Doch nichts war weiter von der Wahrheit entfernt als diese Vermutung. Nachdem wir eine halbe Stunde lang auf unsere Freilassung gewartet hatten, den Lohn für unseren ehrlichen Dienst am Reich, erlebten wir, wie zwei wütende hohe SS-Tiere auf den Platz stürmten und unserem völlig verwirrten Kommandanten mit einer für seinen Rang absolut unangebrachten Rigorosität einen schriftlichen Befehl in die Hand drückten. In seiner sensiblen Seele zutiefst gekränkt, ordnete Oberleutnant Brückner daraufhin mit dumpfer Stimme an, daß wir uns abzählten. Nachdem wir das getan hatten, schritten die beiden aufgeblasenen SS-Männer schnell unsere Reihen ab, warfen uns finstere und böse Blicke zu und zogen jeden Zehnten einen Schritt vor die Reihen.

Jetzt wirst du dich sicher wundern, aber auch ich war einer dieser Zehnten – wie gesagt, wenn Jehova, gerühmt sei sein Name, es so bestimmt hat, daß dir Unannehmlichkeiten zustoßen, so gibt es keinen Weg, ihnen zu entgehen.

Die Sache war die, daß man irgendeinen ihrer hohen Vorgesetzten in Warschau auf der Straße erschossen hatte, und jetzt brauchte man hundert Polen als Geiseln. Du verstehst: Wenn die Mörder sich bis zu dem und dem Datum um punkt so und so viel Uhr nicht selbst stellen, wird man die hundert Polen im Zuge der legitimen und völlig verständlichen Vergeltung erschießen. Jetzt frage ich dich angesichts der Situation: Was war nun besser – Pole zu bleiben oder zuzugeben, daß ich Jude bin? Auf diese Frage gibt es keine Antwort, denn in diesem wie in jenem Fall ging ich, wie man so sagt, verschütt. Ich persönlich hätte es jedoch vorgezogen, ein polnischer Jude zu sein, der die U-Bahn in New York fegt. Mein Chef, der Oberleutnant Immanuel-Johannes Brückner, das muß ich zu seiner Ehrenrettung sagen, versuchte mich da herauszuholen. Er erklärte, er brauche mich in der Amtsstube und so weiter. Aber nichts half, und die New-Yorker U-Bahn war leider nur ein reiner Jugendtraum und weit entfernt von der düsteren Oranienburger Realität.

So stopfte man uns hundert Leute wie Streichhölzer in die ohnehin überfüllten Gemeinschaftszellen eines Gefängnisses, eines finsteren Gebäudes aus unverputzten Ziegelsteinen irgendwo in Berlin. Dort gab es Juden und Zigeuner, Montenegriner sangen traurige Lieder, es gab Schwule und andere für das Reich schädliche Subjekte. Da wir die in der Küche nicht eingeplanten hundert Polen waren, die die Gefängnisverwaltung nun urplötzlich am Halse hatte, vergaß man, uns etwas zu essen zu geben. Vielleicht sogar in der Hoffnung, daß das überhaupt nicht nötig werden würde. Von dem schweren und mit Aufregung ausgefüllten Tag erschöpft, leidgeprüft durch die Fahrt in Lastwagen, in denen es so eng war, daß wir uns nicht einmal hinsetzen konnten, schlief ich schon bald zusammengerollt auf dem Fußboden ein. Pritschen gab es nicht, von jenem gesegneten eisernen Bett in der Amtsstube ganz zu schweigen.

Und jetzt höre, mein Bruder, was sich da zutrug: Ich träumte, daß ich mich in meinem heimatlichen Kolodez befinde, auf einer jüdischen Hochzeit. Ich spielte Geige, und der Rabbiner Schmuel Bendavid beschnitt kichernde Judenkinder. Alle waren wir glücklich und sangen jüdische Lieder. Gute Nachbarn in Kaftanen, die mein Vater genäht hatte, klatschten im Takt in die Hände, und in der Mitte des Kreises aus Menschen tanzten der alte Postmann Awramczyk und Esther Katz Krakowiak, wobei sie mit ihren schweren Schuhen aufstampften.

Wie sich herausstellte, kam das Stampfen nicht von den Schuhen. Die Wächter schlugen mit Schlüsseln an die sich krachend öffnenden Zellentüren und riefen: »Juden raus!« Und ich Vollidiot, noch benommen und verstört, vergaß auf einmal völlig, daß ich der polnische Pan Hendryk Brzegalski war, der Portier der Augenklinik in Lwow. Verwirrt von der fröhlichen galizischen Hochzeit, trat ich zusammen mit den anderen Juden aus der Zelle. Der von nackten Glühbirnen beleuchtete, endlose Korridor füllte sich mit erschrockenen und schlaftrunkenen Menschen aus den Nachbarzellen, und ich war, glaube ich, der einzige, der keinen gelben Stoffstern auf der Brust trug. Ich begriff alles viel zu spät. Ich versuchte, das Mißverständnis aufzuklären, zeigte sogar meine polnische Kennkarte vor. Aber die Türen wurden schon wieder geschlossen, los, los und schneller gefälligst! In solchen Fällen helfen keinerlei Dokumente. Ich hatte gestanden, daß ich Jude bin, indem ich aus der Zelle getreten war, und die Wächter teilten offensichtlich die Ansichten des sowjetischen Staatsanklägers Wyschinski, daß das Geständnis, sei es nun ein freiwilliges oder auf irgendeine Weise abgepreßtes, die Königin der Beweise ist.

Es hatte keinen Sinn, sich meinem Schicksal zu widersetzen, denn, wie heißt es doch: Jude zu sein ist ein lebenslängliches Urteil ohne Recht auf Begnadigung!

Erneut in einen Viehwaggon verfrachtet, erfuhr ich, daß man uns ins Lager Flossenbürg in der Oberpfalz deportierte, wo eine Typhusepidemie ausgebrochen war. Von uns verlangte man, daß wir uns um unsere gestorbenen Schicksalsgefährten kümmerten. Wie mitfühlend! So wurde uns das Problem zumindest vom Chef des Transportes erklärt, irgendeinem Gruppensturmführer, um Panik und Fluchtversuche zu verhindern. Unser Weg führte uns also mit anderen Worten in den sicheren Tod in der Typhusapokalypse Flossenbürgs. Daran bestand nicht der geringste Zweifel.

Und jetzt möchte ich dich, Bruder, erneut daran erinnern, daß der Mensch wie eine wehrlose Ameise in den machtvollen und unumkehrbaren Spielen des Schicksal ist, und daß es ihr, der Ameise, nicht gegeben ist, darüber zu urteilen, ob das Unglück, das sie ereilt hat, eine Strafe Gottes oder eine seiner heimlichen Liebkosungen ist. Denn in derselben Nacht wurden die restlichen neunundneunzig polnischen Geiseln aus dem »Sonderobjekt A-17« erschossen. Das habe ich nach dem Krieg erfahren. Die in dem sorgfältig angelegten Register geführte hundertste Geisel hatte man nicht entdecken können. Das war ich, Isaak Jakob Blumenfeld, der in diesem Moment in die ferne Oberpfalz transportiert wurde.

6

Eine völlig abgekämpfte und ausgelaugte Meute, umkreist von Soldaten mit Hunden – in dieser Verfassung durchquerten wir das von zwei quadratischen Backsteintürmen gerahmte Lagerportal. Über unseren Köpfen hing ein Metallbogen mit der sakralen Inschrift »*Jedem das Seine*«.

Und jetzt bitte ich dich, mir die Erinnerung, die wie ein hundert Tonnen schweres Stück Gußeisen auf meinem Herzen lastet, zu ersparen. Verzichten wir auf die Beschreibung der Hölle, in die wir geraten waren! Viele haben sie vor mir beschrieben, und das sicher besser, als ich es könnte. Die Zeiten der ersten, erschütternden Enthüllungen sind vorbei, und auch jene Wellen des Schreckens, die das Gewissen der Welt nach dem Krieg wie eine Springflut überspülten, sind abgeebbt. Millionen Meter Film- und Fotostreifen wurden vorgeführt, Berge von Gerichtsakten und Memoiren, in denen jeder sein Stückchen Wahrheit durch das Schlüsselloch des von ihm selbst Erlebten erblickte, haben sich angehäuft. Das Ordnen von Geständnissen bereuender und die Ausflüchte nichts bereuender Henker in numerierte Protokolle und des erstickten Weinens überlebender Opfer in Stenogramme ist zum Beruf geworden. Aus ihm, diesem Weinen, haben manche ein beeindruckendes und unsichtbares Pantheon des Holocaust errichtet. Andere haben sich daraus ebenso beeindruckende, aber ganz reale Villen mit Swimmingpool und zwei Satellitenantennen gebaut. Worte wie »Zyklon-B«, »Gaskammer« oder »Endlösung« haben allmählich ihre dämonische Unwirklichkeit verloren und sich in einen alltäglichen Bestandteil von beschaulichen Zeitungsartikeln anläßlich von Jahrestagen verwandelt. Kurzum, erspare mir bitte die Vollständigkeit der Schilderung, die Eliezer Pinkus, Friede seiner Asche, in den Stunden für Aufsätze nach freien Themen von uns forderte. Erspare mir, Dinge zu wiederholen, die dir schmerzlich bekannt sind und womöglich zum Halse heraushängen.

Es genügt, wenn ich dir sage, daß der Typhus die Ausmaße einer Pandemie erreicht hatte und die Lagerleitung nicht mehr ein und aus wußte, weil das Lager Flossenbürg rein technologisch nicht auf eine solche Flut von Leichen vorbereitet war. Es war bei weitem nicht so vollkommen wie die großen Todesfabriken in Polen. Dadurch war es notwendig geworden, Scheiterhaufen von menschlichen Körpern zu errichten, um deren Größe die Heilige Inquisition in der glanzvollsten Periode ihrer Existenz das Lager beneidet hätte. Die Arbeit wurde durch Benzin, vermengt mit verbrauchtem Motorenöl, vollendet, wobei sich riesige Säulen rußigen Rauches bis in die jenseitigen Welten erhoben, damit man auch dort erfuhr, wie weit jenes Amphibium, das einst in der Höhle kroch und sie dann, bereits als Zweibeiner, verließ, um das Bildnis der Mona Lisa zu malen und die Neunte Sinfonie zu komponieren, in seiner Evolution fortgeschritten war. Die nicht vollständig verbrannten Überreste wurden mit Planierraupen in riesige Gräben gewälzt, und die sandige Erde bedeckte diskret und für immer Schicksale, Lachen, Ambitionen, Hexenschuß, ich liebe dich, welche Zensur hast du in Erdkunde bekommen oder was schreibt Tante Lisa. Lebt wohl, Brüder, und Friede eurer Asche!

Zusammen mit drei Juden aus Zagreb schob ich einen zweirädrigen Karren mit Leichen. Dabei handelte es sich gewissermaßen um aufgestapelte Skelette. Über den hölzernen Rahmen des Karrens ragten Arme und Beine wie abgebrochene Baumzweige in die Luft. Am furchtbarsten war, daß ich mich schon bald in einen abgestumpften Lastenträger verwandelte, der kein Entsetzen mehr verspürte und sich so an seine Arbeit gewöhnte wie meine ehemaligen Lagerkameraden im »Sonderobjekt A-17«, die die Loren mit den Gußeisenstücken geschoben hatten.

Und doch war meine Seele wohl noch nicht ganz gestorben, denn dort, in diesem höllischen Gewühl von Kranken, Sterbenden und Toten, inmitten des Gestöhns und des Gestanks begegnete ich – ich schwöre, daß es der Wahrheit entspricht – meinem lieben, teuren Rabbi Schmuel Bendavid. Das letzte Quentchen Gefühl, das wie durch ein Wunder in den Falten meiner von Gleichgültigkeit verwüsteten Seele überlebt haben mußte, blühte auf wie eine Pfingstrose. Er hatte die Rolle eines Arztes übernommen, der machtlos war, der niemanden heilte, aber er war imstande, das Leid zu mildern. Mal mit einem freundlichen Wort, mal mit einem nassen Umschlag oder einem guten alten Gebet. So konnten wir uns inmitten der Todgeweihten – wir selbst waren ebenfalls dem Tode geweiht – ab und zu kurz sehen. Ich weiß nicht, ob mir unsere flüchtigen Begegnungen mehr Freude oder mehr Leid bereiteten. Der Rabbi hatte Dinge erlebt, die ich, wenn ich ein Schriftsteller wäre, in einem Roman für sich beschreiben würde. Er war bis in unser besetztes Kolodez vorgedrungen, um dort zu erfahren, daß man alle, buchstäblich alle unsere Lieben deportiert oder noch dort, in jener Schlucht über dem Fluß, die ich so liebte, erschossen hatte. Was aus Sarah und den Kindern geworden war, wußte er nicht. Er konnte es auch nicht wissen, denn statt Rettung in Richtung Osten zu suchen, schlug er sich bis nach Warschau durch, wo er versuchte, zu den im Stadtviertel Muranow, mit anderen Worten, zu den im Warschauer Ghetto Eingeschlossenen und um Leben und Tod Kämpfenden vorzudringen. Dabei hatte man ihn dann verhaftet. Gerettet wurde er durch das gefälschte Dokument, das ihn als polnischen Arzt und Hauptordinator auswies. Als solchen hatte man ihn hierhergebracht, damit er denen half, die in seinen Armen starben.

Von Rabbi Bendavid, der selbst nur Haut und Knochen war, erhielt ich Kraft oder, wie er früher sagte, zwei Hände voll Hoffnung wie Quellwasser. Von ihm erfuhr ich, daß die Alliierten bereits in Europa waren und die Sowjetarmee die Oder überschritten hatte und unserem einstigen Weg ins Herz des tausendjährigen Dritten Reiches folgte.

»Das Rachegefühl«, sagte der Rabbi einmal, als er sich aufrichtete, nachdem ihm ein Lagerinsasse unter den Händen weggestorben war, »ist dem Glauben an das Gute fremd und muß aus dem Herzen der Menschheit verbannt werden, obwohl jetzt seine unwiederbringliche Stunde schlagen wird. Möge Jehova jedoch unseren Seelen sieben Tage, nur sieben Tage geben, damit Tote wie Lebende Ruhe finden können. Sieben schlimme Tage, sieben feurige Reiter der Vergeltung und jedem das Seine! Und ich werde dafür beten, daß Gott all jene segnet und ihnen vergibt, die Aug um Auge und Zahn um Zahn, Leben um Leben und Tod um Tod wünschen werden! Aber sieben Tage! Danach mag Asche alles bedecken, und über der Asche mag Gras wachsen. Denn es müssen wieder Kinder geboren werden, und sie müssen in Güte und Frieden zur Welt kommen, und die Säer müssen wieder reines Korn für das Brot der Menschen säen. Aber vorher möge das Gesagte in Erfüllung gehen – und jedem das Seine. Amen!«

So sprach der ehemalige Vorsitzende des Klubs des Atheisten in Kolodez bei Drogobytsch, Rabbi Schmuel Bendavid. Und seine guten Augen waren aufgerissen, sie waren furchterregend und böse geworden. In seinen Armen lag dabei das tote Wrack eines Menschen, und diese Worte waren vielleicht ein Schwur und ein Gebet für den Frieden seiner Seele.

7

Die Welt ist voller Überraschungen, und wenn das nur angenehme wären, wäre ihre Erschaffung ein herrlicher und lobenswerter Einfall des Herrgotts gewesen. Aber leider ist es nicht immer so, unsere Welt – der Schöpfer mag mir verzeihen – hat ziemlich viele Poren und Risse, obwohl weder Polen noch Russen unmittelbar an ihrer Anfertigung beteiligt waren. Eine unangenehme Überraschung, wie eine kleine Pore in der Vollkommenheit des Universums, brachte der Augenblick, in dem uns, die wir den mit Leichen überfüllten zweirädrigen Karren schoben, eine Stimme auf deutsch hinterherrief: »He, ihr dort, halt!«

Die drei Männer aus Zagreb und ich blieben augenblicklich wie angewurzelt stehen. Das blinde Befolgen jedes Befehls, der von wem auch immer auf deutsch ausgesprochen wurde, war im Lager ein unumstößliches Gesetz. Und es gab noch eine Regel, an die wir uns seit langem gewöhnt hatten und die uns zur zweiten Natur geworden war oder so etwas wie das nicht abwaschbare schwarze Spinngewebe auf den Händen des Vorarbeiters Stachowicz. Sie bestand darin, den Blick auf die Stiefel des Vorgesetzten zu richten und ihm niemals in die Augen zu sehen – ein Privileg, das wir wegen des Zweifels gelehrter Anthropologen an der Vollwertigkeit unserer Rasse oder sogar daran, ob wir überhaupt zur Gattung des Homo sapiens gehörten, nicht verdient hatten.

»Du!« sagten die Stiefel. »Sieh mich an!«

Alle vier führten wir diesen Befehl aus. Vor uns stand ein stämmiger, ziemlich massiger Sturmführer, nicht mehr der Jüngste, und zeigte mit dem Finger auf mich. »Du! Komm her, aber nicht zu nahe! Ihr drei macht weiter! Dalli, dalli, dalli!«

Ich näherte mich auf einen ungefährlichen, sozusagen sterilen Abstand. Die drei schoben mit Mühe ihre Last weiter, und ich starrte wie ein Rindvieh auf die Spitzen der geputzten Stiefel und erwartete gleichmütig einen neuen Schlag des Schicksals, für das ich schon längst nicht mehr als eine Boxbirne war.

»Woher kenne ich dich?« fragte der Sturmführer.

Ich sah ihn wieder an, er kam mir unbekannt vor. Ich zuckte mit den Schultern.

»Ich weiß es nicht, Herr Sturmführer.«

Er dachte nach, zog die Brauen zusammen, und dann klärte sich sein Gesicht auf.

»Natürlich, jetzt weiß ich es wieder! Wenn sich jemand aus meiner Kompanie in meinem Gedächtnis festgesetzt hat, dann für immer. Warst du nicht jener widerliche jüdische Bastard, der im Ersten Weltkrieg Zicken machte und Flugblätter verteilte? Erinnerst du dich an Oberst Schauer? Und an deinen Feldwebel? Schau mir in die Augen!«

Mein Gott, Zuckerl! Wie sollte ich ihn nach so vielen Jahren wiedererkennen, zumal er sich seine Koteletten à la Franz Joseph, so mächtig wie das österreichisch-ungarische Reich, abrasiert hatte und über seiner Oberlippe jetzt nur ein kleines haariges Quadrat, Modell »Mein Führer«, klebte! Zu meinem ganzen Jammer gesellte sich nun auch noch dieses Unglück. Ich stand, wenn du dich erinnerst, im emotionalen Mittelpunkt, gewissermaßen im Epizentrum seiner Bosheit, die von seinem völlig unbegründeten Verdacht herrührte, daß ich die Kapitulation unserer unbesiegbaren Armeen im Wald der Compiegne persönlich unterschrieben hätte, in demselben einsamen und in ein Museum verwandelten Eisenbahnwagen, in dem sich die Franzosen in diesem Krieg ihrerseits in die Hosen geschissen hatten, trotz der ausdrücklichen Anordnung, derlei dürfte nur verrichtet werden, wenn sich der Zug in Fahrt befände. Zugleich hatte ich, wenn du dich erinnerst, eigentlich gar nichts mit den Flugblättern von Esther Katz zu tun. Meine Unschuld war sogar von der Polizeiobrigkeit bestätigt worden. Doch Zuckerl hatte offensichtlich Recht, als er sagte, daß etwas, das einmal in den Falten seines Gehirns hängengeblieben war, für immer dort verblieb

Sicher erkannte er an dem Funken, der in meinen Augen aufblitzte, daß mir eingefallen war, wer er war, denn mein ehemaliger Feldwebel riskierte sein Leben, streckte den Arm aus und kniff mich in die pergamentdünne Haut, die sich auf meiner Wange spannte.

»Bist du aber süß! Los, mir nach!«

Er befahl das mit einem eisigen und bösen Blick, machte eine Handbewegung und drehte sich abrupt um, ohne auch nur einen Augenschlag darauf zu verschwenden, ob ich ihm folgen würde – das verstand sich von selbst. In meinen aufgeplatzten Schuhen, die seit langem keine Schnürsenkel mehr hatten, so daß die Laschen heraushingen, zottelte ich hinter ihm her. Meine grauen Drillichklamotten, ein Überrest aus den Sternstunden in Radieschens Amtsstube, waren längst nur noch Lumpen, die ich zur Schande des Schneiderateliers »Mode parisienne« hier mit einem Bindfaden und dort mit einem Stück Draht zusammengebunden hatte. Und ich trug darauf das obligatorische gelbe Stoffdreieck, das ich von den Sachen eines Toten abgetrennt hatte, selbst fast schon ein Toter, der sich nicht mehr daran erinnern konnte, wann zuletzt man uns ein dünnes, säuerliches Spülwasser aus faulen Kartoffeln und Kohl zu essen gegeben hatte.

Lange Zeit stolperte ich hinter meinem mit großen und kräftigen Schritten ausschreitenden ehemaligen Feldwebel her, im vollen Bewußtsein, daß das der letzte Abschnitt meines Weges, genannt Leben, sein würde. Schließlich blieb Zuckerl vor einem langen, einstöckigen Backsteingebäude mit einer Vielzahl von Türen stehen. Er suchte einige Zeit in seiner Hosentasche nach dem Schlüssel. Erst danach warf er mir seinen unverändert bösen Blick zu und machte mir stumm mit dem Kopf ein Zeichen, ihm zu folgen.

Nein, das war kein Karzer oder eine Gaskammer, wie du jetzt vielleicht denken wirst, sondern eine ganz gewöhnliche Amtsstube. Zuckerl setzte sich an den mit Papierkram überhäuften Schreibtisch unter dem Führerbild. Ich blieb in gleichgültiger Erwartung des Kommenden stehen. Die Amtsstube war asketisch wie das Militär. Hier gab es nicht die geringsten Anzeichen von Radieschens Überfluß, wie zum Beispiel ein eisernes Bett oder ein Regal mit Groschenromanen, die mir über meine angloamerikanischen Nachtwachen hinweggeholfen hatten. Doch soweit ich mich an meinen ehemaligen Feldwebel erinnerte, brauchte er auch keine Romane. Seine literarischen Interessen wurden vollauf durch den Inhalt der Armeesatzung und der Dienstordnung befriedigt, und das dekorativ ans Fenster gelehnte Büchlein »Mein Kampf« hatte er sicher genau so wenig gelesen wie die meisten Christen das Evangelium und die Marxisten »Das Kapital«.

Zuckerl betrachtete mich mit düsterem Blick. Nach langem Überlegen, bei dem er wahrscheinlich versuchte, eingeschlummerte Erinnerungen zu wecken, wie es in einem Tango heißt, sagte er: »Und ihr Juden, ihr bildet euch jetzt sicher ein, daß ihr den Krieg bereits gewonnen habt? Von wegen! Ist das klar? Dich frage ich, ist das klar?«

»Zu Befehl, Herr Feldwebel ...«

»Sturmführer!«

»Zu Befehl, Herr Sturmführer, es ist klar. Wir haben den Krieg nicht gewonnen.«

»Hast du schon von der neuen Geheimwaffe des Führers gehört?«

»Keineswegs, Herr Sturmführer.«

»Du wirst davon hören.«

Er knöpfte seine Revolvertasche auf, holte aber keine Geheimwaffe heraus, sondern eine ganz gewöhnliche »Walther«-Pistole, ähnlich der Waffe, die das Radieschen besaß. Aus, dachte ich gleichgültig, das ist das Ende. Aber es war es nicht. Denn Zuckerl nahm den Lauf der Pistole in die Hand, zertrümmerte mit ihrem Griff eine Nuß und kaute ihren Kern geräuschvoll, während er mich beobachtete. Und dann sagte er plötzlich mit fast zärtlicher Stimme: »Wenn ich streng zu dir war, dann deshalb, weil du ein Mensch werden solltest. Weil ihr als Rindviecher in die Kaserne kamt, sie dann aber als Menschen verlassen solltet. Ist es nicht so?«

Ich war da etwas anderer Meinung, aber das Lager Flossenbürg war nicht der Ort für Diskussionen dieser Art, so daß ich ihm kleinmütig zustimmte: »Sehr wohl, Herr Sturmführer.«

»Na und, bist du nun ein Mensch geworden? Hast du es wenigstens bis zum Gefreiten gebracht?«

»Ich bitte um Verzeihung, aber mitnichten.«

»So? Na, wozu waren dann zwei Kriege gut, wenn ein Mann nicht mal einen Litzenstreifen bekommt? Wozu waren diese Kriege, frage ich dich! Ihr Juden seid überhaupt nur das reinste Gesindel. Ihr seid zu nichts nutze! Ist es nicht so?«

»So ist es«, gab ich bereitwillig zu.

Er warf mir einen verächtlichen, sogar leicht angeekelten Blick zu, weil auch ich zu diesem Gesindel gehörte – ein zerlumpter und dreckiger, wahrscheinlich nach Leichen und Karbol stinkender Halbmensch mit ergrauten Strähnen im rötlichen Bart, an dem eingetrocknete Kohlreste klebten.

Genau an dieser Stelle geschah etwas, das ich am wenigsten erwartet hatte: Zuckerl öffnete die Seitentür seines

Schreibtisches und warf erbost ein schwarzes Roggenbrot, quadratisch wie ein Ziegelstein, auf die Aktenhefter und darauf ein ansehnliches Stück geräucherten Specks.

»Nimm das und verschwinde! Und wenn du mir noch einmal unter die Augen kommst, dann schicke ich dich, du weißt schon, wohin!«

Ich konnte es mir annähernd denken, unternahm jedoch nicht einmal den Versuch, ihm heldenhaft Würde oder Unbestechlichkeit vorzuspielen, sondern verbarg den unerwarteten Schatz schnell unter meiner zerlumpten Jacke und verschwand, wie man es mir befohlen hatte.

Auch wenn ich mich jetzt schäme, muß ich dir sagen, daß ich meine Errungenschaft ganz heimlich nur mit meinem Rabbi teilte – wir zerpflückten alles in kleine Stückchen, versteckten sie in unseren Hosentaschen, auf den Pritschen oder wo es sonst noch ging, und aßen sie dann Krümel für Krümel auf. Mit Ausnahme jener Portionen, die wir den Ratten überlassen mußten, von denen es im Lager nur so wimmelte. Im Gegensatz zur Außenwelt, wo die Menschen in Gemeinschaften lebten, aber jeder für sich allein starb, starben wir hier gemeinsam, aber jeder überlebte für sich allein. Ich schäme mich, das zuzugeben, doch so war es sowohl bei uns Menschen als auch bei den Ratten.

Ich weiß nicht, ob dir auch klar geworden ist, was für eine Todsünde wir begingen, indem wir den von unserem Glauben verbotenen Speck aßen! So war es, das gebe ich aufrichtig zu, und am Tag des Jüngsten Gerichts werden wir uns vielleicht dafür verantworten müssen, daß wir unser elendes Leben über das Testament gestellt haben. Aber war schließlich nicht auch der Rabbiner Ben Zwi der gleichen sündhaften Verlockung erlegen, der sich umschaute und dann in einen christlichen Wurstladen schlich. Als er dort den rosafarbenen, saftigen Prager Schinken sah, hatte er gefragt: »Was kostet ein Kilo von diesem Fisch?« – »Das ist Schinken, mein Herr«, sagte der Metzger. – »Ich frage Sie nicht, wie der Fisch heißt, sondern was er kostet!«

Der Sturmführer Zuckerl hatte mir befohlen, ihm nie mehr

unter die Augen zu kommen. Und doch geschah es, einige Zeit später, als ich ihn am Wachturm hängen sah und die amerikanischen Panzer das Portal mit der bogenförmigen Inschrift »Jedem das Seine« zermalmten. Ich weiß nicht, ob Zuckerl sich selbst erhängt oder ob ihn jene von Rabbi Bendavid beschworene Vergeltung der sieben schlimmen Tage ereilt hatte. Jedenfalls hatte ich das Brot und das Stück Speck nicht vergessen, die uns vielleicht geholfen hatten zu überleben, und sprach ein Gebet für seine Seele.

8

Rabbi Bendavid und ich umarmten uns und weinten – zwei Schatten, die einst Menschen gewesen waren, mit herabhängenden Lumpen, die einst Kleider gewesen waren. Und hinter dem Backsteinturm kotzte ein junger amerikanischer Soldat. In seinem heimatlichen Oklahoma hatte er nie solche Berge von halbverbrannten und noch rauchenden menschlichen Leichen gesehen. Vermutlich übergaben sich zur gleichen Zeit irgendwo bei Treblinka, Auschwitz oder Majdanek sowjetische Soldaten, die Maxim Gorkis Worten »Ein Mensch, wie stolz das klingt« geglaubt hatten.

Das Lager war voller amerikanischer Krankenschwestern und Nonnen von irgendeinem Samariterorden. Sterbende wurden auf Bahren fortgetragen. Hier und da wurden verhaftete SS-Männer abgeführt. Filmkameras surrten, und Fotoapparate klickten.

Ein amerikanischer Major kletterte feierlich auf seinen Panzer, um uns etwas sicher Wichtiges und Pathetisches mitzuteilen. So sah er jedenfalls aus. Aber ich hörte ihn nicht – mein Gehirn wurde von kalter Finsternis erfüllt, und ich stürzte auf die Erde. So ist es, die Widerstandskraft ist ein großes Geheimnis. Sie verbirgt sich nicht in biologischen Gesetzen, die die Zelle lenken, sogar im Gegenteil, sie widersetzt sich ihnen und gehorcht ganz anderen, irrealen, metaphysischen Eigenschaften der Seele oder, wie sich der Rabbi ausdrücken würde, dem Eigensinn. Ich habe von Menschen mit schwer heilbaren Krankheiten gehört, wie zum Beispiel Malaria oder Ohnmachtsanfällen, die bei einer ungeheuerlichen körperlichen und emotionalen Anspannung und trotz extremer Erschöpfung ihres Organismus kein einziges Mal von den Symptomen ihres Leidens heimgesucht wurden, welche sonst, so regelmäßig wie ein Uhrwerk läuft, eintraten. Doch am ersten Tag, an dem das Portal des Lagers oder des Gefängnisses sich hinter ihnen geschlossen hatte, brachen diese Menschen zusammen, und alles begann von neuem, so, als hätte ihnen ihre Krankheit nur mitleidsvoll ein wenig Urlaub gegeben, sich dann in die Hände gespuckt und frisch an die Arbeit gemacht – dann kam die seit Jahren erste Ohnmacht, oder die Malaria mit dem exotischen Namen »Terziana« erinnerte sich daran, daß sie dir schon lange nicht mehr mit ihren Fieberanfällen zugesetzt hatte, die an und für sich so regelmäßig waren wie die Meeresgezeiten und bei denen du ein Ei auf der Handfläche braten konntest. Soviel über die Dickköpfigkeit der Seele, auf die ich etwas später noch einmal zurückkommen werde.

Ich öffnete die Augen, ohne meinen Kopf zu bewegen: Ich befand mich in einer gelben Wolke. Buchstäblich aus allen Richtungen strömte Licht auf mich ein, und von diesem Licht schmerzten meine Augäpfel, alles tat mir weh, jede Fiber, jedes winzige Atom meines Körpers. Ich versuchte, meine Hand zu heben, um mich vor diesem gelben Lichtschein zu schützen. Aber ich konnte sie nicht bewegen, sie war schwer wie Blei.

Dann erblickte ich mich, du wirst es nicht glauben, aber ich schwöre, daß es so war, ich sah mich von der Höhe des quadratischen Backsteinturms aus, an dem noch das Stück Kabel baumelte, an dem vorher (wann vorher: gestern, voriges Jahr, im vorigen Jahrhundert?) der Körper des Sturmführers Zuckerl gehangen hatte, ich sah mich auf einem Feldbett in einem riesigen gelborangfarbenen Sanitätszelt mit zwei roten Kreuzen liegen. Wie konnte ich gleichzeitig oben auf dem Turm sein, mich von Zuckerls Blickpunkt aus sehen, und auch drinnen im Zelt? Ich weiß es nicht, aber so war es – ich sah meinen unbeweglichen und schweren Arm, der mit einem Riemen an das Feldbett gebunden war. Durch ein durchsichtiges Röhrchen tropfte etwas Glänzendes und Gelbliches in meine Venen. Vielleicht kam das von dem gelben Licht, das von überallher strömte, vielleicht war das auch die Farbe des Lebens, ich wußte es nicht.

Erst als die Dinge allmählich wieder reale Umrisse annahmen und ich meinen Kopf bewegen konnte, verließ ich den Turm und sah Rabbi Bendavid, der auf einem Klappstuhl saß und mich voller Sorge betrachtete.

»Wie geht es dir?« fragte er.

Ich bewegte meine aufgesprungenen Lippen, als Zeichen, daß ich ihn gehört hatte, daß ich da war, daß ich lebte, aber ich konnte keinen Ton hervorbringen. Der Rabbi feuchtete einen Lappen in einem Aluminiumbecher an und betupfte mir damit die Lippen und danach auch meine fieberheiße Stirn. Ich streckte meinen freien Arm aus und legte meine Hand auf sein Knie, das in einer zerlumpten Drillichhose steckte. Wahrscheinlich tat ich das, weil ich nach Sicherheit und einer Stütze suchte. Und er, mein Rabbi, streichelte mir die Hand. Danach versank ich erneut in einer bodenlosen und unendlichen Dunkelheit.

Die Zeit verlor ihre Dimensionen, ich kann mich nicht erinnern, wie oft ich mich von der Spitze des Backsteinturms beobachtete und dann wieder ins Zelt zu meinem Körper hinabstieg. Meine zerfetzten Gedanken rutschten über die Oberfläche meines Bewußtseins wie über einen glatten Gletscher, und kein einziger konnte sich an etwas, an irgendeiner Delle festkrallen, um nicht tief unten in der Finsternis zu versinken. Und doch bewegte ich mich kriechend auf einen einzigen Gedanken zu, weil ich eine Antwort brauchte: Lebte ich noch? Und warum befand ich mich gleichzeitig oben auf dem Turm, bei Zuckerls Kabel, und unten im Zelt? Von meiner Anhöhe aus beobachtete ich teilnahmslos, wie der Arzt im weißen Kittel über seiner Armeeuniform mein Herz und meine Brust abhörte, oder den Rabbi, der versuchte, mir einen Löffel mit Bouillon zwischen die krampfhaft zusammengepreßten Zähne zu schieben. Ich aber rutschte auf dem Gletscher aus. Er war natürlich kalt, ich zitterte am ganzen Körper trotz des deutlichen Gefühls, daß ich in Schweiß gebadet war.

Eines Nachts saß ich bei gleißendem Mondschein oben auf dem Turm, und genau unter mir schwankte Zuckerl im leichten Wind hin und her und pfiff eine Melodie aus der »Lustigen Witwe«. In solchen wolkenlosen Nächten fliegen die Angloamerikaner nicht. Der Mond starrte auf mich herab, und ich fühlte mich leicht und körperlos, gut und ruhig. Wann sich mein ehemaliger Feldwebel neben mich setzte, hatte ich nicht bemerkt. Er lockerte die Schlinge um seinen Hals, klopfte mir freundschaftlich auf den Rücken und sagte: »Mann, du bist wirklich ein dreckiger jüdischer Bastard!«

Ich lachte glücklich auf: »Das bin ich!«

»Und sind wir beide jetzt tot?«

»Natürlich«, entgegnete ich ihm genauso glücklich.

»Es ist schön, tot zu sein«, sagte Zuckerl verträumt.

»Sehr sogar, Herr Feldwebel.«

»Sturmführer!«

»Ich meine, daß es wunderbar ist, tot zu sein, Herr Sturmführer. Wir beide haben viel Tod gesehen, wir haben Tod weggekarrt, Tod mit Benzin verbrannt und in der Erde vergraben. Jetzt sind wir an der Reihe, und ich finde, daß das gerecht ist.«

»Natürlich«, stimmte mir Zuckerl bereitwillig zu. »Schließlich heißt es ›Jedem das Seine‹, nicht wahr?«

Es war eine schöne und stille Nacht, doch nun mußte ich mich bei Zuckerl entschuldigen und zu meinem Körper hinabsteigen, weil man meinem Hintern eine von jenen widerlichen und schmerzhaften Spritzen verpaßte, nach denen durch mein Rückgrat Wärme in mein Gehirn strömte und ich aufwachte und giftgrüne Galle erbrechen mußte.

Ich öffnete die Augen und flüsterte: »Wasser.« Das war anscheinend das Ende sowohl meines qualvollen Schlitterns über das glatte Eis als auch der glückseligen Nächte oben auf dem Turm in der Gesellschaft des baumelnden Zuckerl. Ich blickte mich erstaunt um und sah über mir das verschwommene Gesicht von Rabbi Bendavid.

»Lebe ich noch?« flüsterte ich mit Mühe.

»Sicherlich«, sagte der Rabbi, »weil die Toten keine idiotischen Fragen stellen.«

»Aber ich war doch tot«, sagte ich.

»Fast. Aber nicht ganz.«

»Ich glaube, ganz. Denn meine Seele hatte meinen Körper verlassen und beobachtete alles von oben, von der Spitze des Turms, an dem sich Zuckerl aufgehängt hat.«

Der Rabbi lachte leise.

»Und was hat deine Seele von der Spitze des Turms aus gesehen?«

»Alles. Mich selbst und dich und die Ärzte. Und jenen Engel ganz in Weiß, mit einem weißen Heiligenschein und einem Kreuz auf der Brust, der gekommen war, mich zu holen.«

»Ai-ai, Itzik, du träumst christliche Träume!«

»Das war kein Traum«, widersprach ich.

Der Rabbi versuchte, sich an etwas zu erinnern. Dann fragte er: »Und dieser Engel, hatte der nicht vielleicht ein ganz schwarzes Gesicht?«

»Ich weiß es nicht, vielleicht. Ich habe es nicht gesehen.«

»Denn die Engel von den Baumwollfeldern in Mississippi haben schwarze Gesichter. Deiner hat sogar einen Namen, Schwester Angela, Sergeant in der Sanitätstruppe.«

»Schwester Angela ... Wenn es so ist, warum war ich dann gleichzeitig hier und oben auf dem Turm?«

»Das war ein Traum deiner Seele, Itzik. Nur ein Traum, um dir Mut zu machen. Weil jeder Sterbliche auf seine Weise eitel ist und sich wünscht, daß von ihm etwas Ewiges und Beständiges übrigbleibt – wenn nicht eine Pyramide, so doch wenigstens eine unsterbliche Seele. Aber selbst die Pyramiden wurden lange vor dem Ende der Ewigkeit ausgeraubt und demoliert. Nach dem Tod bleibt nichts, es tut mir leid. Weder bei den Menschen noch bei den Würmern, denn sie müssen ein und denselben Gesetzen des Lebens gehorchen – das hat schon der Prediger gesagt. Und jetzt schlaf, mein Junge, und hör auf, den erhängten Zuckerl zu träumen.«

Viel später, als ich wieder einmal aufwachte und mich

bedeutend besser fühlte, fragte ich Bendavid: »Wann werden wir nach Kolodez zurückkehren?«

Der Rabbi schwieg einige Zeit. Er zögerte, etwas Bestimmtes zu sagen, und antwortete schließlich: »Itzik, du mußt in ein Krankenhaus. Schwester Angela wird dafür sorgen. Nach Kolodez werde nur ich zurückkehren, vorläufig allein.«

»Du willst mich verlassen?«

»Wir alle sind in einer Kette verbunden, die Lebenden und die Toten, die Schuldigen und die Unschuldigen. Und keines der Glieder kann die Kette verlassen. Ich liebe dich, Itzik, aber ich muß zurückkehren – ich habe sieben mal sieben Rechnungen zu begleichen und sieben mal siebentausend Tote neu zu begraben. Und ich will alle Wahrheiten erfahren und alle Flüche und alle Gebete aussprechen. Welchen Sinn hätte ansonsten die Prüfung, die wir ertragen mußten? Bleib hier, ich werde dir sagen, wann du zurückkehren kannst und ob du zurückkehren sollst!«

»Aber ich muß Sarah und die Kinder finden!«

»Ich werde dir sagen, wann du zurückkehren kannst«, wiederholte der Rabbi hartnäckig, »und ob du zurückkehren sollst. Denn die Früchte umsonst gehegter Hoffnungen sind bitterer als die allertraurigste Wahrheit.«

Ich streckte meinen schwachen Arm aus, faßte die Hand des Rabbis, drückte sie, und über meine Wange rollte eine einzige einsame, heiße Träne.

Und so zogen die einen, mein Bruder und geduldiger Leser, mit den Armeetrossen nach Osten, in ihre eingeäscherten Heimatorte, andere machten sich in Richtung Westen, zu neuen Ufern auf. Wer hat die falsche Entscheidung getroffen und wer die richtige? Ich weiß es nicht. Gerecht und rein sind nur die Toten, möge Gott sie in sein unergründliches Himmelreich aufnehmen!

DAS FÜNFTE BUCH ISAAKS

»Schnat Schmita«, alles von neuem. Über die schwarze Sonne und die weißen Nächte.

I

Hast du schon einmal so einen Verrückten gesehen, der sorgfältig ein Haus baut, es verputzt, drei kleine Tannen vor seinem Fenster pflanzt, eine Gardine mit blauen Blümchen vor dieses Fenster hängt, einen Blumentopf mit Geranien auf das Fensterbrett stellt und dann, nachdem er sich an seinem Werk ergötzt hat, systematisch beginnt, alles wieder einzureißen, bis kein Stein mehr auf dem anderen bleibt? Danach erklärt er, dieser Verrückte, den Abrißtag für dieses Haus zu einem großen Familienfest und veranstaltet ein Feuerwerk am Himmel, während seine Nachbarn noch lange Zeit Ziegelsteinstücke in der Suppe finden und Mörtel ausspucken werden.

Etwas dieser Art taten auch jene Freunde, die Hitler und seinem ganzen »Mein Kampf« das Baumaterial zur Verfügung gestellt, ihm Geld für die Gardine mit den blauen Blümchen gegeben und ihm sogar den Blumentopf mit den Geranien geschenkt hatten. Sie, die Wohltäter, waren viele an der Zahl. Sie hatten ihm ihre Wohltaten mal diskreter, mal offener zukommen lassen, aber jeder mit seinen unterschiedlichen Absichten und Hoffnungen. Später wurden ihm alle böse, weil er immer öfter Ungehorsam an den Tag legte. Sie schlossen sich zusammen und rissen das Haus ein – um den Preis von 50 Millionen Toten.

So wie Mendel, der in einem Wagen dritter Klasse von Berditschew nach Odessa fuhr. Im Abteil holte er vor den Augen der neugierigen Mitreisenden einen Korb aus dem Gepäcknetz, breitete eine Serviette auf seinen Knien aus, stellte einen Teller darauf und machte sich eifrig ans Werk. Er zerlegte gekochtes Hühnerfleisch, schälte und zerhackte mit seinem Taschenmesser zwei hartgekochte Eier, zerschnitt zwei Pellkartoffeln und eine rote Rübe, fand in seinem Korb Zwiebeln, Senf, Salz und alles andere. Dann vermischte er alles gut, übergoß es mit Rapsöl aus einem flachen Fläschchen, in dem sich einst Hustensaft befunden hatte, garnierte das ganze mit einem Stengel Petersilie und ergötzte sich am Anblick seines Werks, während seine Mitreisenden gegenüber nur schluckten. Danach ließ Mendel das Fenster herab und schüttete alles hinaus, wischte den Teller ab, stellte ihn wieder in den Korb, diesen hob er zurück auf das Gepäcknetz, wo er hingehörte. Schließlich gähnte er und richtete seinen Blick auf die Telegraphendrähte.

Einer der fassungslosen Mitreisenden faßte schließlich Mut und fragte: »Entschuldigen Sie, aber was haben Sie soeben gemacht?« – »Jüdischen Salat mit Hühnerfleisch.« – »Und warum haben sie ihn hinausgeworfen?« – »Oh, auf dieser Welt gibt es nichts, was ich mehr verabscheue als jüdischen Salat mit Hühnerfleisch!«

Soweit also zu Mendel. Aber was die einstigen Investoren betrifft, die das Haus eingerissen und diesen Akt mit einem Feuerwerk gefeiert haben, so tun sie jetzt, als hätten sie von nichts gewußt. Sie haben vergessen, von wem die Idee stammte, den ehemaligen Pinsler von Wiener Barockfassaden auf jegliche Weise zu fördern und zu unterstützen und das ganze Vorgehen mit einem Stengel Petersilie zu garnieren. Und der besessene Psychopath seinerseits glaubte, daß er den Menschen einen Vogel würde zeigen können, und zwar auch denen, die ihm die drei Tannen gepflanzt hatten. Das war jedoch ein fataler Fehler jenes Anstreichers, und es entschied über den Ausgang des Märchens, auf das jetzt alle schwören, und zwar, daß sie nichts auf dieser Welt mehr verabscheuen als den Salat, den sie selbst zubereitet haben.

In diesem Sinn will ich dir jetzt ein amüsantes Rätsel aufgeben, eines von der Sorte, die man gern an einem faulen Sonntagvormittag löst: Wie es heißt, hat man für diesen ganzen Bau, inklusive der Ausstattung mit Jagd- und anderen Waffen, 270 Milliarden Dollar ausgegeben. Wenn ich davon die Kosten für meine Entlausung abziehe, auf die der Kommandant Brückner, auch als Radieschen bekannt, mich rechtzeitig hingewiesen hatte, bleibt immer noch eine Summe übrig, bei der man sich fragt, woher sie kam. Sie stammt wohl kaum aus den Ersparnissen des fetten Drogensüchtigen und Liebhabers gestohlener Kunstwerke, der später erhängt wurde. Und noch weniger aus der Mitgift des hinkenden Kulturträgers mit dem Aussehen eines professionellen Glücksspielers, der der Vergeltung entging, weil er diese Arbeit selbst verrichtete. Oder aus den Geschäften der Bormann & Eichmann Aktiengesellschaft mit Unikaten aus Menschenhaut. Woher war sie dann gekommen?

Wenn man die um das Vielfache größere Summe hinzufügt, die über tausend Milliarden liegt und für den Abriß dieses Hauses ausgegeben wurde, und das Ergebnis mit der Kubikzahl des vergossenen Blutes und des erlittenen Leids multipliziert, lautet die Frage in dieser Aufgabe weiterhin: Wer trägt die Hauptverantwortung – der Herr oder der Diener? Der Initiator oder der Ausführende? Der Exekutor oder der Finger, der auf den Abzug gedrückt hat?

Auf diese Frage existiert vorläufig nur die Antwort Abramowytschs: »Oi, oi, frag mich lieber nicht!«

Ich will dich nicht mit Rätseln von erhöhtem Schwierigkeitsgrad belästigen, zum Beispiel: Wo sind jene 17 Tonnen Gold verblieben, die allein im Lager Auschwitz von Trauringen, Zahnprothesen und ähnlichem zusammengetragen wurden, einschließlich der Ohrringe in Form glückbringender vierblättriger Kleeblätter, die man Lisotschka Weissberg zu ihrem dritten Geburtstag geschenkt hatte? Ich frage, wo sie sind, diese Spurenelemente in der unendlich größeren Zahl von Goldbarren ähnlicher Herkunft? Aber angesichts der empfindlichen Peristaltik einiger Bankiers aus benachbarten und geachteten neutralen Staaten, die in dieser Frage einen Wink mit dem Zaunpfahl sehen könnten, der den guten Ton verletzt und ihnen den Appetit an der Festtafel mit Schnepfen in Trüffelsoße verderben kann, ziehe ich sie zurück. Außerdem erwarte ich, offen gesagt, auch keine Antwort, habe es schließlich auch eilig, weil ich zur morgendlichen Untersuchung im amerikanischen Feldlazarett muß, das sich vorübergehend in dem unversehrt gebliebenen Flügel des zerbombten Benediktiner-Altersheims »St. Peter« in Salzburg befindet.

Die Sanitätsbehörden der Amerikaner hatten eine große Zahl schwerkranker, aber immer noch Lebenszeichen von sich gebender Lagerinsassen aus der Oberpfalz hierher transportiert. Die anderen, leichteren Fälle waren dort in riesigen Zelten neben dem Lager untergebracht, welche ich in meinen Halluzinationen als gelbe Lichtwolken empfunden hatte.

Von dort wurden die Überlebenden nach der entsprechenden Behandlung in die gewünschte Richtung verschickt, wie mein Rabbi Bendavid – manche nach Osten zu ihren Heimstätten, wo sie sehr oft von niemandem mehr erwartet wurden, andere, die man »Vertriebene« nannte, und das waren, wie ich dir bereits sagte, nicht wenige, zu neuen, unbekannten Ufern. Uns, die schwereren oder sogar hoffnungslosen Fälle hatte man hierher expediert und in den großen Barocksälen mit den rührenden Gipsputten untergebracht, die Girlanden aus Rosen auf den verrußten Zimmerdecken ausbreiteten und vermutlich einst die Augen der Salzburger Senioren erfreut hatten. Die Betten standen so dicht beieinander, daß die armen Ärzte und Krankenschwestern nur seitwärts an ihnen vorbeikamen. Bis zum letzten vollgestellt war auch die kleine Bühne mit ihrem Zierrahmen, von dem das Gold abblätterte, und auf der in besseren Zeiten vermutlich die kaiserliche Kapelle Seiner Majestät oder der Kollege Mozart musiziert hatten. Die auch dort keinen Platz gefunden hatten, waren in die Korridore und auf die Treppenabsätze gepfercht, und ich weiß nicht, wer mehr unter diesen unvorstellbaren Zuständen litt, die Kranken oder jene, die sie behandelten. Du hast sicher schon bemerkt, daß ich unangenehme und abstoßende Szenen nur ungern beschreibe und mich bemühe, an ihnen mit den von mir bereits erwähnten biblischen Schritten zu je hundert römischen Stadien vorbeizueilen, denn das Leben bietet dir auch ohne meine Hilfe ausreichend Abstoßendes. Aber ich kann jene Momente unseres Salzburger Daseins nicht übergehen, in denen die Sanitäter einen Toten aus dem entferntesten Teil des Saales über die Köpfe der Kranken tragen mußten, deren

Löffel gerade in den Kochgeschirren mit Erbsensuppe klapperten. Die Details jener Fälle will ich ganz verschweigen, bei denen unerfahrene freiwillige Sanitäter aus Minnesota oder Ohio sich zwischen den Betten duchquetschten und dabei die Leiche des Verstorbenen, Friede seiner Asche, auf die Lebenden plumpsen ließen. Und wenn ich dich jetzt daran erinnere, daß die meisten von uns an Bauchtyphus litten, der unter dem Motto »Panta rhei – alles fließt« stand, wirst du verstehen, warum der Rest Schweigen ist, bei dem ich meinen Kopf ehrfürchtig und in Dankbarkeit vor dem amerikanischen medizinischen Personal verneige, das mit zusammengekniffenen Lippen und ohne sich der wahren Größe seines stillen Heldentums bewußt zu sein, hingebungsvoll um das Leben jeder einzelnen dieser menschlichen Ruinen kämpfte.

So ist es zweifellos auch an vielen anderen Orten gewesen, wo Menschen in weißen Kitteln über ihren russischen, englischen und französischen Uniformen und sogar ohne Uniform – gewöhnliche Nonnen, Samariter und Mitglieder anderer Organisationen von Katholiken, Protestanten, Adventisten und Atheisten – unter dem schützenden Zeichen des Roten Kreuzes wachten und um die Rettung von Menschenleben rangen. Ihnen hat man, soweit mir bekannt ist, bis zum heutigen Tage nirgendwo in Europa ein auch nur bescheidenes Denkmal gesetzt. Sie hätten es nicht weniger verdient als die Befreierarmeen, die ihre Gedenkstätten bekamen, vor denen ich mich ebenfalls ganz aufrichtig verneige.

Wenn du zu der Generation gehörst, die sich noch an diese Zeit erinnert, dann ist in der Matrix deines Gedächtnisses sicher vermerkt, daß das nicht nur Tage der Trauer um verlorene Verwandte und unsere eingeäscherten Städte und Dörfer waren, sondern auch Zeiten der Hoffnung, daß das Böse ein für allemal überwunden sei und sich nie mehr wiederholen würde. »Nie wieder!« – das sind Worte, die wie ein Zauberspruch ausgesprochen wurden, ohne den Durst zu löschen, sie wieder und wieder zu sagen. So ist es, die Naivität befällt die Menschen ebenso, wie es die Läuse tun. Aber das waren auch Tage, das sollte hier offen gesagt werden, des Hasses und der erbitterten Gier nach Vergeltung. Diese Leidenschaften machen die menschliche Seele, wie du weißt, blind und oftmals ungerecht, obwohl du über die inzwischen längst vergangenen Ausbrüche ohnmächtigen Zorns nicht urteilen solltest, wenn du heutzutage an deinem Tischchen im Café »Sacher« sitzt, wo man dir soeben deinen vormittäglichen Martini mit klirrenden Eisstückchen und einer Olive serviert hat.

Damals erschoß man, wenn du dich erinnerst, faschistische Halsabschneider und deren Komplizen in ganz Europa, mal kraft eines Gerichtsurteils, mal im Kurzverfahren. Unter den Henkern befanden sich nicht selten glühende Wahrheitsliebende, die bis gestern noch »Heil Hitler«, »Viva Duce« oder was man anderswo sonst noch gebrauchte, geschrien hatten. Die Menschen verspürten eine fast instinktive Abscheu vor allem, was mit dem Faschismus in Berührung gekommen war: Durch die Straßen des ansonsten freisinnigen und toleranten Paris, das an und für sich großherzig mit jederlei menschlicher Schwäche und Leidenschaft umging, führte man gedemütigte und weinende Mädchen mit geschorenen Köpfen, weil sie mit deutschen Soldaten getanzt und vielleicht auch geschlafen hatten. Einfältige Journalisten wurden wegen irgendeines belanglosen Artikels, in dem sie den Faschismus verherrlicht hatten, mit Schande bedeckt oder sogar verurteilt – als würden solche Artikel nicht bis zum heutigen Tag erscheinen. Aus ganz Europa sandten Privatpersonen und öffentliche Bibliotheken Pakete mit den Büchern des Nobelpreisträgers Knut Hamsun nach Norwegen; empörte und erschütterte Leser schickten sie dem Schriftsteller zurück als Zeichen des Protestes und der Verachtung für sein Wohlwollen gegenüber den Nazis. Der Begriff »Kollaborateur« hatte so fließende und undeutliche Grenzen erlangt, daß man in einer Reihe von Ländern sogar verbot, die Musik des Kollaborateurs Richard Wagner aufzuführen. Und manche hielten Friedrich Nietzsche für einen Vetter ersten Grades aus Hitlers engstem Umfeld, der wie die meisten Nazis die Schuld an allem auf andere abwälzte, in diesem Fall auf einen gewissen Zarathustra, der also gesprochen haben soll.

Und doch wiederhole ich noch einmal: Verurteile nicht leichter Hand den damaligen, mehr oder weniger begründeten und manchmal sogar tragikomischen Eifer vom Standpunkt der heutigen gut klimatisierten und aromatisierten Kriterien und Werte aus. Versuche lieber, dich in die zerschürfte und grindige Haut des zerstörten Europa zu versetzen, um seine leidgeprüfte Seele zu begreifen, die nach Schwarzpulver, Karbol und unbestatteten Leichen roch.

Ich sage dir das alles nicht, um dich mit abgedroschenen Erinnerungen anzuöden, sondern damit du den Fall des Doktor Joe Smith verstehst, unseres großartigen Arztes, einem aus der keineswegs kleinen Gruppe selbstloser Retter, der viele von uns der rechteckigen schwarzen Grube entrissen hat, zu der wir uns aufgemacht hatten. »Doc Joe«, so nannten ihn Schwestern und Sanitäter mit jener familiären Formlosigkeit, die nur den Amerikanern eigen ist.

Eines Morgens erwachte ich qualvoll aus dem Dämmerzustand, in den ich versunken war und der ein Grenzübergang zwischen dem Schlaf und dem Nichtsein ist, und kam zu mir, weil jemand mir leicht auf die Wange schlug. Ich öffnete die Augen. In dem sich langsam verdichtenden Magmastrom aus Licht und Schatten und den darin hervortretenden Bildern – geradeso, als werde in meinem Gehirn eine Fotoplatte entwickelt –, sah ich das besorgte Gesicht von Doc Joe, der sich über mich beugte. Ich bewegte meine Augen, um in meinem Blickfeld auch den schwarzen Engel zu entdecken, der, falls du dich erinnerst, seinerzeit gekommen war, um meine Seele zu holen, und den ich von der Höhe des Turms aus beobachtet hatte, auf dem ich so glückselige Augenblicke in leisen Gesprächen mit dem erhängten Zuckerl verbrachte. Ich nannte dir auch schon den Namen, den dieser Engel trug, Schwester Angela. In diesem Moment drückte sie eine durchsichtige Flüssigkeit aus ihrer Spritze in die Luft, und das Endziel dieser Übung war ja bekanntlich mein Hinterteil.

Doc Joe wartete das Ende der Prozedur ab und fragte dann: »Na, wie ist es, leben wir noch?«

Du weißt doch, die Ärzte reden immer in der Mehrzahl und

beziehen sich selbst solidarisch in die Anamnese mit ein. Dieser aber artikulierte die Solidarität im Gegensatz zu Schwester Angela in einem erstaunlich guten und einwandfreien Deutsch. Ich bemühte mich um ein Lächeln auf meinen gesprungenen und mit kratzenden Hautstückchen verkrusteten Lippen.

»Wahrscheinlich«, sagte ich. »Denn unlängst hat mir ein Verwandter erklärt, daß die Toten weder Fragen stellen noch auf sie antworten.«

»Wohl der Rabbiner?« fragte Schwester Angela. »Was für ein Mensch, mein Gott! Bis zu seiner Abreise hat er mir hundertundeine dieser jüdischen Schnurren erzählt!«

»So ist es«, murmelte ich, »er hat eben keine Probleme, dieser Spaßvogel ...«

Die schwarzweiße Angela nahm meine Worte ernst, sie kannte diese Gattung der in Kolodez beheimateten jüdischen Witzbolde nicht, die auch im hoffnungslosesten Augenblick des Daseins irgendeine lustige Geschichte aus Berditschew parat haben.

»Er ist zu beneiden! Ein Mensch ohne Probleme!« seufzte sie. »Soweit ich verstanden habe, sind Sie Verwandte oder so was.«

»So was«, sagte ich.

Schwester Angela begann, in den Taschen ihres weißen Kittels zu suchen. Er wirkte noch weißer wegen des Kontrastes, den er zu ihrem Gesicht bildete, oder ihr von der weißen Haube mit dem roten Kreuz eingerahmtes Gesicht wirkte noch schwärzer. Sie fand etwas und gab es mir. Es war ein gepreßter Aluminiumknopf von einer Lagerjacke. Er war mir schmerzlich bekannt, denn wir hatten die Leichen ausgezogen, bevor wir sie auf jene Scheiterhaufen schichteten, von denen ich dir erzählt habe, und die Monturen mit solchen Aluminiumknöpfen wurde von uns gesammelt, damit sie ausgekocht und an die nächsten Kandidaten für die Scheiterhaufen weitergegeben werden konnten.

»Ihr Verwandter, der Rabbiner, hat ihn mir vor seiner Abreise zum Andenken geschenkt. Der Gute, er hatte nichts anderes und hat ihn von seiner Jacke abgerissen. Er sagte, ich könnte ihn, diesen Lagerknopf, als Modell für ein gigantisches Denkmal des humanen 20. Jahrhunderts vorschlagen.«

Ich nahm ihn in meine verwelkte, gelbbraune und wie ein altes Stück Pergament verdörrte Hand: ein kleines Stück runden, gepreßten Aluminiums, wahrscheinlich von einem »Sonderobjekt« in Kriegszeiten hergestellt; zwar wies er keine Poren auf, aber die Presse hatte ihr Werk nicht vollendet, und nur zwei der vier Löcher waren durchstochen.

»Eine seltsame Idee«, sagte Doktor Joe leise. »Ein Denkmal in Form eines Knopfes!«

»Rabbi Bendavid hat immer solche Ideen auf Lager«, sagte ich. »Sie kommen ihm, während er die Wüste durchquert.«

»Welche Wüste?« fragte Angela verwundert.

»Jene«, präzisierte ich.

Die Schwester warf dem Arzt einen flüchtigen Blick zu. Offenbar hatte ich bei ihr einen vagen Verdacht erweckt, um so mehr, da sie über meine Spaziergänge auf den Turm auf dem laufenden war.

»Und wozu soll dieses Denkmal dienen?« fragte ich.

»Damit man sich daran erinnert, was in diesem Jahrhundert geschehen ist, und es nicht vergißt. Das hat er gesagt.«

Ich blickte zu ihr auf: »Man wird es vergessen, Schwester, man wird es vergessen. Der Rabbiner ist einfach ein Romantiker. Aus Denkmälern werden nur allzu schnell Schmuckstücke, eine Art Broschen auf der Brust der Stadt, an die sich die Einheimischen gewöhnen und die sie nicht mehr bemerken, und die Touristen lassen sich vor ihnen zur Erinnerung fotografieren, ohne sich dafür zu interessieren, wessen dort gedacht ist. Glauben Sie mir, so ist es. Onkel Chaimle und ich haben uns seinerzeit ebenfalls vor dem Schwarzenberger geknipst, ohne zu wissen, wer der Mann auf dem Pferd ist und welche Verdienste er hat.«

Während Doc Joe, auf dem Bettrand sitzend, meine wie ein alter Teekessel pfeifende Brust abhörte, bereicherte ich jedoch die Idee des Rabbis um meinen eigenen Beitrag: Warum sollte man in irgendeinem Museum, zum Beispiel im Pariser Museum des Menschen, von dem ich in Kolodez gelesen hatte und wo hinter dem Glas der Vitrinen die Kleider von Kaisern, Madames Pompadours und venezianischen Dogen aufbewahrt wurden, nicht auch meinen eingeschissenen Schlafanzug aus Salzburg ausstellen? Schließlich war auch er das Symbol einer ruhmreichen Epoche.

Es war mir peinlich, meine Idee in Anwesenheit von Schwester Angela zu entwickeln. Sie hatte es ohnehin eilig, nahm den Knopf wieder an sich, als sei er aus Gold, und ging mit ihrem Tablett, auf dem ein reiches Sortiment an Pillen, Pipetten und Spritzen angeordnet war, zu den nächsten Patienten in Schlafzügen wie dem meinen, welche diese Visite mit gläsernen, an die Decke gehefteten Blicken erwarteten, auf der leichtflügelige und ziemlich pummelige Putten Girlanden aus Rosen ausbreiteten.

Doc Joe drückte mit seinen Fingerspitzen schmerzhaft auf meinen Bauch, und ich stöhnte.

»Tut es weh?« fragte er.

Ich entgegnete ihm, gereizt durch den stechenden Schmerz: »Was denken Sie denn?«

»Ich denke, daß die Krankheit bereits abklingt. Es ist an der Zeit, daß Sie mit Spaziergängen im Park beginnen. Ihnen fehlt nichts mehr.«

»Mir soll nichts fehlen?« widersprach ich fast beleidigt. »Wissen Sie, daß sich auf dem Friedhof in Berditschew der Grabstein des Schusters Usi Schweisser befindet, auf dem steht: ›Lea, und du hast nicht geglaubt, daß ich krank bin!‹«

Doc Joe lachte. »Trotzdem, lassen Sie sich nicht gehen und hören Sie mit Ihrer Nabelschau auf. Helfen Sie mir und versuchen Sie, Ihren Starrsinn in eine andere Richtung zu lenken.«

»Die Sache ist die, Doc, daß ich mich mit diesem gleichen Starrsinn ziemlich lange Zeit dem Typhus widersetzt habe. Sicher muß ich jetzt auch dafür büßen.«

»Man muß für alles büßen«, sagte der Doc, und seine Gedanken schweiften ab, vermutlich zu etwas sich fern von hier Befindendem, denn sein Blick verlor sich irgendwo im Raum.

Mit leicht übertriebener Fröhlichkeit tätschelte er mir dann gütig die Wange – wie ein Kinderarzt, der ein Kind behandelt, das um keinen Preis gesund werden will, und nicht mich, den alten Kämpfer, der zwei Weltkriege, einen Wettbewerb zum 1. Mai, zwei Konzentrationslager und als Garnierung all dessen, wie der Stengel Petersilie, von dem bereits die Rede war, die Konfusionen eines Bauchtyphus durchgemacht hatte.

2

Trotzdem verbesserte sich mein Zustand schon bald ein wenig, und ich konnte, zuweilen mit Hilfe von Schwester Angela, zuweilen allein, mich auf das Treppengeländer aus Marmor stützend und an den Wänden entlangtastend, für kurze Zeit hinausgehen und im Park dieses halbzerstörten imposanten Gebäudes sitzen. Die Linden blühten und übergossen uns mit ihrem Duft, der leicht, aber in beharrlichen Wellen den strengen Krankenhausgeruch vertrieb.

Es war ziemlich viel Zeit vergangen, und ich hatte immer noch keine Nachricht von Rabbi Bendavid erhalten. Ich erwartete sie, diese Nachricht, sowohl mit Schrecken als auch voller Zuversicht. Und ich warf immer wieder mal einen verstohlenen Blick in jene verborgene Rille der menschlichen Seele, in der sich die unwahrscheinlichsten Erwartungen verbergen. Unwahrscheinliche, grundlose, durch nichts bestätigte und doch ersehnte Hoffnungen: Vielleicht hat das Unglück nicht meine Sarah, sondern eine andere Frau dieses Namens ereilt, und vielleicht geht es nicht um jenes Kurbad bei Rowno, sondern um das benachbarte, und vielleicht hat die Massenerschießung an der Schlucht über dem Flüßchen nicht bei Kolodez stattgefunden, sondern ... Ich schäme mich vor dir, diesen Egoismus zuzugeben, mit dem ich in meinen Gedanken alle anderen opferte, um meine Lieben zu retten. Ich schäme mich, aber so war es. Das einzige, woran ich fest glaubte, war, daß die Kinder Jascha, Schura und Susanna am Leben waren, und sich vielleicht irgendwo in der Nähe aufhielten, in Deutschland oder in Österreich, aber nicht als Lagerinsassen, sondern als Sieger in diesem großen und furchtbaren Exodus.

Verrieselt war der Sand des ersten Monats nach Kriegsende,

das in den Lokalzeitungen, gedruckt auf gelblichem Kriegspapier, mal als »Kapitulation« oder »Besetzung«, mal als »Befreiung« bezeichnet wurde, je nach den politischen Neigungen der Autoren. Aber in allen Fällen wurden die Nazis als »jene« bezeichnet, man schrieb über sie wie über irgendwelche anderen, jenseitigen, außerirdischen, mythischen Bösewichte, so als litten meine einstigen österreichischen Landsleute unter einem schweren Gedächtnisschwund, als hätten sie völlig vergessen, mit welchem Eifer und Enthusiasmus man auch hier eine »Kristallnacht« und so viele andere, weniger kristallene Tage und Nächte veranstaltet hatte. Als hätte sich das Lager Mauthausen nicht hier, sondern auf einem anderen Planeten befunden, und als hätte sein Personal keine Alpendialekte gesprochen. Natürlich waren die im Lager dieses musikalischen Landes vernichteten 123 000 Menschen im Vergleich zu den vier Millionen Opfern in Auschwitz oder den zwei Millionen in Dachau wie ein Menuett im Dreivierteltakt mit Knicksen und Verbeugungen. Lange Zeit später habe ich ehrwürdige Deutsche sowohl im Scherz als auch halb im Ernst sagen hören: »Das sind vielleicht Schlingel, diese Österreicher: Uns haben sie Hitler angedreht, und Beethoven nehmen sie für sich in Anspruch!«

Und das ist traurig, denn ich liebe Österreich und sein vitales Volk, eine wundervolle Legierung aus östlichen und westlichen Winden und Kochrezepten mit einem leichten Einschlag des südlichen Italiens! Jetzt, da ich diese Zeilen schreibe und alles seit langem vergangen ist und sich in eine Erinnerung, eine Reliquie oder eine langweilige Geschichtsstunde in der Schule verwandelt hat, weiß ich, daß es Zeiten gibt, in denen Steine geworfen werden, und solche, in denen man sie zusammenträgt und zum Wiederaufbau benutzt. Wie könnten wir sonst alle zusammen die Samen auf den umgepflügten Grenzstreifen Europas aussäen? Doch damals, einen Monat nach Kriegsende, legte sich jeder Versuch, über die Verbrechen zu schweigen und die Schuld auf andere abzuschieben, schmerzhaft auf unsere wundgescheuerten Seelen wie eine Form der Kumpanei und nicht wie eine großzügige Versöhnungsgeste. Wenn man in einem Dorf versucht, die Tat eines Pferdediebes zu verschweigen oder zu vertuschen, verdächtigen die Leidtragenden das ganze Dorf des Pferdediebstahls, entschuldige diesen Mentorenton, aber so ist es doch.

An einem im herabfließenden Aroma der blühenden Linden gebadeten Junitag setzte sich Doc Joe neben mich auf die Bank. Er war sichtlich erschöpft von seiner Fürsorge für Genesende und Sterbende. Der Doktor war ein stämmiger, unschöner Mensch mit einer fleischigen Nase und dicken Brillengläsern, und obwohl er ein Mittvierziger war, also relativ jung, war seine Stirn von zwei tiefen Falten durchfurcht. Zwei ähnliche Falten verliefen senkrecht über seine Wangen und verliehen ihm etwas Gutmütiges und Volkstümliches. Sie ließen ein Lächeln erwarten, das dann auch kam, um seine gesunden, aber vom vielen Rauchen gelb gewordenen Zähne zu zeigen.

»Na, geht es uns schon besser?« fragte er mich und schlug mir mit seiner großen Hand, die eher zu einem Schmied oder einem Dorfböttcher paßte als zu einem Arzt, auf das Knie.

»Es scheint so«, sagte ich. »Aber ich dachte gerade an dieses alte Gebäude, Doktor. Wie wird man es wohl wieder aufbauen können? Sehen Sie: Es ist doch wirklich schade darum! Und warum mußte es zerstört werden? Überhaupt verstehe ich nicht, welchen militärischen oder sozusagen strategischen Sinn es hat, eine so alte Stadt zu bombardieren. Schließlich hat hier Amadeus Mozart gelebt!«

»Überall hat irgendwer gelebt. Der Krieg hat seine eigene Werteskala und seine eigenen Bedürfnisse. Er sucht sich seine Opfer nicht nach der menschlichen Logik aus, er macht auch keinen Unterschied zwischen dem Bombengeheul und der ›Zauberflöte‹. Kann die Kugel nur die Bösen oder nur die Katholiken, nur die Kommunisten, nur die Blauäugigen treffen? Und warum wurde Dresden völlig sinnlos zerstört, können Sie mir das erklären? Es hatte keinerlei militärische Bedeutung, aber dort befindet sich der Zwinger mit der Madonna von Raffael! Und warum haben wir Coventry, Oradour und Lidice in Schutt und Asche gelegt? Oder halb Rußland?«

Ich sah ihn verwundert an: »Wieso wir? Wie meinen Sie dieses ›wir‹?«

Er schwieg eine Weile, dann blickte er mir in die Augen und sagte ganz ruhig: »Ich bin Deutscher. Major des Sanitätsdienstes der … einer deutschen Militäreinheit. Haben Sie nicht bemerkt, daß ich unter meinem Arztkittel keine Uniform trage?«

»Offen gesagt, habe ich dem nicht die geringste Bedeutung beigemessen. Schließlich haben wir hier Schwestern mit Dienstgrad, die unter dem Kittel nicht nur keine Uniform, sondern nicht einmal einen Büstenhalter tragen.«

»Ja, das ist ein angenehmeres Bild.«

»Nun, Ihr Deutsch ist mir gleich aufgefallen. Im Gegensatz zu dem von Schwester Angela, die ihre hundert deutschen Wörter in englischem Sirup gebraucht. Ich dachte, Sie hätten das am College oder so gelernt.«

Er schüttelte den Kopf. »Ich habe es bei meiner Oma in Ottobrunn bei München gelernt.«

»Entschuldigen Sie, wenn ich Fragen stelle, die nicht angebracht sind, aber … es klingt irgendwie seltsam, daß ein deutscher Major namens Joe Smith in eine amerikanische Formation geraten ist, noch bevor der Krieg zu Ende war.«

Zum erstenmal sah ich, daß er sich eine Zigarette anzündete. In den Räumen war das allen verboten, auch den Ärzten und Schwestern. Mir bot er keine an. Er sagte: »Irreführend ist die englische Lesart meines Namens und die Angewohnheit der Amerikaner, aus Johann Joe zu machen. Ich bin Johann Schmidt, Bürger des Dritten Reiches, das soeben zum Teufel gegangen ist. Ob es ein viertes geben wird, weiß der Himmel.«

3

Und jetzt, mein Bruder, der du diese Zeilen liest, sollst du, wenn du geduldig genug bist, auch die Geschichte des Majors vom Sanitätsdienst Johann Schmidt oder, wenn es dir so lieber ist, von Doc Joe erfahren. Dieser Bericht folgt ganz und gar dem, was er mir an jenem stillen und duftenden Spätnachmittag in Salzburg erzählt hat, bevor die blauen Schatten der Nacht die Felsen zur Festung hinaufkrochen.

Wenn ich sie dir erzähle, dann nicht, um noch einen Tropfen zu dem überfließenden Brunnen von Erinnerungen an den Furchtbaren Krieg hinzuzufügen, sondern weil auch dieses Schicksal von den Apreçus und Kapriolen des Lebens durchsetzt ist, und weil wir, wie ich es bereits angedeutet habe, diese Dinge damals auf eine Weise auffaßten und das jetzt, Jahre nach dem Krieg, erheblich anders tun.

Das Ende war nähergerückt, und nur die völlig Verblendeten, zu denen Doktor Schmidt keineswegs gehörte, erwarteten das Wunder, das sich mit dem Gerücht von der neuen Geheimwaffe des Führers ankündigen ließ. Jetzt wissen wir, daß es nicht nur leeres Gerede gewesen ist und daß Wernher von Braun fieberhaft an der Atombombe arbeitete. Aber es war schon zu spät, und Gott sei Dank ist ihm auch noch eine Katze über den Weg gelaufen. Nicht einmal die Niederlage der Alliierten bei den Ardennen ließ das Bild des bevorstehenden unvermeidbaren Endes in rosigeren Farben erscheinen. Zu jener Zeit befand sich die Einheit, zu der mein Arzt gehörte, irgendwo in Norditalien, in den Dolomiten, und die Amerikaner kraxelten unaufhaltsam den italienischen Stiefel hinauf. Es handelte sich um keine sehr große Sondereinheit, wie Doc Joe sagte, ohne zu erklären, was das Besondere an ihr war. Sie war endgültig durch die widersprüchlichen Befehle der höheren Vorgesetzten verwirrt, welche mehr mit der Sorge um die eigene Rettung beschäftigt waren als damit, einen straffen Rückzugsplan aufzustellen.

Angesichts der angespannten Lage, die sich ergeben hatte, entschloß sich Major Johann Schmidt zum Hochverrat an den Idealen des Nationalsozialismus. Er schnallte sich locker den Gürtel auf, angeblich um sich ein Stück weiter hinter die Büsche zu hocken, paßte in der allgemeinen Unordnung den geeigneten Augenblick ab und preschte durch die vor der Zeit aufgeblühten Krokusse den Berg hinunter.

Er rannte durch das Gebüsch, durch Schneewehen und Bäche, bis er schließlich Gelächter und laute Gespräche auf englisch hörte. Doktor Schmidt warf sich in die niedrigen Wacholderstauden, robbte weiter und entdeckte auf der kleinen

Wiese unter sich an die zehn amerikanische Soldaten, die auf einem kleinen Feuer gerade Kaffee kochten. Vielleicht sollte man über die Sieger nichts Unschickliches sagen, aber auch diese Truppe war nicht weniger disziplinlos als jene, die der Major vor kurzem und das ohne Abschiedsgruß verlassen hatte. Ihre Waffen hingen an den kahlen Ästen oder machten einfach eine Verschnaufpause auf dem spärlichen Gras vom Vorjahr. Da verließ unser Doktor seine Deckung und rief, so freundlich er konnte: »He, Amis, Freundschaft! Hitler kaputt!«

Für die Geschichte wird es ein Geheimnis bleiben, was genau die Amerikaner von dieser diplomatischen Botschaft verstanden hatten, aber wie auf ein Kommando warfen sie ihre Kochgeschirre weg und hoben die Hände. Unter gewissen Sprachschwierigkeiten versuchte der Doktor zu erklären, daß gerade er sich ergäbe und nicht umgekehrt. In diesem Moment rief jemand von der Anhöhe bei den Büschen »Hände hoch«, und das kleine Segment der amerikanischen Demokratie erwies sich im Visier eine Kompanie SS-Männer, die den Wald durchkämmten. Die Amerikaner mußten sich zum zweitenmal ergeben. Doch die Begeisterung der SS-Leute war unbeschreiblich, als sie erfuhren, daß diese zehn Yankees bereits von einem einzigen Major der Wehrmacht gefangengenommen worden waren, der zudem auch noch ein Arzt war! Welch glänzenderer Beweis für die moralische Übermacht des deutschen Geistes über die verlotterte westliche Plutokratie!

Die Gefangenen wurden in die Sondereinheit abgeführt, zu der auch Doktor Schmidt gehörte, und er persönlich wurde belobigt, verbunden mit dem Versprechen, ihn im nächsten Rapport für einen hohen Orden vorzuschlagen.

In der gleichen Nacht, als die Einheit schnarchte, weil sie sich mit medizinischem Spiritus hatte vollaufen lassen, schloß Doktor Schmidt die Sennhütte aus Quadersteinen auf, die man zum provisorischen Gefangenenlager für die zehn Amerikaner gemacht hatte, und flüchtete zusammen mit ihnen, ohne den hohen Orden abzuwarten.

Seitdem, das heißt seit dem Spätwinter des Jahres 1944, gehörte Major Johann Schmidt zum Personal des amerikanischen Feldlazaretts und verwandelte sich in »Doc Joe«. Er bemühte sich aufrichtig und dank seiner nicht unbedeutenden Kenntnisse im Bereich der deutschen Medizinwissenschaft, die zugegebenermaßen wiederholt ihre Überlegenheit unter Beweis gestellt hatte, daß der Lebensfaden der verwundeten amerikanischen Soldaten, der Zivilbevölkerung, die durch die Gefechte zu Schaden gekommen war, und der Menschenruinen, die man aus den stinkenden Lagern herausgeholt hatte, nicht abriß.

»Na und?« wirst du jetzt entgegnen. »Was willst du mit dieser Geschichte sagen? Wenn bis zum Ende nur noch Monate verblieben sind, ist es keine große Heldentat, so wie dein Doktor zu handeln. Besonders wenn man wenigstens zwei Gramm Hirnmasse unter seinem Schädel besitzt.«

So ist es, werde ich dir antworten. Und doch taten die meisten es nicht, sei es aus Angst, sei es, weil sie sich vergebens eine Wende erhofften oder an den Mythos von der Soldatenpflicht glaubten, sei es aus Treue zum Schwur oder zu diesen ganzen hochtrabenden Idealen von Blut und Boden. Doch ich will dich an dieser Stelle daran erinnern, daß es auch die sowjetischen Burschen nicht getan haben, nicht einmal, als die Dinge aussichtslos schienen oder als ganze Eisenbahnzüge Granitblöcke für ein Hitlerdenkmal auf dem Roten Platz beförderten. Das ist etwas anderes, wirst du sagen, aber verwickele mich jetzt bitte nicht in Diskussionen über gerechte und ungerechte Kriege, weil nicht jeder Soldat, dessen Kopf im Schlamm steckt, sie nach den hohen und strengen Kriterien der Geschichte einschätzen kann. Ich will nur sagen, daß Gottes Wege, auf denen eine schicksalschwere Entscheidung das Hirn und das Herz erreicht, kompliziert und unergründlich sind. Bei den einen spielt sich das schneller ab, bei den anderen, man möge mir verzeihen, langsamer. Die einen haben, wie wir wissen, dem Faschismus keinen Zutritt zu ihrer Seele gewährt, andere haben ihn verlassen, manche am ersten Kriegstag, manche am letzten, und es gibt auch solche, die ihm bis zum Schluß treu geblieben sind. Was jene betrifft, die das braune Hemd dieses finsteren Irrtums aus Überzeugung fortgeworfen haben, sei das nun früher oder später geschehen, so werde ich dich an die Worte meines Rabbis erinnern, die er aus einem anderen Anlaß sagte: »Bringen wir Verständnis für sie auf, ohne sie zu verfluchen und ohne sie zu verspotten, lassen wir für sie einen Platz frei an unserer Tafel, heben wir Wein und Brot für sie auf, denn nicht uns, nicht uns ist es gegeben, über sie zu richten.« So hatte Rabbi Schmuel Bendavid gesprochen. Versuche du nun, ihn zu verstehen!

Und nicht hier findet mein Bericht seinen Schlußpunkt, sondern an jenem Morgen irgendwann Ende Juni, als ein amerikanischer Offizier und ein Sergeant von der Militärpolizei, also MPs, wie man sie nannte, in Begleitung von zwei Männern in Zivil mit roten Bändern an den Ärmeln ihrer abgetragenen Jacken unser mit Betten vollgepfropftes Lazarettzimmer betraten. Der eine war ein stämmiger, strubbeliger Bergbewohner, der andere das genaue Gegenteil, ein schmächtiger Mann mit einer Brille in einem Drahtgestell. So sehen die Drucker aus oder die Geschichtslehrer in den ärmlichen Gebirgsstädtchen. Hier möchte ich dir gleich sagen, daß ein rotes Band am Ärmel in jenen Zeiten verschiedenes bedeuten konnte – von der freiwilligen Bürgermiliz, die sich bemühte, Ordnung im Land zu schaffen, in dem es außer der Besatzungsarmee keine anderen Behörden gab, bis zu den Vertretern von Komitees, antifaschistischen Organisationen und Parteien oder von selbsternannten provisorischen Kommunalorganen, die sich die Sorge um das Trinkwasser oder um das Brot für die verzweifelte und notleidende Bevölkerung aufgebürdet hatten. Doc Joe, der wie immer auf der Kante eines der Betten saß, wobei er seinen massigen Rumpf schräg halten mußte, drehte sich um, betrachtete die Neuankömmlinge, stand auf und nahm langsam das Stethoskop ab.

Der kleine Mann mit der Drahtbrille richtete seine kurzsichtigen Augen auf ihn. Dann streckte er entschieden den Arm aus und zeigte mit dem Finger auf ihn wie ein strenger Richter, ein biblischer Prophet, wie Gott Zebaoth persönlich: »Das ist er!«

4

So wurde Doc Joe verhaftet, und ich habe ihn nie wiedergesehen. Erneut heimgesucht von meinen regelmäßig wie die Koliken im Bauch wiederkehrenden Zweifeln an der höheren Gerechtigkeit, die letzten Endes jedem das gibt, was er verdient hat, erfuhr ich die Wahrheit schließlich von Schwester Angela, und sie lautete so:

Nach der Kapitulation des faschistischen Italiens und der darauf folgenden blitzartigen deutschen Besetzung des italienischen Nordens war in jener gebirgigen Gegend ein heftiger Partisanenkampf entbrannt. Geführt von ihrer wahnwitzigen fixen Idee der »Endlösung« hatten die Nazis auch hier begonnen, die Juden zusammenzutreiben, obwohl es weidlich bekannt war, daß einige nüchternere Köpfe aus dem Umfeld der Führers bereits ahnten, daß die Endlösung in der Tat kommen, aber auf eine etwas andere Weise verlaufen würde. So wurde irgendwo im Raum Trento ein provisorisches Etappenlager für Juden und andere ungesunde Elemente für deren Deportation eingerichtet. Den Major von der Sanitätskolonne Johann Schmidt hatte man aus seinem Armeelazarett abberufen und als Arzt jener »Sondereinheit« zugeteilt. Seine Aufgabe bestand darin, die Daten über den Gesundheitszustand der »Sendung« zu attestieren und in die Unterlagen einzutragen. Diesen Angaben zufolge wurde ein Teil der Lagerinsassen in die Steinbrüche von Mauthausen abkommandiert. Wer körperlich nicht für diese schwere Arbeit geeignet war, den schickte man bedeutend weiter, zur Erholung nach Polen, wo man trotz der durch den schnellen Vormarsch der Roten Armee eingetretenen Schwierigkeiten immer noch über ausreichende Mengen von runden Büchsen mit Kristallen unter der Kodebezeichnung »Zyklon-B« verfügte. Mit dem Vorrücken der Amerikaner wurde das Lager bei Trento eiligst aufgelöst, und die Einheit erhielt den Befehl, sich zur ehemaligen österreichischen Grenze zurückzuziehen.

Das wäre diese Geschichte im großen und ganzen. Ich will und ich kann auch nicht Doktor Schmidts Schuld einschätzen, auch nicht, wie aufrichtig sein Schritt nach der zwangsweisen Beteiligung an dieser abscheulichen Angelegenheit gewesen ist. Jahre später bin ich in Kolyma, unter der Polkappe, ebenfalls Ärzten begegnet. Für einige von ihnen habe ich in meinem Gedächtnis stillen Dank bewahrt, weil sie menschlich waren oder einfach nur gewissenhafte Profis, für andere ganz gewöhnliche Verachtung. Ich weiß nur, daß der Finger, mit dem der kleine Italiener mit Drahtbrille auf Doc Joe zeigte, der Finger der Vergeltung war, so waren die Zeiten damals – kategorisch, ohne Nuancen und mildernde Vorbehalte.

Später erfuhr ich, daß man den Doktor in Mailand zu acht Jahren Haft verurteilt hatte. Darüber berichteten sogar die Zeitungen, manche verwundert, manche mit Genugtuung. Dort habe er dann im Gefängniskrankenhaus als vorzüglicher Arzt gearbeitet und sei schon nach dem dritten Jahr begnadigt worden. Und wenn er jetzt in Ottobrunn bei München Rentner ist und diese meine Zeilen zufällig lesen sollte, so möchte ich ihm sagen: »Hallo, Doc Joe, ich weiß, daß der Krieg etwas Gräßliches ist und den Menschen zum Mittäter macht, sei es nun zum bewußten oder unbewußten Komplizen. Nicht ich bin die Instanz, die Urteile fällt, und deshalb möchte ich dir nur sagen, daß ich dich im Guten in Erinnerung behalten habe.«

Ich bin überzeugt, daß manch einer zu diesem Thema zornige Einwände erheben wird, an deren Berechtigung ich keineswegs zweifele, deshalb möchte ich ihm wie der alte Rabbiner antworten: »Und du hast ebenfalls Recht.«

5

Am 22. Juni, es mag eine Marotte oder ein Spiel des Zufalls gewesen sein, am vierten Jahrestag des Augenblicks, in dem wir unsere Reise zu den Hügeln der Mandschurei plötzlich abbrechen mußten und unser Leben unverhofft eine andere Richtung eingeschlagen hatte, also genau an diesem Tag erhielt ich eine Postsendung mit den Zeichen des Internationalen Roten Kreuzes aus Genf. Glaube mir, noch bevor ich den großen Umschlag mit zitternden Fingern geöffnet hatte, wußte ich, daß es eine Nachricht von Rabbi Bendavid war. Und ich wußte auch, was er mir schreiben würde. Ich hatte Angst, es zu lesen, ich nahm den Umschlag in die Hand und legte ihn wieder hin, nahm ich ihn erneut in die Hand und legte ihn abermals weg, als ob es immer noch möglich war, etwas an seinem Inhalt zu verändern oder zu verbessern. Außerdem fiel mir das Lesen durch den verschwommenen Nebel der Tränen nicht leicht, denn der Umschlag enthielt unter anderem eine Bescheinigung von der Internationalen Kommission für die NS-Verbrechen in Auschwitz über die Person Sarah Dawidowna Blumenfeld, geborene Zwassmann, die am 3. März 1943 im Lager ums Leben gekommen war. Er enthielt auch einen Auszug aus dem Protokoll Nr. 107/1944 der Militärstaatsanwaltschaft der Dritten Ukrainischen Front über die Massenerschießung von zivilen Bürgern bei Kolodez, Südukraine, UdSSR. Des weiteren enthielt er eine Abschrift des Erlasses über die posthume Auszeichnung des Kämpfers Jeschua (Schura) Issakowitsch Blumenfeld und der Funkerin Susanna Issakowna Blumenfeld von der Ternopoler Partisanenabteilung, beide gefallen im Gefecht gegen die faschistischen Besatzer, mit dem Orden des Roten Banners. Und da war auch noch ein Bescheid, ein Formular, das ein unbekannter Bürokrat auf die Schnelle und ziemlich nachlässig ausgefüllt hatte, laut dem der Gardeleutnant Blumenfeld, Jakow Issakowitsch, von einer Aufklärungsoperation im Hinterland des Gegners im Raum Witebsk, Erste Baltische Front, nicht zurückgekehrt war und deshalb als verschollen zu gelten habe. »Dieser Bescheid wird seinen Angehörigen ausgestellt, um ...« Mein Gott, wozu sollte der Tod meines Jungen noch dienen, wenn er nicht schon dazu gut gewesen ist, das Ende dieses verfluchten Krieges zusammen mit den anderen 50 Millionen um eine weitere Sekunde früher herbeizuführen.

Mein teurer Itzik!

Es ist mir gelungen, die beigelegten Bescheinigungen zu beschaffen, die Du dank der großzügigen Hilfe eines ausländischen Korrespondenten über das Rote Kreuz erhalten wirst. Ich weiß, wie sehr Dir alles, was Du erfahren wirst, weh tun wird, aber ich sagte Dir ja bereits, daß die Früchte umsonst gehegter Hoffnungen bitterer sind als die allertraurigste Wahrheit. So ist es jetzt in unserem ganzen Land, das in Wellen von schlechten Nachrichten über die Angehörigen überspült wird, welche man erwartet hat, die aber nicht zurückkehren werden.

Ich wage es nicht, Dir einen Rat zu geben, was Du tun sollst, weil ich mich selbst in einer ausweglosen Lage befinde, wie auf dem Grund einer finsteren Grube. Kolodez ist fast ganz zerstört und niedergebrannt, das Feuer haben nur seine gemauerten Schornsteine überlebt. So sieht unser Schtetl jetzt aus: ein toter Wald aus Schornsteinen!

Und doch kehren die Menschen allmählich zurück, hier und da kommt auch jemand von den Unsrigen. Ich bin stolz auf sie, weil sie Orden des ruhmreichen Kampfes auf ihrer Brust tragen. Aber Verwandte haben leider nicht überlebt. Alles muß von neuem beginnen, Stein für Stein. Denn jetzt ist das Schnat Schmita gekommen.

Ich hob meinen Blick von den Zeilen und rief mir die Lehren des Talmuds in Erinnerung: das Schnat Schmita, das Siebte, das Schabbesjahr, in dem man im Altertum die Äcker nicht pflügte, damit sie sich ausruhen konnten, und Gras in Frieden die Toten bedeckte. Schnat Schmita – jedem das Seine im Siebten Jahr und alles von neuem. So war es!

Deshalb bleibe ich hier, Itzik, bei meinen Leuten, das ist einfach meine Pflicht! Ich möchte ihnen helfen, zu begreifen, daß das, was geschehen ist, nicht unabwendbar gewesen ist und auch hätte nicht geschehen können, und daß die stille Ergebenheit, mit der viele es akzeptiert haben, möglicherweise die Weisheit der Vergangenheit in sich birgt, aber wohl kaum Hoffnungen für die Zukunft. Ich bin kein Prophet und auch kein Zadik, sondern nur ein gewöhnlicher Rabbiner in einem gewöhnlichen kleinen Schtetl, selbst verwirrt und von Zweifeln an den himmlischen und irdischen Wahrheiten geplagt. Aber ich möchte den Menschen helfen, den Sinn und die Lehren aus dem, was geschehen ist, zu erkennen und sich vom Joch der Demut und ihrer von der Bibel genährten Träume zu befreien – wie unsere tapferen Makkabäer aus dem

Warschauer Ghetto, Friede ihrer Asche! Sie, unsere Leute, haben das Recht auf die ganze Vergangenheit des Stammes Abraham, aber in die Zukunft müssen wir uns wach, mit offenen Augen und dem Blick nach vorn aufmachen. So denke ich zumindest.

Und warum schreibe ich Dir das alles? Damit Du weißt, warum ich hierbleibe. Du aber, mein lieber und teurer Itzik, Mann meiner verstorbenen Schwester und Vater meiner gefallenen Nichten und Neffen, bist zerbrechlich, Deine Seele ist schwach und wundgeschürft, und ich möchte sie nicht zerbrochen wie ein zerschmettertes Tongefäß im Siebten Jahr sehen. Deshalb bitte ich Dich, komm vorläufig nicht zurück. Laß Dich irgendwo nieder, an einem Fluß, streue auf einer Handbreit Erde Samen aus und begieße sie, möge Gras daraus wachsen.

Für immer Dein *Schmuel Bendavid*

PS. Über Esther Katz habe ich das gehört, was man in Erfahrung bringen konnte: Du erinnerst Dich, man hatte sie zur Behandlung fortgeschickt, aber sie wird nie von dort zurückkehren. Wo ihr Grab ist, weiß ich nicht, und das, was ihr zugestoßen ist, ist eine große, große Ungerechtigkeit. Doch die Spuren ihrer Schritte auf dem Sand meines Lebens sind geblieben! *S.B.*

Es mag seltsam klingen, aber so ist es – je stärker der Schlag ist, um so schwächer ist der Schmerz. Er kommt später, viel später. Vielleicht hat die Natur das in der Zelle codiert, um das Lebenssystem zu erhalten. Hast du schon einmal bemerkt, daß deine Gedanken bei der Beisetzung eines teuren Toten zu ganz unbedeutenden Dingen abschweifen, zu Dingen, die bei einer Trauerfeier völlig fehl am Platze sind, so als nehme die Seele bewußt ihre Sicherungen heraus, damit sie nicht durchbrennen. Die Blätter aus dem großen Genfer Umschlag waren auf meiner Decke verstreut, ich lag unbeweglich, mit starrem Blick auf meinem Bett. Vor meinem inneren Auge breitete sich grauer Gleichmut aus – ohne Horizont, ohne Trennlinie zwischen oben und unten, Leben und Tod, gestern und morgen.

Wie lange das gedauert hat, weiß ich nicht. Aber mein schwarzer Engel unternahm den Versuch, mich dem Abgrund der Zeitlosigkeit zu entreißen, und holte mich zu einem Spaziergang nach oben, zur Festung ab. Ich gehorchte ihr wie eine Puppe, ohne eigenen Willen. Die Zahnradbahn war natürlich nicht in Betrieb, doch Angela hatte einen Freund beim Etappendienst. Er fuhr uns mit dem Armeejeep hoch. Er hieß Jefferson, genau so, Jefferson, und war hundertmal schwärzer als Angela, aber wenn er lachte, zeigte er Zähne, die hundertmal weißer waren als ihr Schwesternkittel. Dieser Jefferson fuhr uns also, wie gesagt, nach oben, blieb aber diskret beim Wagen stehen. Vielleicht hatte Schwester Angela es so gewünscht.

Unten, unter unseren Füßen, lag Salzburg, bedrängt von den bewaldeten Falten des Gebirges, hier und da waren Dächer durch die Bombenangriffe abgebrannt. Das herrliche, majestätische Salzburg, dessen Schlösser und Plätze, Kirchen und Bogengänge unter den Häusern die Alpen hinaufkrochen – von hier, von der Anhöhe aus wirkte es wie ein Modell oder wie die Stadt von winzigen Märchenwesen.

Schwester Angela streckte den Arm zum gegenüberliegenden Hügel aus, der dicht mit grünen Wolken bewachsen war.

»Siehst du jenes weiße Haus mit der Mauer, die mal auftaucht, mal zwischen den Bäumen verschwindet? Weißt du, wem es gehört?«

»Woher soll ich das wissen?« sagte ich gleichgültig.

»Stefan Zweig.«

Etwas gab mir einen Ruck und weckte Erinnerungen an Nächte, die ich über seinen Büchern verbracht hatte und in denen meine Mutter Rebekka besorgt die Tür leicht öffnete, um zu sehen, warum ich die Petroleumlampe immer noch nicht gelöscht hatte.

»Stefan Zweig«, wiederholte ich. »Ich glaube, er war nach Amerika emigriert. Wo ist er jetzt?«

Angela antwortete, ohne die Augen von dem weißen Haus abzuwenden: »Im Paradies der Gerechten. Seit langem. Das heißt, so lange nun auch wieder nicht, aber im Krieg besitzt die Zeit eine größere Dichte: 1942 hat er mit seiner Frau in Brasilien Selbstmord begangen.«

»Mein Gott, warum?«

»Ja, warum? Das frage ich mich auch.«

Ich verfiel ins Nachdenken und sagte erst eine ganze Weile später: »Vielleicht, damit er nach dem Krieg nicht so einen Brief wie ich bekommt ... Weißt du übrigens, daß die Juden laut Statistik den letzten Platz in der Welt belegen, was Morde betrifft? Und den ersten in der Zahl der Selbstmorde?«

»Hat das etwas zu bedeuten?«

»Vielleicht. Schließlich heißt es: wieviel Juden, so viel Meinungen und so viel Unterschiede. Ich weiß es nicht, aber für sie sind die Meinungsverschiedenheiten und die Sprachverwirrung wahrscheinlich schon seit den Zeiten des Turmbaus zu Babel etwas, was ihrem Stamm zutiefst eigen ist, und deshalb versuchen sie nicht, ihren Opponenten mit Gewalt zu beseitigen. Daher auch der Irrtum, unter den Juden herrsche ein rührendes Zusammengehörigkeitsgefühl. Sie fühlen sich so verbunden wie der Bankier Rothschild und der Revolutionär Marx, der ihn enteignen wollte. Andererseits herrschen die tiefsten und unlösbarsten Unstimmigkeiten, die ein Jude kennt, in ihm selbst, und der Selbstmord ist der einzige Weg, dich von dieser entsetzlichen und lästigen jüdischen Ausgeburt in dir selbst zu befreien, die unentwegt Streit sucht und dir widerspricht ...«

»Das ist überhaupt nicht komisch«, unterbrach Schwester Angela meine Tirade trocken.

»Ich versuche ja auch gar nicht, dich zum Lachen zu bringen. Ich will damit nur sagen, daß ich Stefan Zweig völlig verstehe. Ich glaube sogar, daß das auch für mich der einzige vernünftige Ausweg ist.«

Sie fuhr zusammen, als hätte ich ihr eine Ohrfeige versetzt, warf mir einen wütenden und funkelnden Blick zu – nur die Menschen ihrer Rasse haben solche Augen – und bohrte ihren Finger in meine Brust: »Hör mal, du bist tatsächlich ein jüdisches Ekel! Ich habe dich aus dem Grab geholt, weißt du das? Ich habe ganze Nächte nicht geschlafen, um zu hören, ob du atmest! Ich habe dich im Arm gehalten wie ein Kind – eingeschissen und kotzend, räudig, verlaust und stinkend! Um dich in die Welt der Menschen zurückzuholen, du verdammter Bastard! Und jetzt kommst du mir mit diesem jüdischen Nonsens, von wegen Selbstmord!«

»Das ist meine Privatangelegenheit!« rief ich aus.

»So, meinst du? Dann kannst du dir auch einen blasen, du Arsch!«

»Und du halt deinen schwarzen Schnabel!«

Jefferson hatte sich mit schlaksigen Schritten zu uns aufgemacht.

»Gibt es ein Problem?« fragte er, ohne die Zigarette aus dem Mund zu nehmen.

»Du scher dich ebenfalls weg, das geht dich nichts an!« schrie ihn Schwester Angela aufgebracht an. Der Junge zuckte mit den Schultern und kehrte gehorsam zum Jeep zurück.

Angela brach plötzlich in Tränen aus, und das veränderte die Lage. Ich streichelte ihr reumütig den Kopf und sagte versöhnlich: »Entschuldige, ich wollte dir nicht weh tun. Schuld an allem ist Stefan Zweig.«

Sie sah mich an und bemühte sich unter Tränen um ein Lächeln.

»Versprichst du mir, daß du keinen Unsinn machst?«

»Ich verspreche es«, sagte ich.

»Wirst du mir schreiben, wo du auch bist? Wo ich auch bin?«

»Und wo wirst du sein?« sagte ich. »Genügt die Adresse: Schwester Angela, auf den Baumwollfeldern am Mississippi?«

»Woher hast du denn das nun schon wieder, das von der Baumwolle und so?«

»Der Rabbiner hat gesagt, daß du dort herkommst.«

Angela begann aufrichtig zu lachen, obwohl ihre Tränen noch nicht getrocknet waren.

»Ihr in Europa habt offensichtlich nichts außer ›Onkel Toms Hütte‹ gelesen! Ich komme aus Massachusetts, aus Boston. Ich werde dir die Anschrift meines Vaters geben, er ist der bekannteste farbige Rechtsanwalt in Neuengland. Und ich habe jenseits des Flusses, in Harvard Medizin studiert. Im fünften Semester habe ich mein Studium abgebrochen, um als Freiwillige in euer verdammtes Europa zu gehen. Das ist es. Du wirst mir also schreiben, haben wir uns verstanden?«

Ich mußte mich auf die Zehenspitzen stellen, um diese schlanke Negerin mit dem großen Busen auf die Wange zu küssen. Sergeant Jefferson hatte sich an den Jeep gelehnt und sah uns gleichgültig und ohne eine Spur von Eifersucht zu. Schließlich hätte ich ihr Großvater sein können, nur von einer anderen, bedeutend blasseren Rasse.

6

Ich weiß nicht, ob du schon einmal von Salomon Kalmowitz gehört hast, jenem genialen Wiener Kürschner, der aus importierten Hasenfellen vorzügliche Mäntel aus Silberfuchs, Biber oder sogar Nerz für die Damen anfertigte? Als dieser Kalmowitz also, mußt du wissen, aus seinem Londoner Exil nach Wien zurückgekehrt und in seine alte Wohnung am Schwedenplatz eingezogen war, konnte er den Sonnenaufgang kaum erwarten, stürmte zum erstbesten Zeitungsladen und verlangte die neueste Ausgabe der offiziellen NS-Zeitung »Völkischer Beobachter«. Man erklärte ihm, daß diese Zeitung nicht mehr erscheine. Kalmowitz dankte höflichst und kaufte sich eine Tüte Pfefferminzbonbons. Am nächsten Tag ging er wieder hin, verlangte die gleiche Zeitung und bekam erneut dieselbe Antwort. Und so jeden Morgen, bis der Zeitungshändler am zehnten Tag voller Überdruß zu ihm sagte: »Sehr geehrter Herr, haben Sie immer noch nicht begriffen, daß diese Zeitung nicht mehr erscheint und auch nie wieder erscheinen wird!« – »Ich weiß, mein Täubchen, ich weiß. Aber es ist so schön, wenn der Tag mit einer guten Nachricht beginnt!«

Ich bin nicht darüber informiert, für wen diese Nachricht eine gute und für wen sie eine weniger gute war. Jedenfalls kam ich nicht in das Wien, das ich noch aus den Zeiten des Ersten Weltkrieges kannte: eine fröhlich leichtsinnige, in sich selbst verliebte Stadt, immer dazu geneigt, in den Schicksalsschlägen nur den historischen Auftakt zu ihrem nicht enden wollenden Walzer zu sehen, nicht mehr als eine Verschnaufpause, in der man die Partner tauscht. So mag es damals nur von außen betrachtet ausgesehen haben. Ich weiß es nicht, aber jetzt kam mir die Stadt bedeutend düsterer und verwirrter vor. Sie hatte ihre unbekümmerte Stimmung verloren und ertrug das Elend, die Zerstörung und die Besatzung nur schwer. An den Mauern flatterten noch die zerfetzten Überreste von Plakaten mit dem tapferen Hitlersoldaten mit quadratischem Gesicht und Stahlhelm, der seinen Zeigefinger auf die Lippen gelegt hatte: »Die Spione sind überall!« Und unter ihnen donnerten die schweren amerikanischen, englischen und sowjetischen Laster vorbei. Oder russische Soldaten marschierten im Gleichschritt, sie sangen und pfiffen ihre Schnaderhüpferl aus den Kolchosen über verschiedene Maschas und Mamaschas, die dieser Welt, welche sich an den Bogen der majestätischen Hofburg geschmiegt hatte, so unendlich fremd waren. Die Wiener blieben auf dem Bürgersteig stehen, um diese außerirdischen Besucher mit slawischen Stupsnasen oder asiatisch schrägstehenden Augen zu begaffen. Manche betrachteten sie mit unverhüllter Neugierde, andere mit verstohlenem Mißtrauen. Sie hatten noch nicht endgültig begriffen, was sich wie eine schwarze Katze in die Küche in ihr Leben gedrängt hatte, durch die Ritze zwischen »Sieg« und »Heil«, um alles kaputt zu machen, einschließlich der Pläne des Karl-Heinz Müller für ein Gestüt oder wenigstens eine kleine Brauerei bei Rostow am Don.

Nicht so lagen die Dinge mit Frau Sigrid Kubicek, die mich in der Städtischen Vertriebenenkommission empfing, welche sich in den beschlagnahmten Räumen der Nationalsozialistischen Partei, genau hinter dem Burgtheater befand. Ihr legte ich die Dokumente vor, die mir die amerikanischen Militärbehörden in Salzburg ausgestellt hatten und aus denen ersichtlich wurde, daß man mich als Person, die in den Grenzen des österreichisch-ungarischen Reiches geboren ist, als ehemaligen österreichischen Staatsbürger behandeln kann, der die Rechte und Privilegien eines NS-Opfers besitzt und so weiter. Sie, diese Frau Kubicek, war eine außerordentliche Frau, die in ihrer Arbeit aufging. Ganz besonders freundlich und aufmerksam wurde sie, als sie erfuhr, daß ich das Lager Flossenbürg überlebt hatte, aus dem einer ihrer Gesinnungsgenossen nicht zurückgekehrt war. Unter Gesinnungsgenossen verstehe bitte ein Mitglied des Sozialausschusses der aufgelösten und nun wiederhergestellten Sozialistischen Partei Österreichs, ein Akt der politischen Konsequenz, der die jüdische Sozialdemokratie in Kolodez mit ewiglicher Schande bedecken müßte, wenn ihr inzwischen nicht Dinge widerfahren wären, deren Tragik jenen denkwürdigen Nachmittag in David Lejbowitschs Café bei weitem übertraf.

So wurde mir eine kleine Wohnung in einem alten, verrußten Gebäude in der Margarethenstraße zugewiesen, die ich dann nie wieder verlassen habe – mit Ausnahme jener Zeit, in der ich einen Spaziergang zum Nordpol unternehmen mußte.

Am Tag darauf ging ich erneut zu Frau Kubicek, um ihr für ihre großzügige Anteilnahme am Schicksal der ehemaligen KZ-Häftlinge zu danken. Sie bewirtete mich ihrerseits mit Möhrentee und Wiener Kipferln mit Nußfüllung, die es zu jener Zeit sehr selten gab. Echten Tee aus Krasnodarsk oder Indien konnte man von den russischen oder englischen Soldaten unter der Hand kaufen, aber diese Frau Sozialistin war eine überzeugte und erbitterte Gegnerin des Schwarzmarktes – ein dogmatischer Standpunkt, den ich, zugegeben, nicht vollauf teilte. Bei einer Tasse Möhrentee erfuhr ich also, daß sich ihr Gatte Franz Kubicek in russischer Gefangenschaft befand. Sie erwartete sehnlichst den Tag seiner Rückkehr, doch die Tatsache, daß er Kriegsgefangener war, erschütterte nicht im geringsten ihre Überzeugung in die gerechte Sache der Anti-Hitler-Koalition und das völlig verdiente Schicksal, das den Infanteristen Kubicek ereilt hatte.

»Ich bin von Bewunderung für die Heldentaten des sowjetischen Volkes erfüllt«, sagte sie. »In den dreißiger Jahren, vor dem Anschluß, waren mein Mann und ich, offen gesagt, entschiedene Gegner der grausamen Repressalien Stalins. Aber jetzt habe ich so wie ganz Europa meine Meinung ziemlich geändert.«

»So?« sagte ich zerstreut.

Ich teilte natürlich ihre Bewunderung, schließlich waren in diesem grandiosen Kampf auch meine Kinder gefallen.

Doch ich hatte keine Lust, über den entflammten Enthusiasmus Europas zu diskutieren, weil man sogar von meinem armseligen Beobachtungspunkt »Mode parisienne« aus, drei Stufen unter der Straße, dieses gleiche Europa, das so leicht zwischen blinder Ablehnung oder Gleichgültigkeit und blinder Anbetung hin und her gerissen wurde, deutlich hatte sehen können. Was Stalin betraf, den das Ehepaar Kubicek vor dem Anschluß so falsch beurteilt hatte, zog ich es vor, zu schweigen und mir noch ein Kipferl zu nehmen.

7

Die Trauer löste sich wie ein feiner Morgennebel langsam in den Alltagssorgen auf, und der Schmerz klang ab, denn das Leben verlangte das Seine, wie das Gras, das sich auf der Suche nach Sonne und Hoffnung durch den Asphalt zwängt. So überwand auch das Nachkriegswien schnell den Schock und die schlimmsten Wunden und fand nach und nach wieder zu seiner gewohnten heiteren Stimmung zurück. Denn Brot mußte gebacken werden, die Kinder mußten zur Schule gehen, Verkehr und Krankenhäuser, die darnieder lagen, mußten wieder in Gang gebracht werden, mit einem Wort, man mußte leben.

Ich erwähnte bereits den Schwarzmarkt, den die sozial engagierte Frau Kubicek so entschieden verurteilte. Du aber verdamme diese Nachkriegserscheinung nicht vorschnell und leichter Hand. Ich bin nicht auf Paradoxa aus, Ehrenwort, aber gerade sie, der Schwarzmarkt und die Spekulanten, überwanden dank ihrer Vitalität und Flexibilität als erste Frontlinien, Grenzen und Haß. Sie brachten als erste das Eis im erstarrten Europa zum Schmelzen. »Lucky Strike« und Cornedbeef in Dosen waren die ersten amerikanischen Missionare guten Willens, die Zeit des »Yankee go home« war noch lange nicht gekommen, denn diese Yankees schleppten Schinken und Bananen, Kondome und Medikamente an.

Menschenmassen verschoben sich und ordneten sich wieder ein, wie tektonische Schichten, die ins Gleichgewicht kommen. Vertriebene polnische Juden kauften zerstörte Häuser und Grundstücke im amerikanischen Sektor von Berlin zu Spottpreisen auf. Aus geschmuggelten bulgarischen Zigaretten wurde geschmuggelter französischer Wein. Grüne englische Armeedecken legten einen komplizierten Weg zurück, bis sie sich in Immobilien unweit von Wien, bei Baden verwandelten. Aus geraubtem Gold wurden gefälschte Pässe für faschistische Kriegsverbrecher, nach denen sowohl in Deutschland als auch in Österreich verzweifelt gefahndet wurde, die aber ihren Gin Tonic mit einem Stückchen Zitrone bereits unter den Palmen in Lateinamerika schlürften.

Ich wurde notgedrungen in solche Geschäfte verwickelt, anfangs in kleinere, verbunden mit Kaffee, Schokolade oder dem neuen amerikanischen Wunder Penizillin. Allmählich nahm mich der Hasardcharakter dieses Spiels gefangen, und ein, zwei größere und für mich ziemlich überraschend erfolgreiche Coups legten den Grundstein zu meinem Traum von einem kleinen Konfektionsbetrieb. Daß die Zeiten der winzigen Schneiderwerkstätten von der Art des »Mode parisienne« unwiederbringlich vergangen waren, leuchtete mir ein. Deshalb stürzte ich mich Hals über Kopf in das neue Leben in meiner fünften Heimat, die den Reigen von Vaterländern und Idealen schloß. Zumindest glaubte ich das damals, ohne zu ahnen, daß man mich mit Ansprüchen auf die Restitution einer früheren nationalen Zugehörigkeit belangen würde. Aber ich will den Dingen nicht vorauseilen!

Manchmal machte ich einen Abstecher zur Städtischen Vertriebenenkommission, um Frau Kubicek als freiwilliger Dolmetscher aus dem Polnischen, Ukrainischen, Russischen und Jiddischen für die Unmengen von Immigranten zu helfen, die in das neue Gelobte Land Österreich eindrangen. Und dabei hatte man jener Donau, von der man irrtümlicherweise immer noch glaubte, daß sie blau dahinfließt, die Rolle eines bescheidenen Doubles für den Heiligen Jordan zugedacht.

Am Ufer dieses neuen Jordan, jenseits der Wüste, die der Krieg hinterlassen hatte, befindet sich der Mexikoplatz, ein Knotenpunkt, ein pulsierendes Herz, ein nicht zur Ruhe kommender Aktionsort der Spekulanten und des Schwarzmarktes. Hier wurde von morgens bis abends und von der späten Nacht bis in die frühen Morgenstunden in allen Sprachen und Dialekten alles Erdenkliche gekauft, verkauft und getauscht, alles Denkbare – von Familienreliquien und orthodoxen Ikonen bis zu ausgedienten Lastwagen »Austrofiat« aus Kriegszeiten, von Kondensmilch aus der Schweiz bis zu original russischem Wodka. Stell dir das alles bitte nicht wie einen Basar vor, auf dem die angebotenen Waren ausgebreitet waren. Nichts dergleichen war zu sehen. Die Menschen spazierten hin und her oder saßen den ganzen Tag bei einer Tasse Kaffee, die längst ausgetrunken war, und hatten dabei offenbar keine andere Sorge, als auf Regen zu warten. Besonders ätherisch verlief der streng geheimgehaltene Tausch von Währungen. Der Wechselkurs war hier immer günstiger als der offizielle. Und wenn man es schaffte, jemandem gefälschte englische Pfund unterzujubeln, konnte man zuweilen hinterher und natürlich leider zu spät feststellen, daß auch die amerikanischen Dollarscheine, die man dafür bekommen hatte, Blüten waren. Man erzählte sich sogar die Geschichte von zwei rumänischen Juden, die in den abgetragenen Kleidern von Verstorbenen steckten, welche entweder einen halben Meter kleiner oder 50 Kilogramm schwerer gewesen waren, die aber Erfahrung mit unerheblichen Devisengeschäften im Dunkeln hatten. Wenn sie sich morgens begegneten, fragte der eine den anderen kurz angebunden: »Wieviel?« – »Fünf«, flüsterte der andere. Die beiden schritten zu den beiden Enden des Platzes, und wenn sie dann auf dem Rückweg, die Hände scheinbar lässig in die Taschen gesteckt, wieder wie zwei Schiffe im Ozean aneinander vorbeischwammen, informierte sich der erste diskret: »Was fünf?« – »Und was wieviel?«

Die Leidenschaft, alles nur Mögliche zu kaufen, zu verkaufen und vor allem gegen irgend etwas anderes einzutauschen, hatte den Mexikoplatz erfaßt, und irgend jemand hatte diesen bemerkenswerten Standort wirtschaftlichen Lebens »Klein Odessa« getauft. Das war zutreffend, denn auch hier existierte diese kommerzielle Zusammenballung von Volksgruppen und Sprachen mit spürbarer jüdischer Beimengung, die vor dem Überfall der Nazis für Odessa kennzeichnend war. Man erzählte sich sogar jene Geschichte von einem Zug, der mitten in der Nacht lange Zeit auf irgendeinem Bahnhof gehalten hatte. Ein schläfriger Reisender hatte das Abteilfenster herabgelassen, sich nach draußen gelehnt und den vorbeikommenden Eisenbahner gefragt: »Entschuldigen Sie, wie heißt dieser Bahnhof?« – »Odessa«, antwortete jener. – »Und warum stehen wir so lange hier?« – »Die Lokomotive wird ausgetauscht.« – »Und wogegen?« – »Wieso wogegen – gegen eine andere Lokomotive!« – »Dann ist das nicht Odessa!« sagte der Reisende und kurbelte das Fenster wieder hoch.

Ich hoffe, daß ich dir damit ausreichend klar beschrieben habe, was der Mexikoplatz war – die Arena meiner ersten, anfangs noch unbeholfenen Versuche, mir den Marxschen Kreislauf »Geld – Ware – Geld« zunutze zu machen, sehr oft aber nur »Ware«, Pause, und am anderen Tag »Wohin ist eigentlich jener Kroate verschwunden?«, was bedeutete, daß sich die Endstation »Geld« in Luft aufgelöst hatte.

Frau Kubicek ahnte nicht einmal etwas von meiner Tätigkeit und war der Ansicht, daß ich mir mein Geld als Kantor in der in der »Kristallnacht« zerstörten und nun wieder zum Leben erweckten Synagoge verdiente, eine ziemlich dümmliche Lüge von mir, die ich jetzt reumütig zugebe. Aber ich hätte mich über die Herkunft meines Geldes zu Tode geniert, wenn ich Tee nicht aus Möhren, sondern aus richtigem Tee trank und Nußkipferln aß, die ich in meiner Eigenschaft als eigenständige Wirtschaftseinheit inzwischen selbst mitbrachte. Den Tee besorgte ich, das ist wohl klar, auf dem Mexikoplatz, und die Kipferln kaufte ich unter dem Ladentisch in einer kleinen Konditorei gegenüber vom Stephansdom. Mein Atem stockte immer wieder vor Bewunderung vor diesem mystischen gotischen Gebet aus Stein, obwohl der arme St. Stephan mit seinem linken Turm, den eine Bombe fortgetragen hatte, an einen einbeinigen Kriegsinvaliden erinnerte. Der in die Wolken ragende Glockenturm, den die Wiener liebevoll wie einen Freund aus der Kindheit Steffel nennen, hatte Gott sei Dank überlebt.

An einem späten Nachmittag, von der erwähnten Konditorei mit den traditionellen Kipferln ausgerüstet, richtete ich meine Schritte auf Frau Kubiceks Kampfposten, um ihr auf ihrem schweren Weg durch den sprachlichen Immigrantendschungel zu helfen. Schon beim Eintreten bemerkte ich den seltsamen Gesichtsausdruck meiner Frau Kubicek und ihren flüchtigen, verzagten Blick, den sie einem sowjetischen Hauptmann zuwarf, welcher auf dem verschlissenen Sessel an der einen Seite des Zimmers saß und in einer Zeitschrift blätterte. Der Hauptmann hob den Blick, und Frau Kubicek sagte ihm mit erstickender Stimme: »Da ist er, Herr Offizier, das ist er.«

Etwas erinnerte mich an jenen kleinen Italiener mit der Drahtbrille, der mit dem ausgestreckten Finger des Zebaoth gesagt hatte: »Das ist er!«

Der Hauptmann stand auf und zog nach russischer Soldatenmanier seine Uniformjacke unter dem Gürtel straff.

»Der Bürger Blumenfeld, Isaak Jakobowitsch?«

»So ist es«, sagte ich, wobei ich die erblaßte Frau Kubicek verwundert anblickte.

Der Hauptmann sprach nun Russisch: »Folgen Sie mir.«

»Wohin? ... Warum?« fragte ich ihn ebenfalls auf russisch.

»Für eine Auskunft in die sowjetische Militärkommandantur. Bitte vor mir, Bürger Blumenfeld.«

Ich kannte den Unterschied zwischen dem kalten »Bürger« und der Anrede »Genosse«, und gerade er, dieser Unterschied, ließ mir das Blut in meinen Adern gerinnen.

Draußen wartete ein sowjetischer Geländewagen, um den Bürger Blumenfeld, Isaak Jakobowitsch, fortzubringen, welcher in diesem Augenblick nicht einmal ahnte, daß die Kommandantur nur die erste Station auf seiner einmaligen und aufregenden Reise zum Großen Weißen Schweigen des Nordens sein sollte.

Adieu, Wien, adieu, Mexikoplatz, adieu, Frau Kubicek und den Kipferln mit Nußfüllung! Adieu auch dir, mein armer Invalide Stephan!

8

Ernst wurde die Sache erst, als der sowjetische Militärermittler mich eisig betrachtete, dann in den geöffneten Aktenordner mit maschinenbeschriebenen Seiten blickte, lässig darin blätterte und danach seine Augen erneut auf mich heftete. Ich stand vor ihm und wußte nicht im geringsten, ob man mich nun verhaftet hatte oder man von mir nur ganz höflich eine Auskunft verlangen würde. Schließlich sagte der Untersuchungsrichter: »Sie haben Ihre sowjetische Heimat verraten. Warum?«

»Was reden Sie da, Genosse Untersuchungsrichter!« empörte ich mich aufrichtig.

»Bürger Untersuchungsrichter! Ich bin für Sie kein Genosse«, verbesserte er mich.

»In welchem Sinne soll ich sie verraten haben ... Bürger Untersuchungsrichter?«

»Warum haben Sie den amerikanischen Behörden im Fragebogen weisgemacht, sie seien in Österreich-Ungarn geboren?«

»Weil ich in Österreich-Ungarn geboren bin.«

»Die Oblast Lwow befindet sich in der Sowjetunion.«

»Aber als ich geboren wurde, war das Österreich-Ungarn.«

»Vielleicht behaupten Sie auch noch, daß das Kanada gewesen ist? Oder die Azoren?«

»Das behaupte ich nicht ...«

»Ihr letzter Wohnort war Kolodez, Union der Sozialistischen Sowjetrepubliken!«

»Mein letzter Wohnort war das Konzentrationslager Flossenbürg in der Oberpfalz!« widersetzte ich mich.

Mit diesem meinem Geständnis schien der Untersuchungsrichter außerordentlich zufrieden zu sein, denn er lehnte sich auf seinem Stuhl zurück und sagte mit triumphierender Stimme: »Na also, damit wären wir beim Thema angelangt. Und jetzt erzählen Sie von Ihrem Verrat in dem Lager, das ›Sonderobjekt A-17‹ genannt wurde.«

»Wie meinen Sie das?«

»Kennen Sie einen gewissen Stachowicz?«

»Natürlich. Er wurde zusammen mit zwei anderen von den Unsrigen, den Sowjetischen, verhaftet.«

»Ach, ja! Jetzt sind die Sowjetbürger also auf einmal die ›Unsrigen‹. Wissen Sie, daß man sie erschossen hat?«

»Gewußt habe ich es nicht, aber ich konnte es mir denken.«

»Sie haben sie verraten!«

»Ich?!« – »Sie!!!« – »Ich?!!!«

»Ja, Sie!!!! Sind das Ihre Initialen?«

Er zeigte mir einen Haftbefehl, den das Radieschen mit den drei Buchstaben I.J.B. paraphiert hatte.

»Das ist das Namenszeichen des Kommandanten Immanuel-Johannes Brückner.«

»Und nicht von Isaak Jakob Blumenfeld?«

»Mein Gott, wie hätte ich ein Dokument in einem Konzentrationslager der Nazis paraphieren können? Schließlich bin ich Jude!«

»Der Verrat kennt keine Nationalitäten!«

Da hatte er Recht, der Bürger Untersuchungsrichter. Der Verrat kennt genau so wie die Idiotie keine Nationalitäten, sie sind das internationalste Etwas, das eine eigene Vierte oder sogar Fünfte Internationale verdient!

Was soll ich dir weiter erzählen, warum soll ich dich mit Einzelheiten über die sensationellste aller Enthüllungen des Untersuchungsrichters belästigen, mit der er hoffte, mich zu zerschmettern und meinen Widerstand endgültig zu brechen, und zwar damit, daß man mich in den Lagern unter dem falschen Namen Hendryk Brzegalski geführt hatte. Für ihn, ich meine den Untersuchungsrichter und nicht den Portier der Augenklinik in Lwow, war dieser meine Schuld erschwerende Umstand ein zweifelsfreier Beweis, daß ich ein Geheimnis aus meiner sowjetischen Herkunft gemacht hatte. Ganz zu schweigen von der wahren und unbestreitbaren Information, daß ich in der Amtsstube des Lagers gewohnt hatte, und nicht in den Schlafstuben für alle, und daß ich mit dem Radieschen Schach gespielt hatte. Hatte es einen Sinn, zu erklären, daß auch Johann Wolfgang Goethe und mein teurer Lehrer für alle Wissensbereiche, einschließlich der deutschen Sprache, Eliezer

Pinkus, Friede seiner Asche, direkt in diese ganze Affäre verwickelt waren? Tatsächlich, hatte das irgendeinen Sinn?

Ich, mein Bruder, bin ein Staubkorn angesichts der Größe des Universums oder, sagen wir, eine unscheinbare Ameise in dem mehrere Milliarden zählenden menschlichen Ameisenhaufen, und die Geschichte wird meinem Fall wohl kaum jemals Aufmerksamkeit schenken oder auf ihn zurückgreifen, denn er ist nicht mehr als ein kleiner Tropfen im unendlichen Ozean der Ereignisse. Aber auch sie, die Ameise, besitzt eine gewisse Eitelkeit in ihrem Leben und möchte eine gute Erinnerung an sich hinterlassen. Deshalb sollst du den Inhalt des Protokolls von den Ermittlungen erfahren, das ich persönlich vor den Augen des Untersuchungsrichters unterzeichnet habe. Eine Kopie dieses Protokolls habe ich lange Zeit später von einer Archivarin im Gericht in Kiew erhalten, für zwei Päckchen amerikanischen Kaugummi und eine Strumpfhose, die in jenen Jahren der innige Traum jeder werktätigen sowjetischen Frau war. Entschuldige, wenn du irgendwo einen Hauch meiner Angewohnheit aus den Jugendjahren verspüren solltest, mich blöd zu stellen. Doch da auch der Bürger Untersuchungsrichter mich für einen Trottel hielt, der zu seinem schnellen Aufstieg auf der Karriereleiter beitragen würde, so will ich dem guten Mann dieses Vergnügen gönnen, warum auch nicht?

PROTOKOLL

Ich, der Endunterzeichnete Isaak Jakobowitsch Blumenfeld, geboren am 13. Januar 1900 in Kolodez bei Drogobytsch, Wojewodschaft Lemberg, also Lwow, Jude, erkläre hiermit, daß ich meine sowjetische Heimat nie und aus keinem Anlaß verraten habe, so wie ich auch keines meiner anderen Heimatländer verraten habe, derer ich, mit Verlaub, fünf an der Zahl habe. Ich wurde, wie oben erwähnt, in dem herrlichen Schtetl Kolodez bei Drogobytsch geboren und bin als ein treuer Untertan Österreich-Ungarns aufgewachsen. Genannten Staat, der zu Ihrer Information nicht mehr existiert, halte ich für meine erste Heimat, und ich denke, daß das gerechtfertigt ist. Später und aus Gründen, die ich vor Gericht nen-

nen werde, wenn es an der Zeit ist, wurde Polen meine Heimat, ohne daß ich mein Heimatstädtchen Kolodez verlassen habe. Ich bin dieser meiner Heimat dankbar, denn während meiner polnischen Staatszugehörigkeit habe ich Sarah geheiratet, von der ich ebenfalls berichten werde und die mir ihrerseits drei Kinder geboren hat, zwei Jungen und ein Mädchen. Ich diente Polen treu bis zu dem Tag, da ich eine neue Heimat bekam. Dies geschah am 17. September 1939 ziemlich überraschend, als ich wiederum mein Heimatstädtchen Kolodez nicht verließ, jedoch die große Sowjetunion meine Heimat wurde, der ich ehrlich diente, indem ich regelmäßig meinen Gewerkschaftsbeitrag zahlte, an den Demonstrationen zum 1. Mai und 7. November teilnahm und außerdem den Kolleginnen am 8. März zum Frauentag gratulierte. Doch dann geschahen Dinge, an denen ich, und das erkläre ich im vollen Bewußtsein meiner Verantwortung, nicht im geringsten persönlich beteiligt war und auch nicht die geringste Schuld trage, durch die aber das Deutsche Reich zu meiner Heimat wurde, was mir als Juden von einer erwiesenermaßen unreinen Rasse, aufrichtig gesagt, nicht sehr lieb war. Zum ersten Male machten sich einige Veränderungen sowohl in meinem ständigen Wohnsitz als auch in den Dokumenten über meine nationale Zugehörigkeit erforderlich, wobei meine Anschrift nach einem gewissen, ohne Umschweife gesagt, illegalen Aufenthalt in Lwow anfangs »Sonderobjekt A-17« im Oranienburger Wald lautete, dann Etappenkommando in der genannten Stadt Oranienburg, Raum Berlin, bis ich schließlich für lange Zeit im Konzentrationslager Flossenbürg (Oberpfalz) unter der Nummer U-20-05765 seßhaft wurde, wo ich trotz einiger Unannehmlichkeiten in den Lebensbedingungen, über die ich hier nicht klagen will, das Ende des Krieges abwarten konnte.

Zur Zeit des gegenwärtigen Verhörs lebe ich in Wien, Margarethenstraße 15. Ich lebe dort allein, weil Sarah und die Kinder nie aus dem Kurbad zurückgekommen sind, in das ich sie persönlich im Juni 1941 geschickt hatte. Ich fühle mich ferner verpflichtet, klarzustellen, daß ich eine Genehmigung für den ständigen Aufenthalt auf dem Territorium der Republik Österreich und Quittungen über gezahlte Gebühren und Steuern gemäß den Landesgesetzen besitze, doch ich wäre Gott dankbar, wenn ich die Möglich-

keit erhalten könnte, noch einmal vorübergehend meinen Geburtsort Kolodez bei Drogobytsch, Oblast Lwow, UdSSR, zu besuchen.

Höchst verantwortungsvoll erkläre ich vor dem verehrten Bürger Untersuchungsrichter bei der sowjetischen Militärkommandantur in Wien, daß die Initialen meines Namens Isaak Jakob Blumenfeld (I.J.B.) nur ganz zufällig mit den Initialen des Kommandanten des Sonderobjektes A-17, Immanuel-Johannes Brückner (I.J.B.), identisch sind, weshalb ich, mit Verlaub, kein Kriegsverbrecher bin.

Handschriftlich ausgefertigt und unterzeichnet:
Wien, den 12. September 1945 *Isaak J. Blumenfeld*

Ja, Bruder, auf diese Weise verdichteten sich die finsteren Wolken am Horizont, weil zu den Beweisen für einen nationalen Verrat vor dem hochverehrten Gericht auch noch die entsetzliche Anklage hinzukam, ich sei ein Kriegsverbrecher, der mit seinem persönlichen Namenszeichen drei Menschen in den Tod geschickt hat. Wenn wir den abgelehnten Antrag meines Pflichtverteidigers auf ein graphologisches Gutachten ausschließen, was als reiner Zeitverlust bezeichnet wurde, so verstehst du sicher die Unvereinbarkeit der Voraussetzungen dieses Falls: Entweder war ich ein Jude oder ein Nazi und Kriegsverbrecher. Doch Major Gribow, der Militärstaatsanwalt, war ein erfahrener Mensch. Er beherrschte die Lektionen des großen sowjetischen Staatsanklägers Andrej Januarjewitsch Wyschinski, und ihm gelang es, das Unvereinbare zu vereinbaren.

Ich bekannte mich nicht schuldig, was möglicherweise mein fatalster Fehler war, denn aufrichtige Reue hätte vielleicht die Herzen der drei Richter erweicht, die mir, ohne zu zaudern und erfaßt von revolutionärem Elan, zehn Jahre Erziehungslager aufbrummten.

Wie du siehst, Schnat Schmita, alles von neuem!

Und Du, Gott Jehova, Du Gebieter über die Schicksale der Judäer, der Seine schützende Hand auf das von Dir auserwählte Volk gelegt hat, würdest Du mir jetzt bitte vielleicht zuflüstern, wo sich Deine Fenster befinden?

9

Jetzt, Bruder, entfalte die Karte Eurasiens und suche den Ural, die Grenze zwischen beiden Kontinenten. Dann mach dich in Richtung Osten auf und überschreite den Ob, den ersten der drei großen sibirischen Flüsse. Setze deinen Weg nach Nordosten fort und versuche, den zweiten großen Fluß, den gewaltigen Jenissej, zu überqueren, und dann noch weiter östlich die Lena. Folge weiterhin meinem Weg, immer in Richtung Nordosten, jenseits des goldhaltigen Flusses Indigirka, bis du das felsige Ufer der rauschenden Kolyma erreichst. Folge dann ihren Stromschnellen zum Nördlichen Polarmeer, bis du nach Nishne Kolymsk am Fuße des wilden Kolymsker Gebirgskamms kommst, der fast am Ende der sowjetischen Geographie liegt. Jenseits dieses Kamms befinden sich nur noch Ust-Tschaun und die Tschuktschen-Halbinsel an der Beringstraße. Weiter solltest du auch gar nicht reisen, denn damit würdest du das Territorium der Vereinigten Staaten von Amerika betreten. Hier verläuft der 80. Breitengrad, und wenn du ihm aus reiner Neugierde im Uhrzeigersinn folgen solltest, wirst du in entgegengesetzter Richtung eine riesige Rundreise um den Nordpol unseres Planeten unternehmen, zuerst durch die Barentssee und dann über die Insel Nowaja Semlja in der Karasee. Danach wirst du das Nordkap, den nördlichsten Punkt Skandinaviens, berühren, das eisige Grönland in der Mitte durchqueren und dich dann auf der legendären Route Amundsens fortbewegen und am Fort Yukon vorbeikommen, das immer noch von Jack Londons Goldräuschen träumt, durch die Tschuktschensee würdest du schließlich wieder heimkehren, genau dort, wo gegenüber von den Bäreninseln das heimische Sternbild der Erziehungslager leuchtet. Wenn ich »Sternbild« sage, meine ich die roten fünfzackigen Sterne über ihren streng bewachten Toren mit Wachtürmen aus unbehauenen Kiefernstämmen. Und jener unansehnliche Pinsel auf den vom eisigen Wind umwehten Felsen, der seinen Blick auf das grenzenlose Weiß des Nordens geheftet hat, das bin ich, der SEK 003-476 K, oder, einfacher gesagt, der Lagerinsasse Blumenfeld, Isaak Jakobowitsch, ein Verräter seiner sowjetischen Heimat und im Nebenberuf ein NS-Verbrecher.

Entschuldige, daß ich mich jetzt wiederholen werde, wenn ich dir sage, daß ich mich nicht dazu durchringen kann, den ganzen Lagerarchipel in seiner unvorstellbaren Buntheit und Vielfalt zu beschreiben. Das haben sowohl der Russe Solschenizyn als auch andere Autoren getan, die besser sind als ich, und ich kann auch nicht schwören, daß das, was ich hier gesehen und erlebt habe, das gleiche ist, was jemand anderes in einem anderen, 500 oder 5000 russische Wersten entfernten Lager gesehen und erlebt hat. Denn die Lager unterschieden sich sowohl in ihrem Regime als auch in ihrer Zusammensetzung und ihrem Zweck. Und manchmal waren die Häftlinge, die zum Beispiel in den Wolfram- und Goldgruben des nördlichen Anjuigebirges arbeiteten, freier und wurden besser verpflegt als die uralten Invaliden, die Veteranen des Bürgerkrieges, in irgendeiner vergammelten Kommunalwohnung in den Vororten von Kostroma. Aus anderen Lagern kamen zu uns nach einem für mich unbekannten und unergründlichen Schema für die Umgruppierung und Verlegung wiederum Häftlinge mit wackelnden Zähnen und Kiefern, die vom Skorbut bluteten, ganz zu schweigen von denen mit geschwollenen Drüsen und büschelweise ausfallendem Haar, die aus den Urangruben kamen, wo nur wenige überlebten. Und als vollen Gegensatz werde ich sofort die Nichtstuer anführen, die, wie ich bereits erwähnte, laut Genfer Konvention als Träger des Eisernen Kreuzes mit Eichenlaub einen Sonderstatus genossen und die ich eine gewisse Zeit lang zu bedienen hatte, oder jene Art von Lageraristokratie, die in den »Briefkästen« arbeitete, also in den anonymen Städten in der Taiga für supergeheime Forschungsarbeiten, Technologien und Produktionen, in Städten, die weder auf der Karte verzeichnet waren noch eine Anschrift hatten, nur eine Postleitzahl.

Wenn du jetzt meinst, daß man uns alle nur für politische Verbrechen bestraft hatte, wirst du dich irren: In diesen Lagercocktail flossen mächtige Ströme von sibirischen und kaukasischen Banditen, georgischen Spekulanten und abchasischen Schmugglern, professionellen Zuhältern und Glücksspielern oder einfach unverbesserlichen Taschendieben aus den Moskauer Straßenbahnen, verkommenen Typen aus den untersten Schichten der Gesellschaft und in deren Nachbarschaft Prostituierte und Mamaschas aus geheimen Bordellen und Spielhöllen. Und zusammen mit ihnen in dem gleichen Cocktail Dichter und Philosophen, Biologen und weltbekannte Kapazitäten in den reaktionären bürgerlichen Pseudowissenschaften Genetik und Kybernetik, Theaterregisseure und Filmstars. Und du wirst wiederum fehlgehen, wenn du nach einem gemeinsamen Nenner suchst und sie alle zum Beispiel als antisowjetische Elemente auffassen solltest: Dort in den Lagern gingen sich zuweilen ehemalige Teilnehmer am Bürgerkrieg – die einen auf der Seite der Weißen, die anderen auf der Seite der Roten, die ein, zwei Jahrzehnte in Freiheit gelebt hatten und dann aus einem geeigneten Anlaß wieder eingebuchtet worden waren – in endlosen und unversöhnlichen Feindschaften und Auseinandersetzungen gegenseitig an die Gurgel. Man konnte Zeuge von erbosten theoretischen Disputen zwischen Trotzkisten und Stalinisten werden. Auf einer Pritsche schliefen Schulter an Schulter Ingenieure von den großen Baustellen der ersten Fünfjahrpläne und offene Saboteure dieser Vorhaben, unbeugsame Antikommunisten und hochrangige Bolschewikenkader, Kollaborateure, die den Nazis gedient hatten, für die es aber nicht zur Kugel gereicht hatte, und Teilnehmer an der Widerstandsbewegung in den besetzten sowjetischen Gebieten oder, sagen wir mal, am Spanischen Bürgerkrieg, die selbst nicht wußten, warum sie hier waren.

»Versuche nicht, das Schema, die verborgene Logik dieses ganzen Schlamassels zu enträtseln«, sagte der auf einem vom Eis und den Winden polierten Felsvorsprung sitzende Mark Semjonowitsch Lebedew, mein neuer Freund und Pritschennachbar, ein junger Mann mit völlig weißem Haar, dessen musikalische Filmkomödien ich in Kolodez gesehen hatte.

»Ein Schema gibt es nicht, wenn der Schlamassel an sich nicht schon ein Schema ist, ein genetisch codierter Grundstein des Regimes. Nicht nur in den Lagern, sondern überhaupt. Im Gegensatz zu den deutschen gibt es in unseren Lagern keine Spielregeln. Es gibt sie auch draußen, in der Gesellschaft nicht. Die Nazis hatten ihr Sortiment an Ideen im vorhinein bekanntgegeben und befolgten sie strikt bis zur letzten Sekunde: für welche Völker es eine Endlösung geben muß, welche als Dünger für die arische Rasse dienen können und welche treue Verbündete sind. Klare und präzise, von vornherein definierte Kriterien. Sicher, unmenschliche und wahnwitzige, geistlose, barbarische, aber eben Kriterien. Wir hingegen haben erklärt, daß wir eine Gesellschaft der Brüderlichkeit, des Humanismus und der Gerechtigkeit aufbauen werden, und sangen in einem Lied, es gebe kein anderes Land, in dem der Mensch so frei atmet. Danach haben wir gemäß der Marxschen These von der Freiheit als Einsicht in die Notwendigkeit eingesehen, daß es Lager, allgemeines Denunziantentum und Angst geben muß. Ich sage es dir doch, es gibt keine Spielregeln. Aber auch das ist vielleicht eine Regel, ich glaube sogar eine Regel, die die Nation rettet. Verstehst du mich?«

»Nein«, gab ich offenherzig zu.

»Das institutionelle Chaos, der spontane Elan der Teilchen und die natürlichen Selbsterhaltungstriebe vermindern wie ein rettender Anker die Energie der superzentralisierten Postulate und demokratisieren sie, wenn du begreifst, was ich meine. Diese sowjetische Naturgewalt, alles aus eigenem Antrieb zu demokratisieren, hat übrigens letzten Endes die systematischen Deutschen zerschlagen, die von Kind auf wissen, daß es auf dem Schachbrett zwei weiße und zwei schwarze Springer gibt. Wir haben entgegen allen Regeln einen dritten Springer eingesetzt und ihnen dadurch den Garaus gemacht. Habe ich mich jetzt klar genug ausgedrückt?«

»Einigermaßen, rede weiter.«

»Was hat der Parteigenosse Hitler erwartet, als er gegen uns in den Blitzkrieg zog? Daß sich die unterdrückten Sowjetvölker gegen ihren Unterdrücker erheben werden? Daß die panisch aus den Lagern entlassenen Fachleute, Technologen und Konstrukteure bei der ersten Gelegenheit auf die Seite der Deutschen überlaufen werden? Von wegen, ein absoluter Reinfall! Daß die Bevölkerung in den Gebieten, von denen die Nazis behaupteten, sie hätten sie vom Bolschewismus befreit, sie mit Brot und Salz empfangen würde? Wieder ein Reinfall! Hör mich an, ich war dort und kann es bezeugen: Der Fall von Moskau war unvermeidlich, ein mathematisches Axiom, Schach und matt in drei Zügen. Aber der Festball hat nicht stattgefunden! Warum? Wegen General Winter? Das ist reinster Unsinn für Einfaltspinsel! Schließlich kamen danach auch General Frühling und General Sommer, nicht wahr? Nein, wir haben gegen diese diversen Feldmarschälle einfach einen dritten Springer eingesetzt, ein fünftes As gezogen und Poker nach Fußballregeln gespielt. Unsere Stärke liegt in den Launen des Chaos, in der Selbsttätigkeit der völlig undisziplinierten Elementarteilchen, in dem Spiel ohne Regeln. Mit anderen Worten, in der Überraschung, deren Ergebnisse uns selbst übrigens ebenfalls oft überraschen. Du überraschst zum Beispiel den Gegner, der von dir erwartet, daß du mit der Karte des Internationalismus stechen wirst, holst aber aus deinem Ärmel den vom vielen Gebrauch speckig gewordenen, völlig traditionellen, monarchistischen, orthodoxen und großrussischen Nationalismus hervor. Und zur allgemeinen Überraschung funktioniert er perfekt, trotz aller Parteischulen und der eingehenden Beschäftigung mit der Kurzfassung der Geschichte der bolschewistischen Partei.«

»Deiner Meinung nach ist also alles ein Chaos und reiner Zufall«, sagte ich. »Ich meinerseits habe einen Rabbiner, der an das Mysterium des Weges und daran glaubt, daß er letztendlich einen Sinn hat. Er glaubt, daß das Ziel vorgezeichnet ist.«

Mark Semjonowitsch zuckte mit den Schultern: »Rabbiner sind per se gläubig. Ich bin es nicht.«

»Und du glaubst nicht an den Endsieg einer neuen Gesellschaft der Vernunft und der Gerechtigkeit?«

»Was hat die Sowjetunion mit all dem zu tun? Hast du schon mal die Moskauer Metro gesehen?«

»Ich bin noch nie in Moskau gewesen«, sagte ich.

»Schade, das ist die schönste Metro der Welt. Die tiefste. Nach unten und nach oben fahren dich Rolltreppen, mechanische Aufstiege. Wir haben uns nach oben aufgemacht, wie man sagt, zu den leuchtenden Gipfeln des Kommunismus. Aber wir haben nicht die richtige Rolltreppe genommen. Deshalb müssen wir unermüdlich und schweißgebadet eine Rolltreppe hochrennen, die nach unten fährt. Auf diese Weise rühren wir uns nicht vom Fleck und schmettern dabei, völlig außer Atem, muntere Lieder. Aber eines Tages werden wir von der Sinnlosigkeit dieses Kraftaktes zu Tode erschöpft sein, wir werden aufhören zu rennen, und die Rolltreppe wird uns nach unten bringen, dorthin, wo dieser unser Weg begonnen hat. Ich bin sicher: Die Sowjetunion wird unweigerlich zusammenbrechen. Das ist unvermeidlich. Aber auch das wird wiederum völlig überraschend, unlogisch und ohne ein System geschehen und ein neues Chaos voller neuer erfreulicher Überraschungen hervorbringen.«

Dieser Mark Semjonowitsch war ein seltsamer Mensch, und seltsam waren die Gründe, die ihn in dieses Lager geführt hatten. Wenn ich sie mit einem Wort formulieren soll, so ist das »Liebe«. Er war wahrscheinlich der einzige in dieser bunten Gesellschaft von Lagerinsassen, den man der Liebe angeklagt hatte, der Liebe zur Tochter eines hochrangigen – fast so hoch wie die Kremluhr – bolschewistischen Partei- und Staatsfunktionärs, der den Filmregisseur durch seine Leute wiederholt gewarnt hatte, seine schmutzigen Finger von dieser Fee zu lassen, die für einen noch höher – sagen wir mal, auf der Ebene des roten Rubinsternes – stehenden Genossen bestimmt war, dessen Namen bereits eine sowjetische Durchschnittsstadt, eine Insel, ein Kanal, zwei Talsperren, eine Traktorenfabrik sowie mehrere Schulen und Kindergärten trugen. Und da dieser verliebte Kinovogel kein Einsehen hatte und sich weiterhin mit seiner Fee traf, heimlich, wie dieser naive Mensch glaubte, wurden der Vater und der künftige Schwiegervater richtig böse und überschütteten den Bürger Lebedew mit der ganzen Verbitterung, Rachsucht und sittlichen Entrüstung der Macht, indem sie ihn buchstäblich für nichts und wieder nichts hierher, zum 80. Breitengrad schickten.

In diesem Zusammenhang fällt mir eine Lagerschnurre ein – du wirst es vielleicht nicht glauben, aber die besten Schnurren und die schönsten Lieder erblickten in den Lagern oder in ihrem geistigen Umfeld das Licht der Welt, wodurch sie sich zumindest in diesem, aber nicht nur in diesem Sinn von den Nazilagern unterschieden.

Da fragte also ein Lagerchef drei neu angekommene Häftlinge: »Wieviel hat man dir verpaßt?« – »Zehn Jahre.« – »Und warum?« – »Weil ich gesagt habe, daß Stalin das Land ins Verderben führt.« – »Und du?« – »Auch ich habe zehn Jahre bekommen. Ich habe gesagt, daß die Kurzfassung der Geschichte der bolschewistischen Partei eine einzige Fälschung ist.« – »Und du?« – »Ebenfalls zehn Jahre.« – »Wofür?« – »Für nichts.« – »Hör auf zu flunkern!« entgegnete der Vorgesetzte böse. »Für nichts gibt es bei uns nur fünf Jahre!«

Die Schnurren widerspiegeln nicht die ganze Wahrheit oder zumindest die Wahrheit nicht so, wie sie im Leben ist, denn der Filmregisseur Mark Semjonowitsch Lebedew, von seinen Mithäftlingen einfach Semjonitsch genannt, war nicht zu zehn und auch nicht zu fünf Jahren verurteilt worden, er hielt sich hier ohne ein gültiges Urteil auf, begrenzt im Raum, aber unbegrenzt in der Zeit. Und solche Opfer der Ungesetzlichkeit, deren Zahl keineswegs gering war, wurden unentwegt mit dem Großen Weißen Schweigen des GULag konfrontiert. Semjonitschs einzige Hoffnung bestand in einem Wunder, wie zum Beispiel, daß die Zeitungen – hier traf manchmal, wenn auch mit Verspätung, diese oder jene Ausgabe der »Prawda« für die Vorgesetzten ein – mitteilen würden, daß das Traktorenwerk, welches den Namen des erwähnten Schwiegervaters trug, in den und den Parteitag der KPdSU oder den und den Jahrestag des großen Oktober umbenannt worden war. Wer die Botschaft solcher Meldungen entschlüsseln konnte, begriff sofort, daß die Position des betreffenden hohen Tiers erschüttert worden war und Mark Semjonowitsch sich nach den Gesetzen des Chaos, überraschend wie ein Hase aus dem Zylinder, im Zentrum von Moskau würde wiederfinden können. Natürlich wiegte er sich nicht in der Illusion, daß sich ihm seine Fee an den Hals werfen würde, denn sie hatte bereits einen dreijährigen Sohn und war mit ihrem zweiten Kind schwanger, einem künftigen Erbauer des lichten Kommunismus, des Reiches der Gleichheit und Gerechtigkeit. Und bis zu diesem schönen Augenblick würden eine Amme, drei Haushilfen und eine Köchin in der Datscha bei Moskau mit achtzehn Zimmern für das Kind sorgen, in jener Datscha, welche so schön an der Talsperre gelegen war, die immer noch den Namen des Schwiegervaters trug, der in der Umgebung für seine fröhliche und volksverbundene Art und die Angelrekorde bei Hecht und Rotfeder bekannt und beliebt war. Entschuldige diesen langen Satz, aber der Weg zum Kommunismus ist ebenfalls nicht kurz!

10.

Mich hatte man, wie du weißt, Anfang September 1945 in Wien verhaftet. Aber glaube nun nicht, daß die sowjetischen Justizbehörden scharf darauf waren, mich zu Gesicht zu bekommen. Sie hatten viele andere, bedeutend anspruchsvollere Aufgaben mit ehemaligen Polizisten, Aktivisten und jeder Art von Komplizen der faschistischen Besatzungsbehörden, und mein Prozeß wurde erst im April des darauffolgenden Jahres im Schnellverfahren verhandelt. Nach Kolyma wurde ich dann Ende Mai zusammen mit einer Gruppe Häftlinge abtransportiert. Diese Häftlinge flossen uns zuerst wie kleine Bäche zu, aus den Bächen wurden in den verschiedenen Etappenkommandanturen und Eisenbahnknotenpunkten Flüsse, bis sie schließlich das Ausmaß eines großen sibirischen Stroms annahmen. Das waren Neuzugänge für die Zinn-, Blei- und Zinkgruben, für die Holzfäller und die Steinbrüche, Zugänge, die für die stark ausgedünnten Lagerreihen bestimmt waren, was einerseits mit der massiven Freilassung von Häftlingen zusammenhing, damit sie die sich beängstigend lichtenden Armeeverbände an den Fronten auffüllen konnten, andererseits war das eine Folge des verheerenden Großen Hungers, der das ganze Land in verschiedenem Grade befallen, im Sternbild Kolyma jedoch besonders spürbare Menschenverluste hinterlassen hatte. Damals, so erzählt man, begannen die struppigen sibirischen Schäferhunde der Wachmannschaften geheimnisvoll zu verschwinden. Und in den tiefen Felsspalten, einem Werk des Eises und der unbezwingbaren Naturgewalt des Meeres, konnte man sogar noch zu meinen Zeiten abgenagte Knochen und Spuren von Feuerstellen sehen. Hier schlachteten die Häftlinge kaltblütig kleine Robben, wovor das Wachpersonal in der Regel die Augen schloß, um so mehr, da sich auch die dortige Bevölkerung aktiv an den kollektiven Maßnahmen für die Reduzierung der Population des Nördlichen Seebären beteiligte.

So gelangte ich also Mitte Mai an den 80. Breitengrad und erlebte zum erstenmal den Reiz der weißen Nächte, in denen die Sonne nicht untergeht. Und nur das hängende Stück Eisen, das mich schmerzlich an das »Sonderobjekt« und an Radieschen erinnerte, zog eine bedingte Grenze zwischen Tag und Nacht, der Zeit für die Arbeit und der Zeit für den Schlaf.

Nachdem endgültig klar geworden war, daß ein ehemaliger Typhuskranker in den Gruben zu nichts nutze ist, legte Jehova erneut – zum wievielten Male wohl! – Seine schützende Hand auf meinen Kopf, weshalb ich mich bei Ihm für die im Feuer des Gefechtes ausgesprochenen Drohungen, ich würde Ihm eines Tages die Fenster einschlagen, entschuldigen will, und ich wurde der Gruppe der Dolmetscher zugeteilt, die den Kontakt zwischen der Lagerwache und den deutschen Kriegsgefangenen der niederen Ränge, welche vor allem zum Holzfällen eingesetzt wurden, herstellten.

An dieser Stelle ist es angebracht, dich über die tiefschürfenden historischen Forschungen zu informieren, nach denen es unumstößlich feststeht, daß die Juden seit den Zeiten

Nebukadnezars und Amenhoteps II. bis in unsere Tage, in all den Jahren von Kriegen, Fremdherrschaft und Revolutionen, nachdrücklich darum bemüht waren, die gesundheitsfördernde körperliche Arbeit durch die Tätigkeit als Dolmetscher oder Redakteure zu ersetzen. Die viele Tonnen schweren Wandzeitungen aus Basalt mit den neuesten Nachrichten, die von jüdischen Sklaven mit babylonischer Keilschrift oder ägyptischen Hieroglyphen beschriftet worden sind, zeugen auch heute noch von diesem Hang des Juden zu intellektuelleren Varianten der Sklavenarbeit. Von den jüdischen Dolmetschern ganz zu schweigen, ohne die Kaiser Vespasian wohl kaum mit der riesigen Zahl von Gefangenen aus dem Krieg in Judäa fertig geworden wäre, die in keiner anderen Sprache, nur auf aramäisch fluchen konnten, alldieweil man das Russische noch nicht in Umlauf gebracht hatte. Doch weichen wir nicht vom Thema ab.

In meiner Eigenschaft als Dolmetscher hatte ich dann auch Mark Lebedew kennengelernt, der ein schlechtes Deutsch sprach, das jedoch ausreichte, um den Zinngruben zu entkommen. Oder vielleicht wurde auch er, dieser ausgelassene Vogel, von einer unsichtbaren Hand beschützt, ich weiß es nicht.

Er, Semjonitsch, sagte also, die Hand auf meine Schulter gelegt und den Blick auf das geschmolzene mitternächtliche Silber des Ozeans gerichtet: »Schau hin und fülle deine Seele mit Licht. Denn später wird die Zeit der Schwarzen Sonne kommen, in der du wiederum nur durch das klirrende Stück Eisen erfahren wirst, ob es Tag oder Nacht ist. Wir nennen es hier die ›Glocke des heiligen Petrus‹. Denn wenn du dieses Eisen zum letztenmal gehört hast, wirst du bereits vor dem guten Hauptfeldwebel Petrus, dem Wachmann des himmlischen Lagers, stehen, egal, wie man es nennt – Paradies oder Hölle. So ist es, mein Freund, am 80. Breitengrad: eine endlose weiße Nacht, in der die Sonne nicht untergeht, und ein endloser schwarzer Tag, an dem die Sonne nicht aufgeht. Wenn du willst, kannst du ihre Plätze tauschen und das Licht wie in der Bibel Tag und die Dunkelheit Nacht nennen, aber auch in diesem Fall wird das nur bedingt wahr sein und nichts ändern. Denn wenn du eine Uhr hättest, würdest du wissen, daß es jetzt drei Uhr nach Mitternacht ist. Dabei verbrennt deine Nase in diesem Augenblick von der Sonne, und wenn du sie nicht mit Robbenschmalz einreibst, wird sie bald aussehen wie die abgeworfene Haut einer Schlange. Ich werde dir welches geben.«

»Und woher weißt du, wie spät es ist?« fragte ich so naiv, wie es nur ging.

Er klopfte mir auf die Schulter. »Nur Mut, mein Freund, wenn du erst einmal mehrere weiße Nächte hier verbracht hast, wirst du es gelernt haben, die Uhrzeit nach der nicht untergehenden Sonne zu bestimmen. An den schwarzen Tagen ist das schwieriger, aber auch daran wirst du dich gewöhnen – wenn der Himmel wolkenlos ist, werden die Sterne für dich wie eine schweizerische ›Omega‹ mit 20 Rubinen sein, denn auch der Himmel dreht sich um uns. Galilei ist da anderer Meinung, aber mag er sich um seine eigenen Angelegenheiten kümmern, ich habe da meine persönlichen Erfahrungen! Ich sage dir das, um dir Mut zu machen, weil dir laut deinem Urteil alles in allem nur zehn Tage und zehn Nächte zustehen, die du hier zu verbringen hast. Wo in der Welt gibt es kürzere und barmherzigere Urteile?«

Zwei Wachposten kamen an uns vorbei, der Obersergeant stieß einen gellenden Pfiff aus. »Los, kommt rein, es wird bald hell werden!«

Im Licht der grellen Mitternachtssonne gehorchten wir diesem Befehl und zogen uns in eines der vielen Backsteingebäude des Lagerstädtchens zurück, über dem die dreistöckige Kommandantur mit den Kanzleien, der Sanitätsstelle, dem Rundfunksender und allem anderen, was ein einigermaßen gut ausgestattetes sowjetisches Lager am 80. Breitengrad unter dem Nordpol braucht, aufragte.

Wundere dich nicht über diese mitternächtlichen Spaziergänge, denn der Stacheldraht des Lagers war weit von hier entfernt, er umzäunte mit sibirischer Großzügigkeit ein großes Gelände, in dessen Grenzen man sich verhältnismäßig frei bewegen konnte. So war es natürlich nicht überall, es gab Lager, in denen das Regime bedeutend strenger war und an ein Zuchthaus erinnerte, je nach der Schwere der tatsächlichen oder vorgeblichen Verbrechen. Aber ich sagte dir bereits, jeder erblickt durch das Schlüsselloch der eigenen Erfahrung sein eigenes Teilchen Wahrheit. Deshalb unterscheiden sich die Erinnerungen an die sowjetischen Lager auch so sehr und widersprechen sich sogar, das ist etwas Natürliches für ein Land, in dem es etwas Umfassenderes als die Stalinsche Verfassung gab, nämlich das Gesetz über die spontane Bewegung der Teilchen, das für das rettende Chaos sorgte und Mitte des 20. Jahrhunderts vom Filmregisseur Mark Semjonowitsch Lebedew formuliert wurde.

Das war eine endlose, blendend silberne Nacht, in der es keine Ereignisse oder irgendwelche Zeichen gab, die den einen Abschnitt des Lageralltags von einem anderen abgrenzten – mit dem Ertönen des »morgendlichen« Eisens und dem sich eintönig wiederholenden, langen Umzug der Deutschen, die im hintersten Teil des Lagers in vier von uns abgetrennten Räumen zu dreihundert Mann in jedem davon lebten.

Als sich das Wasser von der Schneeschmelze, das die Taiga in einen gigantischen Sumpf verwandelt hatte, zu den Schichten des ewigen Eises zurückzog und dem üppigen nördlichen Frühling Platz machte, kamen wir zusammen mit fünfhundert Deutschen in ein provisorisches Sommerbiwak, auf eine ausgedehnte Wiese mit annähernd dreißig Holzbaracken und einer Feldküche. Das ganze wurde auf russisch »Kommandirowka« genannt. Das verkürzte beträchtlich den Weg zum Einschlaggebiet in der Taiga, wo Dieseltraktoren, Laster, Zugmaschinen und Elektroaggregate Tag und Nacht dröhnten und qualmten – wenn der Begriff »Tag und Nacht« für eine einzige, lange, Monate dauernde, strahlend weiße Nacht angewendet werden kann.

Unsere Arbeit war nicht schwer, ganz und gar nicht. Unerträglich aber waren die Schwärme von Mücken, riesig wie fliegende Elefanten. Damit du dir eine Vorstellung davon machen kannst, was diese Seite der Apokalypse darstellt, werde ich dir sagen, daß wir Zeugen der panischen Flucht von tausendköpfigen Rentierherden vor den sie verfolgenden dichten Mückenwolken wurden. Eine Flucht nach Norden und immer weiter nach Norden – zur Kälte. Sie, diese armen Rentiere, hatten trotz der ausgiebig vorhandenen frischen Pflanzen seit Tagen nichts mehr gefressen, sie konnten sich auch nicht ausruhen, sie taten nichts anderes als fortzulaufen in ihrem Verlangen, sich in das allereisigste Wasser der Flüsse zu stürzen oder sich im dicksten Schlamm der Sümpfe zu vergraben. Und wenn eine unglückliche kranke Hirschkuh, nur noch Haut und Knochen, auf dieser ununterbrochenen Flucht zurückblieb, wurde sie augenblicklich vom dichten Summen der Mücken umgeben, die an ihr kleben blieben und sie erstickten. Danach knickte das arme Tier buchstäblich vor unseren Augen die Vorderbeine ein, so als bitte es auf Knien um Gnade, aber von Gnade konnte keine Rede sein. Und schon bald verendete das Tier, das all sein Blut verloren hatte, auf dem nassen Moos. Den Rest besorgten die großen, fleischfressenden sibirischen Ameisen.

Uns erging es vergleichsweise besser, denn der bläuliche Dieselqualm, vermischt mit dem Qualm der Feuer rund um uns, der über dem Lager lag, sorgte nicht nur für unser spürbares Unwohlsein, sondern Gott sei Dank auch für das der Mücken.

Ähnlich wie im Lager bestimmten auch hier nur die »Glocken des heiligen Petrus« und die kurze Mittagspause mit dem ewigen Haferbrei – selten mit einem Knochen, dessen Fleisch den Weg in den Kessel der Wachmannschaft genommen hatte – den Rhythmus in unserem Leben.

Diese uniformierten Wachleute wurden in den Unterlagen als freie Menschen geführt. Das war ebenfalls einer der großen sibirischen Irrtümer, eine Fata Morgana des Nordens. Denn der Wachmann in jedem Gefängnis der Welt, sagen wir mal in Moskau oder Rio de Janeiro, kann nach seinem Dienst in der Stadt spazierengehen, sich die Schaufenster ansehen oder eventuell sogar ein Eis kaufen. Hier, am 80. Breitengrad, waren die Begriffe »diesseits« und »jenseits« des Stacheldrahts genau so bedingt und illusorisch wie die Begriffe »Tag«

und »Nacht«. Denn was gab es in diesem Jenseits, außerhalb der »Zone«, in dieser freien Welt, wenn nicht Tausende Kilometer Tundra, wilde Felskämme und unendliche Sümpfe, Taiga und wieder Felskämme und wieder Sümpfe? Und was machte den Unterschied zwischen dem Lagerinsassen und dem Wachmann aus, wenn nicht das Recht des letzteren auf einen Abstecher zur nächsten, völlig alkoholisierten Siedlung von Jakuten, Tschuktschen, Nenzen oder anderen revolutionären Eskimos, um sich mit trübem »Samogon« einen anzusaufen, diesem Wodka, den man heimlich aus Abfällen jeder Art, verfaulten Kartoffeln und, wie es hieß, auch Leitartikeln der »Prawda« zur Erhöhung des Spritgehaltes, brannte? Und wenn sich dort, in den niedrigen Häusern aus ganzen Kiefernstämmen voller stinkendem Machorkarauch auch eine ebenso betrunkene Schluse aus dem benachbarten Frauenlager befand, so konnte man erwarten, daß in absehbarer Zukunft ein neuer kleiner Sowjetmensch das Licht der Welt erblickte. Er würde so wie viele andere kleine Menschlein bei alkoholkranken Eltern aufwachsen und sich politisch festigen, in dem freien Sumpfgebiet zwischen den beiden Lagern, auf dem im Sommer Preiselbeeren wuchsen und das im Winter unbegehbar war, dann, wenn sich sogar die alles gewohnten kurzbeinigen Rentiere, die von den Hirten zum Überwintern auf eingezäunten Flächen gehalten wurden, aneinanderpreßten, um sich gegenseitig mit ihrem Atem zu wärmen.

Aber dann verdüsterte sich die silberne Pracht der weißen Polarnacht nach und nach. Die Schatten, die im Sommer ganz kurz gewesen waren, wurden allmählich länger. Als es anfing zu schneien, wurden wir ins Hauptlager zurückgebracht, und so begann unmerklich die Zeit der Schwarzen Sonne, in der dichte Finsternis für lange Zeit den sibirischen Norden einhüllen würde.

Wir schrieben den 24. Dezember. In dieser Nacht würde die katholische und die protestantische Welt den Heiligen Abend feiern. Aber dieweil dieses Ereignis im orthodoxen Rußland auf die Nacht zum 7. Januar fiel und wir folglich von den Aufsehern keine Gnade zu erwarten hatten, um so mehr, da das russische Weihnachten sowieso kein gesetzlicher Feiertag war, wurde die Nachricht, daß das Thermometer am Eingang der Lagerleitung auf minus 43 Grad gefallen war, mit allgemeiner Freude und als ein Fingerzeig Gottes begrüßt.

Das bedeutete, daß wir morgen nicht arbeiten würden und die Natur selbst den Feiertag, der die deutschen Gefangenen, die Balten und die Westukrainer betraf, verkündet hatte. Denn laut Lagerordnung wurde nur bei Temperaturen bis minus 40 Grad und keinen Grad tiefer gearbeitet.

»So ist es bei uns«, erklärte mir Semjonitsch, der mich weiterhin fürsorglich in die Geheimnisse des Lagerlebens einführte. »Nicht nur bei uns, im ganzen Sowjetland verläuft das Leben nur in der Spanne zwischen minus 40 Grad und plus 40 Grad normal.«

»Wieso plus 40 Grad? Meinst du die Wüste Karakum?«

Semjonitsch blickte mich verwundert an. »Von was für einer Wüste faselst du da? Ich meine den sowjetischen Standard für den Alkoholgehalt des Wodkas!«

Konnte ich wissen, daß das unser letztes Gespräch sein würde! Denn als das Eisen ertönte, war das für Semjonitsch wirklich die Glocke des heiligen Petrus. Der Arzt Robert Bojadschjan, ein sanfter und trauriger Armenier und ebenfalls Häftling so wie wir, stellte einen massiven Herzinfarkt fest. Das war das Ende eines verliebten und naiven Kinomenschen, der versucht hatte, höher als die Kremlmauer zu springen.

»Und jetzt?« fragte ich den Arzt bestürzt.

»Überlaß das uns, du bist ein Neuling.«

Semjonitschs Leiche wurde in seine eigene, aus Sackleinen genähte Matratze gelegt, aus der man das Stroh entfernt hatte. Draußen, bei minus 43 Grad, erstarrte sie schnell. Zusammen mit fünf anderen Häftlingen trugen wir sie, bewacht von einem Soldaten, auf unseren Schultern auf ein Gelände jenseits der Drahtzäune, wo sich der Lagerfriedhof befand. Stundenlang wurde die Dunkelheit, die uns umgab, von den Flammen eines Feuers zerrissen, das die granitharte Erde aufweichen sollte. Stundenlang wärmten wir uns schweigend neben dem auf dem Schnee liegenden Sack mit dem Menschen, Der

Filme Gemacht Hatte. Schließlich gelang es uns, eine flache Grube auszuheben. Wir legten die erstarrte Leiche hinein, schütteten die Grube zu und schichteten Steine darauf, damit die Raubtiere ihn nicht ausgraben konnten. Dann nahmen wir unsere Mützen mit Ohrklappen ab, und die eisige Luft verbrannte unsere Ohren wie kochendes Wasser.

»Leb wohl, Semjonitsch. Hoffentlich ist dir dort ein glücklicheres Leben bestimmt!«

Das war die ganze Grabrede von Doktor Robert Bojadschjan, gehalten mit einem starken ausländischen Akzent.

Der junge Soldat beugte sich über mein Ohr: »War der Verstorbene nicht Mark Lebedew, der Filmregisseur?«

»Ja, das war er.«

»Ich habe Filme von ihm gesehen. Gute, lustige Filme.«

»Ja, gute und lustige.«

Der Soldat nahm seine Militärmütze mit dem roten fünfzackigen Stern ab und bekreuzigte sich. Dafür wurde man aus dem Komsomol ausgeschlossen und bei den Inneren Streitkräften bestraft.

Als wir ins Lager zurückkehrten, beleuchteten die Flammen der harzigen Fackeln aus Kiefernholz hier und da Gräber mit aufgeschichteten Steinen, mal mit grob gezimmerten Kreuzen, mal mit Hämmern und Sicheln, die man mit roter Farbe auf die Steine gemalt hatte, der gleichen, mit der die gefällten Baumstämme markiert wurden. Gelegentlich tauchten auch Davidssterne und sogar ein islamischer Halbmond auf und verschwanden dann wieder, verschluckt von der undurchdringlichen Finsternis. »*Die Internationale erkämpft das Menschenrecht* …«

Vor dem Betreten des Lagers durch das beleuchtete Portal löschten wir unsere Fackeln im tiefen Schnee. Die mit Eiskristallen gesättigte Luft bildete um die Glühlampen einen dichten Lichtschein in allen Farben des Regenbogens, und vor den Backsteingebäuden der Deutschen leuchtete ein Weihnachtsbaum mit mehren kleinen Kerzen – die einheimische Bevölkerung machte sie aus Walfett.

Das war Weihnachten 1946.

11

Endlich erlebte ich auch das Nordlicht! Ich betrachtete dieses Naturwunder benommen mit weitgeöffneten Augen, diese über den Himmel schwebenden, sich verflechtenden und dann wieder auflösenden Schleifen, die sich mal wie ein buntes Pfauenrad öffneten, dann wieder schlossen und wie eine vielfarbige Schlange tief über den Horizont krochen. Und ich weiß nicht, ob ich die leisen, harmonischen Harfentöne wirklich hörte, oder ob sie Schwingungen meiner Seele selbst waren.

Ich saß auf dem glatten, schwarzen Felsen. Seine polierte Oberfläche widerspiegelte dieses Leuchten nur matt, und tief unten war der vereiste Ozean erstarrt.

Sagte ich Schwingungen der Seele? Sehr poetisch, danke. Das war eher ein Weinen, denn die Einsamkeit hatte mich an der Gurgel gepackt und erstickte mich mit eisigen Fingern: Alle verließen mein Leben, einer nach dem anderen, und ich Dummkopf, warum klammerte ich mich so krampfhaft wie ein Blutegel, der sich festgesaugt hatte, an dieses beschissene, törichte, geistlose Dasein? Wo war jetzt wohl mein guter Rabbiner Schmuel Bendavid? Er hätte mir vielleicht den Sinn, die geheimen Botschaften, das verborgene höchste Ziel der Natur entschlüsselt, die das Leben erschaffen, dabei aber vergessen hatte, dafür auch eine Gebrauchsanweisung mitzuliefern.

Ich saß auf dem Felsen, und unmerklich begann ich zu weinen. Die Tränen rannen nur wenige Millimeter über meine Wangen und erstarrten in dünnen Schichten übereinander. Und da geschah das Wunder: Im Lichtschein tauchte Sarah, selbst ein Lichtschein, auf. Ich schloß die Augen und öffnete sie wieder – ja, das war sie, meine Sarah. Sie hatte ihre weitgeöffneten graugrünen Augen auf mich gerichtet, und in ihnen spiegelten sich verflechtende Lichter wider! Sie war barfuß über den vereisten Ozean gekommen, beugte sich nieder, küßte mich auf die Stirn und flüsterte: »Mein armer, lieber Itzik! Ist dir kalt?«

»Ja«, sagte ich, »sehr.«

Sie flocht ihren Zopf auf und hüllte mich in ihre Haare, und im gleichen Augenblick übergoß mich eine glückselige Wärme. Sarah setzte sich neben mich, nahm meinen Kopf in ihren Schoß, wiegte mich wie ein Kind im Takt der Himmelsmusik und begann, mich zu streicheln, und diese Seligkeit rann mir immer himmlischer und wärmer durch die Adern. Ich war schon dabei, in der wärmenden Umarmung Sarahs beglückt einzuschlummern, als sie mich plötzlich grob schüttelte und mit einer Männerstimme ansprach: »Los, los, wach auf!«

Ich öffnete meine Augen mit Mühe. Über mich hatten sich drei Männer gebeugt. Auf mein Gesicht war das runde Auge einer Petroleumlampe, wie sie die Eisenbahner benutzten, gerichtet, und Doktor Robert Bojadschjan rieb mir die Ohren mit Schnee ab.

Dann lag ich auf der alten, durchgesessenen Couch im Sprechzimmer, und der Arzt sagte: »Da hast du noch mal Glück gehabt, Towarischtsch! Um ein Haar hättest du deine Ohren und deine Nase verloren. Weißt du, wieviel Grad es draußen sind? Minus 52, die rechte Zeit für Spaziergänge!«

»Und ich habe von Wärme geträumt ...«, murmelte ich schuldbewußt.

»Natürlich, sie hat dich gerettet. Die Soldaten waren pinkeln gegangen, und der eine von ihnen, der seinen Strahl auf dich richtete, hat gespürt, daß unten ein Mensch liegt. Entschuldige, aber nichts für ungut!«

Der Armenier brach in Lachen aus. Er wußte nicht, daß er in diesem Moment meinen schönsten Traum bepinkelt hatte.

Und jetzt, da ich Tee aus dem Aluminiumbecher trinke, den mir der Doktor gegeben hat, möchte ich dir einige Worte über diesen stillen und fast unscheinbaren Menschen mit einem Gesicht sagen, das ständig traurig wirkte wie das eines Clowns, sogar dann, wenn er lachte.

Er, dieser Robert, war in Paris geboren. Ja, nicht in Kolodez, sondern in Paris, kannst du dir das vorstellen? Seine Eltern waren wohlhabende Leute, Flüchtlinge vor den Massakern der Türken. Sie besaßen ein eigenes Juweliergeschäft oder etwas in dieser Art. Aber die alten Leute konnten sich eben nicht an Frankreich gewöhnen und sehnten sich danach, in ihr Armenien, nach Eriwan, zurückzukehren und dort zu sterben. Und während der junge Robert ungeachtet der deutschen Besatzung an der Sorbonne Medizin studierte, spielte sich, sehr weit weg von der Seine, an der Wolga die schlimme Schlacht um Stalingrad ab. Auf der Welle der allgemeinen Begeisterung über die Heldentat der Sowjetmenschen verkaufte der alte Bojadschjan alles und schlug sich zusammen mit seiner Familie auf geheimen Wegen und mit der Hilfe von Partnern im Diamantengeschäft durch Schweden nach Eriwan, zum Fuße jenes den Armeniern heiligen Berges Ararat durch, der jenseits der Grenze, in der Türkei, weiß in den Himmel emporragt. Dort in Eriwan, der ersehnten Stadt aus rosafarbenem Tuffstein, opferte der alte Mann sein ganzes Geld für den Kauf eines Panzers, den er auf den Namen »Ararat« taufte, und sein Sohn nahm die Arbeit im Eriwaner Stadtkrankenhaus auf. Der Panzer »Ararat« erreichte nach schweren Gefechten den Alexanderplatz in Berlin, sein Sohn Robert wegen seiner unausgewogenen Worte zum Thema Freiheit und Demokratie das Lager in Kolyma gegenüber den Bäreninseln.

Das ist alles, simple Dinge bedürfen keiner komplizierten Erklärungen.

12

Mark Lebedew, unser verstorbener Semjonitsch, hatte mich gelehrt, daß es vertane Zeit ist, nach dem Sinn des Unsinnigen oder der Logik in der chaotischen Bewegung der Teilchen zu suchen. Deshalb werde ich dir meine jämmerlichen Versuche ersparen, eine Erklärung für etwas zu finden, was für mich immer ein Rätsel bleiben wird, und zwar: Warum wurden gerade wir, tausend Deutsche und eine ziemlich große Gruppe von uns anderen, aus Kolyma abgezogen und nach Süden geschickt, wo doch so viele Lager über unser ganzes riesiges Land verstreut waren. Das Wort »Süden« wird dir sicher kaum etwas sagen, bevor ich dir nicht die schwindelerregende Marschroute beschrieben habe, die fast einen ganzen Monat forderte und mit dem verrosteten Küstenlastschiff »Nordstern« begann, das bis zum letzten mit Lagerinsassen und Wachpersonal vollgestopft wurde. Dieser Stern transportierte uns also um das Kap Dixon ins Innere der Mündung des Jenissej, von dort gelangten wir binnen zwölf Tagen auf einem Schleppkahn, der genauso vollgepfropft mit Menschen war, stromaufwärts nach Krasnojarsk, wo man uns in einen Eisenbahnzug umlud und uns über Barnaul nach Akmolinsk in der Kasachischen Sozialistischen Sowjetrepublik brachte. Sollte dir nicht alles klar geworden sein, mußt du mir Bescheid sagen.

Die Deutschen waren voller Zuversicht und sangen Lieder, denn unter ihnen ging das Gerücht um, daß man sie in ihre Heimat zurückbringen werde, während wir keine Lieder sangen, weil es sich bereits herumgesprochen hatte, daß es dort, im Raum Karaganda, große Bauxitgruben gibt. Zu deiner Information, Bauxit bedeutet Aluminium, was seinerseits nicht nur Flugzeugindustrie, sondern eine viel himmlischere Industrie bedeutet. Und damit du dir endgültig eine Vorstellung davon machen kannst, wo wir uns befanden, werde ich dir sagen, daß du von geographischen Namen wie Semipalatinsk und Baikonur erst viel später hören wirst – der erste Ort funktionierte schon zu meinen Zeiten als Atomtestgelände, am zweiten sollte Jahre später der Grundstein zur Ära der Raumfahrt gelegt werden.

Und gerade hier, im Wirrwarr des Etappenlagers, inmitten von Geschrei und Chaos, lief mir, du wirst es dir sicher bereits denken können, mein guter Rabbi, mein lieber Schmuel Bendavid buchstäblich über den Weg. Wir weinten wieder, wir herzten uns und konnten es nicht glauben, daß wir zwei im Raum verlorene Staubkörner uns zum zweiten Mal begegneten, daß sich unsere Lagerwege zum zweiten Mal kreuzten – einmal in der Oberpfalz, im fernen Deutschland, und jetzt an einem willkürlich gewählten Punkt des unendlichen Asien, am Ende der Welt, in Kasachstan!

Wir saßen auf der verbrannten Steppenerde und konnten uns aneinander nicht sattsehen.

»Warum bist du hier?« fragte ich.

»Wegen meiner Beziehung zu Esther Katz.«

»Sind sie jetzt erst dahintergekommen?«

Er lächelte traurig. »Gottes Mühlen mahlen langsam. Laß das, erzähl mir lieber, wie es im Norden ist.«

»Das hat keinen Sinn. Im Norden ist es wie im Süden. Wie im Westen. Vielleicht auch wie im Osten, das weiß ich nicht, in einem chinesischen Lager bin ich noch nicht gewesen.«

Der Rabbi schwieg und steckte sich eine sowjetische Papirossa »Weißmeerkanal« an, die ein Pappröhrchen wie ein Mundstück hat und nur eine kleine Tabakspitze.

»Hast du dir das Rauchen angewöhnt?«

»Nein«, sagte ich.

»Was hast du sonst noch gelernt?«

»Nicht den Sinn des Sinnlosen zu suchen.«

»Dann hast du also gar nichts gelernt, weil alles einen Sinn hat. Alles führt irgendwo hin, aber es ist uns nicht immer gegeben, das zu ergründen.«

»Ich will es auch gar nicht wissen. Ich habe hinter alles einen Punkt gesetzt.«

»Durch so einen Punkt ist es zum Urknall gekommen, dem Anfang unseres Universums. Die Menschheit hat stets einen Punkt hinter einen zurückgelegten Weg gesetzt, aber das ist nie das Ende gewesen.«

»Schnat Schmita?«

»Ja, alles von neuem. Ich erlaube mir jedoch, Einspruch gegen meinen geliebten Prediger zu erheben: Diesmal wird das, was hernach sein wird, nicht das sein, was geschehen ist. Und das, was geschehen ist, wird hernach nicht sein. Alles von neuem, wo läge sonst der Sinn?«

»Das ist es doch, was ich dich frage, Rabbi: Hat das alles überhaupt einen Sinn?«

»Natürlich. Der Sinn liegt im Weg zu dem Punkt. Den nächsten Satz werden andere schreiben, die, die nach uns kommen werden. Hoffentlich werden sie unserem Glauben folgen, aber sie haben nicht das Recht, unsere Irrtümer zu wiederholen.«

Ich blickte ihn an, antwortete ihm aber nicht. Mir fiel Semjonitsch ein: Rabbiner sind per se gläubig!

Am Morgen, als sich seine ungeordnete graue Kolonne, begleitet von ihrer Wachmannschaft auf Pferden, auf den staubigen Steppenweg aufmachte, küßten wir uns. Er schien mir gebeugt und bekümmert, ich weinte.

Die Kolonne entfernte sich im Staub, aber der Rabbi drehte sich kein einziges Mal um. Vielleicht weinte er ebenfalls, wollte aber nicht, daß ich es merke. Irgendwie ahnte ich, daß wir uns nie mehr wiedersehen würden. Das war nur ein Gefühl. Damals konnte ich nicht wissen, daß hier sein langer Weg zur Baustelle des Weißmeer-Ostsee-Kanals begann, der den Namen des unsterblichen Führers der Völker, Jossif Wissarionowitsch Stalin, trug.

Derselbe unsterbliche Führer starb am 5. März 1953. Doch das war nicht der Punkt, von dem der Rabbi geträumt hatte, sondern nur ein Komma. Denn als die allgemeine Trauer um den unwiederbringlichen Verlust abgeebbt war und die Menschen aufatmen konnten, erklärte einer der leidenschaftlichen Anhänger des neuen Anfangs auf einer Versammlung in Berditschew: »Genossen, jetzt können wir endlich mit Sicherheit sagen, daß wir in den kommenden Jahren besser leben werden!«

»Und wir?« fragte daraufhin der Blödmann Mendel.

אבני המקום וישם מראשתיו וישכב במקום
ההוא: יב ויחלם והנה סלם מצב ארצה וראשו
יג והנה יהוה
אברהם אביך
שכב עליך
אשר־שם
ית־אל ואולם

Abschließende Apokalypse
oder
Die Offenbarung

All das, mein Bruder, ist so lange her, daß ich das Gefühl habe, es sei niemals gewesen. Und vielleicht ist es in der Tat nie gewesen. Weiß man denn, was in unserem Leben Traum ist und was Wirklichkeit, wo doch das Leben selbst ein flüchtiges Trugbild, eine Fata Morgana in der Wüste und ein Haschen nach dem Wind ist?

Jetzt lebe ich wieder in Wien, meinem ewigen schönen Traum, ich bin inzwischen fast ein alter Mann und, das möchte ich hinzufügen, relativ wohlhabend, wenn das irgendwie von Bedeutung sein sollte. Denn wird die Seele von dem satt, was man erworben hat, wenn es sie danach hungert, was man verloren hat?

Gestern abend bin ich durch den Stadtpark gegangen. Ich saß eine Weile am kleinen See neben dem vergoldeten Johann Strauß, jenem lustigen Burschen Strauß mit der Geige, und warf den Enten Brösel von meiner Brezel zu. Dann richtete ich meine schleppenden Schritte auf meinen alten Freund St. Stephan mit seinem imposanten Steffel. Genau gegenüber, an der Ecke Graben und Kärntner, bot mir ein Mädchen mit unanständig kurzem Rock liebenswürdig an: »Na, Onkel, hast du Lust, dich mit mir zu amüsieren?«

»Nein«, erwiderte ich peinlich berührt, »tut mir leid, danke.«

Das Mädchen winkte ab und ging auf einen anderen Onkel zu.

Einsamkeit.

Was hat jener Genosse in Berditschew wohl unter »besserem Leben« verstanden? In der Tat, was hat er sich wohl darunter vorgestellt, wo es doch geschrieben steht, daß der Mensch vom Brot allein nicht leben kann?

Zu Fuß erreichte ich die Margarethenstraße und durchquerte die prächtige Unterführung voller Drogensüchtiger. Was für ein Elend, mein Gott, diese unglücklichen Mädchen und Jungen!

Zu Hause gaben sie im Fernsehen den neuesten Schmarren, der für die anderen, die Fernsehsüchtigen, bestimmt war. Vielleicht war es gar kein Schmarren, aber ich verstand ihn nicht – ich bin wie der alte Bojadschjan, der sich sogar in Paris einsam gefühlt und schließlich einen Panzer gekauft hat.

Schwester Angela von den Baumwollfeldern am Mississippi mag mich entschuldigen, aber es lohnt sich, über den Exodus aus der ägyptischen Sklaverei nachzudenken, den Stefan Zweig gewählt hat. Ich besitze ihn, diesen Ausweg, ebenfalls auf meinem Nachttisch: drei Röhrchen mit dem Schlafmittel »Dormidon«, mit zwanzig Tabletten in jeder. »Damit werden Sie wie ein frisch gebadetes Baby schlafen«, hatte der Doktor gesagt. Dreimal zwanzig macht sechzig. Sechzig frisch gebadete Babys.

Vielleicht hätte ich vorher mit dem Mädchen mitgehen und mich amüsieren sollen? Nein, danke.

Ich lege mich auf mein Bett, was ist das schon – ein Glas Mineralwasser, dreißig Tabletten. Noch ein Glas und noch einmal dreißig Tabletten, das macht zusammen eine ganze Kinderkrippe frisch gebadeter Babys.

Ich schließe die Augen und bin wieder jung, ich befinde mich abermals in meinem heimatlichen Kolodez bei Drogobytsch. Ich spiele Geige, und meine Welt lebt wieder auf im Wirbel eines fröhlichen chassidischen Reigens. Da sind sie: Meine Mutter Rebekka und mein Vater Jakob, er in der roten Uniform eines Dragoners aus der Leibgarde Seiner Majestät, da sind Onkel Chaimle und der alte Postmann Awramczyk, da ist die ganze liebe Streitmacht aus David Lejbowitschs Café, die das Knäuel der unlösbaren Probleme des armen Rothschild aufwickelt und dann wieder entrollt. Da ist Pan Woitek, der Bürgermeister, der dem Radieschen einen Strauß gelber Blumen überreicht, gelber Blumen wie gelbe Sterne. Siehst du, Esther Katz tanzt mit Ljowa Weissmann, unser

Ksiadz klatscht glücklich im Takt der jüdischen Rhythmen. Und da ist auch mein Zuckerl, der mit seinen schweren Stiefeln vor der lachenden Schwester Angela, meinem schwarzen Engel, aufstampft! Doc Joe raucht heimlich in seiner hohlen Hand, schließlich ist das verboten, und der kleine Italiener mit seiner Drahtbrille zeigt mit dem Finger auf ihn und ruft: »Das ist er!« Der polnische Pan Ophtalmologe hat Frau Kubicek mit beiden Händen umarmt und wirbelt sie wie toll um sich herum. Meine drei Kinder Jascha, Schura und Susanna haben Kalaschnikow-MPs geschultert, die Arme verschränkt und gehen im Takt der Musik in die Hocke. Mein lieber Kinovogel Semjonitsch filmt das alles, sicher für das Fernsehen. Und Doktor Robert Bojadschjan malt Hämmer und Sicheln auf die gekalkten Wände. Der junge Soldat betrachtet ihn betrübt, nimmt seine Mütze ab und bekreuzigt sich – dafür wird man aus dem Komsomol ausgeschlossen und bei den Inneren Streitkräften bestraft. Und oben auf der Bühne mit dem abgeplatzten Goldschmuck, auf der einst der Kollege Mozart gespielt hat, hat sich der Vorsitzende des Klubs des Atheisten persönlich, der Rabbi Schmuel Bendavid, stolz aufgerichtet und dirigiert das Ganze!

Und wo ist Sarah, wirst du jetzt fragen, wo ist meine Sarah? Da ist sie, meine Sarah, mit den graugrünen Augen wie der Glanz des Wassers des Sees Genezareth. Das ist sie, sage ich dir, obwohl sie so jung ist! Natürlich ist sie das! Ich lege meine Geige leise auf den Bretterfußboden und umarme das Mädchen mit den graugrünen Augen, ich umarme es, und plötzlich werden wir beide ganz leicht und fliegen in die Luft. Da sind wir, wir fliegen über unsere Gegend, und diese Gegend trägt die Farben von einem unserer Leute, von Markusle Segal, oder, wenn du so willst, von Chagall. Da, er hat uns gemalt, wie Sarah und ich verliebt über unserem Schtetl fliegen, dort unten ist die orthodoxe Kirche, dort sind die weißbeinigen Ukrainerinnen, dort ist die trächtige Stute mit einem kleinen Hengst im Schoß, aber Sarah und ich fliegen in die Zukunft. Möge es für alle eine gute Zukunft sein, amen.

Ich öffne die Augen, die drei Röhrchen »Dormidon« stehen ungeöffnet auf dem Nachttisch, ich habe sie nicht einmal berührt. Entschuldige, Stefan Zweig, du altes Schlitzohr, das die anderen lehrte, wie sie leben sollen, selbst aber flüchtete! Wenn uns das Leben gegeben ist, um es zu leben, dann werden wir es leben, anders geht es nicht.

Laila Tow oder, wie ihr sagt, gute Nacht!